어느
늦은 오후의
성찰

어느 늦은 오후의 성찰

정성채 산문집

싱긋

들어가며

무슨 일이든 내공이 쌓이면 본성이 확 터져 하늘에 닿을 때가 옵니다. 지식의 축적이든 성찰의 완성이든 고난의 극단이든, 갈 데까지 가면 깨달음이 있기 마련입니다. 책으로는 대략 3천 권을 섭렵하면 종횡으로 회통하여 살아 있는 사전이 되고 심안이 열린다고 합니다. 이만한 경지에 이르려면 사흘에 한 권씩, 30년 정도의 독서량이 요구됩니다. 스무 살부터 본격적인 독서를 시작해도 오십이 넘어야 가능한 일입니다. 읽는 것이 그런데 쓰는 일은 또 오죽하겠습니까. 얼마를 써야 부질없는 세평이지만 빈축이나마 피할 수 있겠습니까.

추사의 글씨는 마천십연磨穿十硯의 결과물입니다. 추사체는 벼루 열 개의 밑창을 구멍 낼 때까지 쓰고 또 써서 얻어진 경지입니다. 천재는 그 자체로 완성되는 것이 아니라 뼈를 깎는 노력이 뒷받침되어야 함을 말해주고 있습니다. 그러나 마천십연이 어찌 추사의 시대에만 요구되었겠습니까. 글씨뿐 아니라 글도 그만큼 써야 남에게 보일 자그마한 용기를 가질 수 있을 겁니다. 나아가 써야 할 분량의 백배 천배를 읽어야 그런대로 사람들의 눈에 띌 것을 생각하면 잡문이나마 이런 글쓰기조차도 엄청나게 주제넘은 일임을 알 수 있습니다.

세상 모든 글은 자기를 쓰는 것이라고 생각합니다. 자기 밖의 어떤 대상이나 관념을 객관적으로 다루는 것이 아닙니다. 자기를 소거消去하고 이루어질 수 있는 글은 그 어디에도 없습니다. 문학적 저작이든 학술논문이든 저널이든, 아니면 일기나 비망록이나 자서전이든, 나아가 회사의 보고서든 그 무엇이든, 본질적으로 글은 자기를 쓰는 것에 다름 아닙니다. 자기의 반영과 투사가 글입니다. 매끄러우면 매끄러운 대로, 논리적이면 논리적인 대로, 투박하면 투박한 대로 자기를 드러내야 하는 실존의 작업입니다.

아무리 개구즉착開口卽錯이라 해도 글이 아니고서는 인간의 사유를 전달할 방법이 없습니다. 글이 자기의 분신일 수밖에 없는 이유입니다. 그래서 무엇보다 글은 정직해야 합니다. 정직해야 그나마 언어가 지닌 본질적 한계를 완화시킬 수 있습니다. 정직하지 않은 내가 누구를 감동시킬 것이며, 누구의 눈에 들겠습니까. 하물며 기만과 호도, 분식에 이르러서야 오죽하겠습니까. 그래서 글쓰기에서 자기를 정직하게 드러내는 일이야말로 어떤 풍부한 지식과 사례, 실용적 이로움과 언어적 아름다움보다도 우선하는 덕목이라고 할 것입니다. 문체와 구성, 의도, 이런 것들은 다 정직 그다음의 일입니다.

정직한 글은 살아 있습니다. 방금 쓴 글만이 아니라 까마득히 먼 과거에 쓰인 글이라 하더라도 살아 있습니다. 살아 있는 것이 생명입니다. 글이 생명입니다. 망실되지 않는 한, 영원한 생명이 글인데 어이 허위가 용인되겠습니까. 생명은 생명을 유지하기 위해 다른 생명을 먹습니다. 하루하루의 식사가 다 생명입니다. 그리고 생명 또한 다른 생명의 밥이 됩니다. 생명의 순환이며, 예외가 있을 수 없습니다. 글이 생명인 건 다른 글을 알게 모르게 섭취해서 나오기 때문입니다.

독서와 글쓰기는 서로를 잉태합니다. 그래서 글은 다른 글의 총합입니다. 하나의 텍스트는 기존의 모든 텍스트의 집대성입니다. 섭취하고 섭취되어야 하는 것입니다. 법고法古 없는 창신創新이 어디 있을 것이며, 온고溫故 없는 지신知新이 어디 있겠습니까. 글로 인해 빚어지는 충돌과 화해, 떨림과 분노, 동의와 반발, 울림과 침잠이 모듬살이의 일상이 되는 것은 글 자체에 쓴 사람의 생명이 들어 있기 때문입니다. 따라서 글이 스스로 생명임을 거부할 때 글은 더이상 글이 아닙니다. 글이 정직해야 될 이유이며, 벗어날 수 없는 숙명입니다.

혹여 허황된 망상이 앞선 탓에 정직하지 않은 생명을 세상에 남겨놓지나 않을까 무척 두렵습니다. 그러나 그동안 남의 생명을 밥으로 삼아 살아온 이상, 제 생명도 지금부터는 남의 밥으로 내어주겠다는 생각을 조심스럽게 하게 됩니다. 동시대를 살아가는 사람들에게 이 부끄러운 사색의 결과들이 미흡하나마 소통과 공감, 그리고 안식의 계기가 되었으면 합니다.

사람은 평생 순서에서 벗어날 수가 없습니다. 나이순, 계급순, 소득순, 서열순, 선착순, 키순, 입사순……. 한도 끝도 없는 순서 속에서 살아갑니다. 순서의 다툼이 그대로 인생입니다. 최종적으로는 죽어야만 끝나는 순서의 세계이지만 살아생전 조금이라도 여기에서 자유로워지고 싶다는 소망을 갖고 있습니다. 불완전하나마 이런 순서에서 벗어나 모처럼의 여유를 느끼던 어느 늦은 오후, 그동안의 읽기와 쓰기에 대한 소회로 이야기를 시작하고자 합니다.

2014년 10월 용인 광교산 기슭에서

정성채

1

어느 늦은 오후의 성찰

희망이 될 수 없는 희망

아파트 주차장에 세워져 있는 자동차들이 노란 가루를 뒤집어쓰고 있습니다. 처음에는 무슨 공사장 먼지나 황사인가 했더니만 알고 보니 송홧가루였습니다. "송홧가루 날리는/외딴 봉우리//윤사월 해 길다……." 그렇게 송홧가루 날리던 그해 봄날에 친근한 여류 문필가 한 사람이 돌아갔습니다. 평생을 소아마비 중증 장애로 살다가, 그것도 모자라 이런저런 암에 시달리다가 끝내 일찍 돌아갔습니다. 수필가이면서 영문학자인 장영희 교수입니다. 당시 나이 쉰일곱이었다고 하니 요즘 여성들 평균수명으로 보면 요절이라고 할 수 있을까요. 윤사월 긴 봄날 외로운 처녀가 낡은 초가에서 꾀꼬리 소리를 엿듣듯이 그녀는 불편한 몸으로 세상을 낡은 초가 삼아 살다가 그렇게 간 것입니다. 그러고 보니 그해에도 윤오월이 들어 있었습니다.

당시 장교수의 부음에 대해 언론이 나름의 애틋한 조의를 표하는 걸 보면서 나는 왠지 사람들의 삶이 그리 편치 않다는 걸 느꼈습니다. 아마 우리 사회가 일부러라도 희망을 역설해야 할 일이 많아서 그렇게 느끼지 않았을까 싶습니다. 고인의 운명 소식은 1면 기사로 다뤄지기도 했는데, 사실 장교수는 그렇게 큰 작가이거나 뛰어난 작품을 남긴 사람은 아니었습니다. 그럼에도 그렇듯 크게 다뤄진 것은 고인의 삶이 그만큼 감동적이었다는 뜻일 겁니다. 우리집에도 고인의 책이 한 권 있는데, 그녀의 글은 대개 본인의 신상 때문인지 강인한 희망을 노래하고 있습니다. 문체는 잔잔하고 편안해도 내용은 세상을 이겨내기 위한 의지로 가득 차 있음을 알 수 있습니다.

　장교수는 대학을 다니면서 내내 궁금한 것이 있었다고 합니다. 학생회관 2층에 다방이 있었는데 거기서 학생들은 무슨 얘기를 나누고 무얼 하는지, 분위기는 어떤지 그게 그렇게 궁금했답니다. 몸이 불편해 혼자서는 올라갈 수 없고, 그렇다고 가보겠다고 할 수도 없어 자기만의 상상으로 지냈다는 것이지요. 다방에서 수다떠는 친구들이 그렇게 부럽고, 자기도 거기 끼었으면 하는 것이 학창시절의 소망이었다는 글을 읽고 몸 성한 것 하나만으로도 얼마나 큰 축복인가 하는 걸 느낀 적이 있습니다. 비슷한 경우로 자세한 기억은 없으나 헬렌 켈러가 생각납니다. 아마 이랬다지요? 한번은 친구가 아침에 일어나 숲속을 산책하고 오더랍니다. 그래서 어땠냐고 물었더니 별것 없었다고 친구는 무심히 답변했고, 그 말을 들은 헬렌 켈러는 그만 이런 생각이 들더랍니다. '별것 없다니. 푸른 나무들과 지저귀는 새들과 맑은 공기와 하늘과 땅, 호수……. 그런 것들을 어떻게 별것 아니라고 하지?' 다소간의 윤색이 있을지라도 끊임없이 욕망하고 만족하지 못하는 사람들을 부끄럽게 만들고, 나아가 자기를 다시금 돌아보게 하는 일화라고 하지 않을 수 없습니다.

희망이 될 수 없는 걸 희망하는 사람들에게 쉽사리 행복과 불행을 얘기할 수는 없습니다. 인간의 욕구에 단계가 있듯이 희망에도 층위가 있습니다. 당연히 가장 아래 단계의 희망은 절망에서의 벗어남이 아니겠습니까? 그러나 아이러니하게도 이런 희망 아닌 희망을 통해 스스로를 채찍질하는 사람들을 보며 우리는 위안을 삼고, 살아가는 힘을 얻고는 합니다. 저런 사람도 살고 있는데, 저런 경우도 있는데 하고 말입니다. 남의 불행을 나의 다행으로 삼는 것은 분명 가슴 아픈 일이지만, 우리는 그렇게 살아가도록 되어 있는 것 같습니다. 그러니 희망만큼 상대적인 것도, 주관적인 것도 없다고 하겠습니다. 저게 어떻게 희망이냐고 할 수도 있을 테고, 누구에게는 희망이지만 또 누구에게는 절망이 될 수도 있기 때문입니다. 희망과 절망이 둘이 아니라 같은 것의 다른 이름이 되는 경우도 있을 겁니다.

영화 〈쇼생크 탈출〉에서의 일입니다. 모건 프리먼이 분한 레드는 신참 앤디(팀 로빈스)가 자기는 무죄라며 언젠가는 진실이 밝혀질 것이라고 믿는 걸 보고 이렇게 얘기하지요. 희망은 위험한 거라고 말입니다. 이 말에 공감하게 됩니다. 무언가 잘 몰랐던 진실에 눈이 떠지는 듯한 느낌입니다. 때로 희망은 실체가 없는 허위일 수도 있습니다. 그래서 살아가는 원동력이 되기도 하지만, 희망 그 자체로 불행을 초래하는 안타까운 일도 우리는 왕왕 보고 삽니다. 따라서 상대적이기만한 희망을 마냥 아름다운 것으로 치장할 수는 없는 것이지요.

폴란드 작가 유레크 베커는 소설 『거짓말쟁이 야코프』를 통해 희망의 힘과 한계를 그렸습니다. 독일군에게 포위된 유태인 마을 게토에서의 일입니다. 주민들은 언제 죽을지 모르는 절망적인 상황에 처해 있습니다. 그 동네 사는 야코프는 우연찮게 독일군들이 하는 얘기, 다름 아닌 연합군의 일원인 소련군이 진격해오고 있다는 얘기를 듣게 됩니다. 야코프는 득달같이 돌아와서 동네 사람들에게 이 사실을 전했습니다. 어디서 들었느냐는 물음에 자기한테 숨겨놓은 라디오가 하나 있다고 거짓말을 했습니다. 사람들은 아연 희망을 갖기 시작했습니다. 그다음부터 야코프는 매일 새로운 얘기를 계속해서 지어내야 했습니다. 오늘은 어디까지 왔다, 또 오늘은 어디까지 접근했다, 전황은 어떻다……. 야코프는 거짓말을 하는 게 아니라 희망을 만들어냈던 것입니다. 하지만 그는 괴로웠습니다. 마침내 이실직고했지요. 라디오도 없을뿐더러 처음에는 여차여차해서 그 비슷한 얘기를 들었지만 그후는 전부 거짓말이었다고 말입니다. 다음날 동네 사람 하나가 자살을 합니다. 그러면 과연 희망이라는 건 무엇일까요?

결국 사람이 추구하는 것은 각자 나름의 행복 아니겠습니까? 행복해지기 위해 희망도 필요한 것입니다. 돈, 지위, 명예, 사랑, 권력, 건강……. 이 어느 걸 통해서든 인간은 행복해지고 싶어합니다. 이런 것이 있으면 행복할 것이라는 생각에서 설령 그것이 허망한 일이 될지언정 끊임없이 추구하는 것이며, 뜻대로 되지 않을 때는 좌절하고 불행한 생각을 갖는 것이지요. 게다가 타인과 비교를 함으로써 더 큰 고통을 받습니다. 사실 행복과 불행은 희망과 절망이 절대적인 게 아니듯이 매우 상대적인 것입니다. 우리의 사고는 이분법적으로 나누는 것에 길들여져 있기 때문에 행복은 불행을 전제하고 있으며, 불행은 또 행복을 전제하고 있습니다. 스스로 독립적이고 객관적인 실체로서 존재하는 것은 아니지요. 이른바 서로 얽혀 발생하는 전형적인 연기법緣起法적 존재인 것입니다. 그래서 비교되지 않으면 행불행을 못 느낄지도 모릅니다.

잘살든 못살든 모두가 다 똑같다면, 아무런 차이가 없다면 행불행이 성립될 수 없습니다. 대부분이 성한 몸인데 나만 불편한 장애가 있어 불행한 것이고, 나보다 삶의 조건이 나은 사람에 비해 불행한 것이고, 나보다 못한 사람에게서 안식과 행복을 느끼게 되는 것입니다. 그래서 인간 사회에 차이가 존재하는 한, 희망은 영원할 것입니다. 희망의 긍정적인 면이면서 동시에 부정적인 면이라고 할 수 있습니다. 희망의 힘이며 희망의 한계입니다. 또한 사람들은 차이가 너무 큰 것에 대해서는 희망을 갖지 않습니다. 가끔 재벌이 되고 싶다. 내가 만약 대통령이면 어떨까 하는 생각을 할 수도 있지만, 그건 희망이 아니라 상상입니다. 사람들은 가능한 것, 현실적인 것을 희망합니다. 구체적일 때 희망이라는 말을 사용하는 것이지요. 따라서 희망은 마냥 위대하다고 예찬할 것도 아니며, 반드시 행복의 길잡이가 되는 것도 아닌 겁니다.

그래서 장영희 교수가 세상 사람들에게 희망을 심어준 건 그의 글이 아니라는 생각입니다. 그건 희망의 맨 아래 단계를 딛고 일어나 사회적 명사가 된 사실, 즉 인생역정 그 자체입니다. 그게 그녀의 어떤 작품보다 나은 작품일 겁니다. 신체적 역경, 기구한 팔자, 희망이 될 수 없는 희망. 그리고 그 희망 속에서 꽃피운 짧지만 아름다운 삶. 그러고 보면 사람들이 느끼는 감동이나 희망의 공식은 참으로 단순한 것입니다. 하지만 고인의 삶이 희망으로 엮어간 행복한 일생이었는지, 아니면 희망으로도 극복하지 못한 운명이었는지 누군들 쉽게 말할 수 있겠습니까? 아무쪼록 다음 생에는 건강한 몸을 받기를 빕니다.

죽음보다 깊은 죽음

엊그제 가까운 동료 한 사람이 쓰러졌습니다. 심심치 않게 술자리를 같이하던 사람이기에, 매사 의욕이 넘치고 참여의지가 높은 사람이기에, 그리고 주변의 기대를 받고 있던 사람이기에, 무엇보다 같은 세대의 비슷한 처지에 있기에 더더욱 허망하고 남의 일 같지 않습니다. 근래 들어 죽음 아닌 죽음을 많이 봅니다. 생명이 완전히 다하는 죽음이 아니라 죽음이나 다름없어 죽음 아닌 죽음이라고 하는 것이지만, 어쩌면 죽음보다 더한 죽음이라고 볼 수도 있습니다. 생물학적 죽음이 아니라 사회적 죽음이 그것입니다.

사회적 죽음은 모든 관계로부터 단절되는 죽음입니다. 존재가 존재로서 의미를 지니기 위해서는 동일한 존재들 간의 관계가 전제되어야 합니다. 인간은 타자와 맺는 관계적 동물이니까요. 이런 사회적 죽음은 동시에 경제적 죽음이기도 합니다. 이 죽음은 생명이 붙어 있는 동안 경제적 생산 없이 오직 소비만 할 수밖에 없는 거세된 존재를 일컫습니다. 오로지 남게 되는 것은 그래도 살겠다고 하는 생물체로서의 욕구일 뿐입니다. 그래서 더 안타깝고,. 더 슬프고, 더 불행한 죽음입니다. 그건 흔히 중풍 맞았다고 얘기하는 뇌혈관 질환의 후유증이나 치매로 인한 것으로, 사실상 죽음 그 이상의 것입니다. 정도에 따라 다르겠으나 선천적 장애인은 사회적 관심과 제도의 배려, 그리고 본인의 극복의지에 의해 직업의 영위나 인간 승리에 가까운 사회활동이 가능하지만, 중년 이후에 이런 불행에 처한 사람치고 이전의 사회적·경제적 지위를 되찾거나 그 비슷한 일을 한다는 얘기는 들은 바가 없습니다. 신체적 조건이 허용되지도 않거니와 사회적 판단 자체도 이런 병력을 지닌 사람은 설령 후유증이 가볍고 회복돼 별 문제가 없다고 하더라도 '건강상의 이유'를 배려해 금 밖으로 내놓는 게 현실입니다. 그래서 한번 쓰러지거나 치매가 오면 그것으로 끝입니다. 되돌아갈 수 없는 불가역적인 인생행로가 차선 이탈이 불가능한 철의 궤도를 타고 전개됩니다.

처음 한동안은 가까운 동료나 친지의 문안을 받기도 하고 관심을 받지만, 이내 사람들의 뇌리에서 사라집니다. 그 후로는 살아 있어도 살아 있는 게 아니고, 죽으려고 해도 목숨은 모질어지기만 합니다. 급기야 가족으로부터도 멀어집니다. 중풍은 졸지에 오지만 치매는 서서히 옵니다. 중풍은 치매에 비해 젊어서 오는 게 일반적이지만, 반드시 그렇지도 않은 게 물질적으로 풍요로워졌다고 하는 요즘의 경향입니다. 졸지에든 서서히든 미리부터 관리하고 노력해서 피할 수 있다고는 하지만, 뜻대로 되지 않습니다. 운동을 하러 개천변이나 공원에 나가면 적지 않게 눈에 띄는 게 재활을 위한 안쓰러운 걷기이고, 치매 노인을 휠체어에 태워 산책하는 모습입니다. 세상에 가장 두렵고 힘든 일이 자꾸자꾸 일어나고 있지만, 경각심을 갖기보다는 그저 며칠 착잡하다가 마는 게 또 우리 세대의 현실입니다. 경각심을 갖는다고 달라질 것도 없지만 말입니다.

얼마 전입니다. 어느 신문에서 장기요양원에 대한 르포기사를 본 적이 있습니다. 가족 단위로는 감당할 수 없다는 사회적 문제제기가 있어 정부가 개입한 것이 이른바 장기요양에 대한 의료보험 적용입니다. 가족이 없거나 경제적 사정이 딱한 사람뿐 아니라, 중산층 이상에서도 많이 이용한다고 합니다. 그러나 시행한 지 얼마 되지도 않았는데 여지없이 부조리가 발생하고 있었습니다. 입원한, 아니 맡겨진, 아니 버려진 사람들의 인간적인 비참함을 목도한 기자는 '차라리 암이 축복이다'라는 말까지 했습니다. 이러니저러니 해도 암은 한명限命이 정해져 있으니까요. 이런 사정을 가족들도 당연히 알고 있습니다. 모르고 입원했는데 부조리가 발생한다면 커다란 사회문제가 되겠지만, 알고도 눈을 감는 현실이라 쉽게 개선되기는 어려울지도 모릅니다. 가족들은 '어르신을 친부모처럼 모시겠다!'는 요양원의 선전 문구에 피붙이의 아픔도, 죄책감도, 현실도 모두 묻어버립니다. 그건 상업적인 이유에서 세운 요양원의 경우만이 아닙니다.

작가 김훈의 단편 중에 이런 것이 있습니다. 서울에서 형사를 하는 주인공이 고향에 잡범을 하나 검거하러 출장을 갑니다. 고향에는 형이 살고 있습니다. 치매인지 중풍인지에 걸려 있던 어머니 간병에 힘들어하던 형은 전년에 인근 종교단체에서 운영하는 요양원에 어머니를 보내겠다고 주인공한테 전화를 했고, 주인공은 무신경하게 그러라고 했으며, 다달이 비용 절반을 부담하라는 얘기에도 그리하겠다고 했습니다. 어려운 일이 아니니 공무 겸 휴가 겸 내려갔다 오라는 반장의 생색 속에 지난 설날에도 못 가본 고향을 모처럼 찾은 주인공은 어렵다고 푸념하는 형수 꼴이 보기 싫어 형네 집은 들르지 않고 요양원을 곧장 찾아갑니다. 거기서 어머니의 상태를 보고는 그만 피하듯이 돌아 나옵니다. 이 얘기가 그 단편의 주된 줄거리는 아니지만, 김훈은 특유의 허무와 냉소를 산 것도 죽은 것도 아닌 사람과 그 가족관계를 묘사하는 데 동원합니다. 딱히 소설이 아니더라도 장기간 소모성 질환에 시달리는 가족의 일원을 요양원에 맡겨야 하는 입장이나, 아니면 직접 당사자가 되어야 하는 입장이나 우리 모두의 피할 수 없는 삶의 도정이라서 그런지 생생하게 기억이 납니다.

그리고 치매는 늙어서 오는 병증인 줄 알았더니 중년에도 오는 거라고 합니다. 일본에서는 60세인지 65세인지 그전에 치매가 올 경우 이를 일러 중년치매라고 한답니다. 그 환자가 무려 수만 명을 헤아린다나 어쩐다나 그러고 있습니다. 우리 사회에서는 드문 얘기가 얼마 전 그쪽 신문에 실렸던 모양입니다. 이를 소재로 한 소설(오기와라 히로시, 『내일의 기억』)이 베스트셀러가 되고 영화로까지 만들어져 많은 사람을 울리고 있다는 전언이었습니다. 살 날이 얼마 남지 않아 이런 증상이 생겼을 때는 주위의 고통이나 본인의 참담함이 얼마가 되었든 사람살이의 비극이라고 하겠지만, 한창 일할 나이에 그런다면 그건 정말 간단한 일이 아닐 것입니다.

치매는 병으로 인한 자아상실이라는 점에서 존재해도 존재하는 것이 아니요, 살아도 산 것이라고 할 수 없는 병입니다. 치매 상황에서는 과연 이제까지의 내가 여전히 '나'인지 판단하기 어렵습니다. '나'는 과연 누구인가? '나'라고 하는 실체는 무엇인가? 가족관계를 비롯해 멀쩡한 기간에 맺은 모든 인간관계에서 그 주체가 되었던 '나'가 어느 날 갑자기 치매로 인해 사라졌을 때 그 관계는 어떻게 규정되어야 하는지, 단순히 질병에 대한 고통을 넘어 자아의 실체 및 정체성에 대한 궁극적인 질문을 던지지 않을 수 없습니다.

기본적으로 불교에서는 일체 제법諸法이 무아無我라고 합니다. 연기법緣起法에 의해 스스로의 자성自性으로 존재하는 것이 아니라 상호 인연하여 존재한다고 합니다. 우주 만물 모든 것이 네가 있음으로 내가 있고 내가 있어 네가 있다는 것입니다. 그래서 독자적인 내가 없는 것이기에 모든 사물과 현상은 무아이며 공이라고 하는 것입니다. 이런 무아의 관점에서 보면 처음부터 없었던 '나'이기에 설령 치매를 통해 지금까지의 '나'가 달라지더라도 문제가 없겠지만, 현실의 인간관계에서 보면 아무리 본질적으로 없는 개념이라고 해도 '나'의 실체는 여전히 중요하지 않을 수 없습니다. 무엇보다 치매에 걸린 '나'는 내가 아니기 때문에 걱정이나 치료의 대상으로서 가족들에게 계속해서 유효한 것인지를 알 수 없습니다.

'나'는 내 겉모습이 아닙니다. 단지 그대로인 내 모습을 보고 이미 내가 아닌 '나'를 여전히 남편으로, 아버지로 대하는 것은 정서적으로는 통용될 수 있어도 논리적으로는 통용될 수 없기 때문입니다. 그렇다면 치매 증상이 오면서 빈 모습만 놔두고 '나'는 어디로 갔는지, 본래 없었던 '나'라면 치매가 오든 안 오든 '나' 또한 없었던 것이라는 점에서 '나'에 대한 연민이나 아쉬움은 성립될 수 없지 않은 가, 의문이 들지 않을 수 없습니다. 영화의 주연을 맡은 와타나베 겐은 본격적으로 남편의 치매를 치료하기 위해 팔을 걷어붙이고 나서는 아내에게 이렇게 오열합니다. '더이상 나는 당신의 남편이 아닌데도 그 고통을 감내할 수 있느냐?'고 말입니다.

내가 '나' 아닐 때 아내도 더이상 '아내'가 아닌 것입니다. '나'라는 자아의 정체는 생물학적으로 뇌 속의 기억에 불과한 것인지 모릅니다. 즉, 뇌의 작용이 세상을 인식하는 주체로서의 '나'라고 할 수 있습니다. 치매와 같이 뇌 기능이 온전하지 않거나 정지되었을 때 전혀 다른 '나'가 되는 현상에서 그렇습니다. 생명의 신비나 존엄성, 삶의 가치와 오묘함 역시 뇌의 작용 범주 내에서의 일입니다. 그래서 동일한 겉모습의 전혀 다른 '나'는 별개의 기억을 갖는지도 모릅니다. 외견상의 조건으로는 불행한 일이지만 치매에 걸린 또다른 '나' 역시 독립적인 존재로서의 의미를 지니고 있을지 모르는 일입니다. 순간순간 정신이 들어올 때 치매 상황에서의 전혀 다른 '나'를 기억하지 못하듯이, 치매 상황에서의 '나' 역시 제정신의 '나'를 기억하지 못할 뿐입니다.

장자의 호접몽이 '나비가 되는 꿈'이면서 동시에 '나비가 꾸는 꿈'의 두 가지 층위인 것처럼, 정상의 '나'와 치매 상황에서의 '나'는 서로 꿈을 꾸고 있다고 볼 수도 있습니다. 하지만 정작 어느 것이 정상인지는 알 수 없습니다. 꿈은 깨어야만 꿈인지 아는 법입니다. 제정신이 돌아와야만 내가 치매에 걸렸는지 아는 것처럼, 치매 상황에서는 오히려 제정신의 '나'를 치매에 걸린 불쌍한 '나'로 여길지 누가 알겠습니까. 일찍 오든 늦게 오든 치매가 중풍과 다른 점입니다.

뇌졸중이나 뇌경색은 곧바로 처치가 되지 않으면 뇌에 산소공급이 안 되어 괴사 현상이 생긴다고 합니다. 뇌 기능이 훼손되고 신체장기의 기능에 문제가 생기면서 기억의 일부도 사라지는 겁니다. 그런 점에서 보면 중풍이나 치매는 차이가 없습니다. 의학적으로는 구분되겠지만, 적어도 인간관계 혹은 사회적 관계라는 측면에서 보면 구분의 의미가 없습니다. 내가 지금까지의 '나'가 아니기는 마찬가지이기 때문입니다. 잘나가던 사람이 한번 쓰러짐으로써 세간의 뇌리에서 사라진 경우를 많이 봅니다. 유명했던 사람이 죽었다는 얘기는 없으니 살아 있는 게 분명한데, 아무런 사회적 생산이 없다보니 죽은 것이나 다름없습니다. 졸지에 모든 관계가 단절된 말 그대로의 불연속적 존재가 돼버린 것입니다. 그 불연속적 존재가 어떻게 생명을 이어가는지는 삶의 조건에 따라 아주 다양하겠으나, 상상하기 어려운 깊은 외로움과 상실감, 절망감은 피할 수 없을 것입니다. 병이 오기 전 잘나갔을수록 그 정도는 극명하게 커집니다. 그래서 어쩌면 기억이 남아 있을 확률이 높은 중풍의 경우보다 치매가 더 나을지도 모릅니다. 치매 쪽이 장기요양에 들어가는 과정에서 인간적인 모멸을 덜 느낄지도 모릅니다. 자아의 상실은 관계의 단절 자체도 못 느낄 것이기에 그렇습니다.

어쨌거나 치매든 중풍이든 그때부터는 존재가 없는 것으로 간주됩니다. 하지만 사회적으로 잊히는 것과 달리 가족들에게는 세상 그어느 존재보다 버겁고 부담스러운 존재가 됩니다. 기존 관계의 단절과 새로운 관계의 시작이 동시에 이루어집니다. 물어보면 대부분의 사람들은 죽음 자체보다 죽는 과정에 더 관심이 많습니다. 생물학적 죽음과 사회적 죽음의 시간적 지체가 길지 않을 것을 희망합니다. 존엄사가 따로 없습니다. 모든 사람은 존엄한 죽음을 원합니다. 존엄한 죽음을 위한 물질적 기반을 필요로 하고, 다복한 가족관계를 원하고 있습니다. 그러나 쓰러진 다음의 가족관계는 그 이전과 달라질 수밖에 없음을 알기 때문에 더욱 물질적 기반, 즉 돈에 의존하려고 듭니다. 중년에 쓰러지거나 병이 와 긴긴 세월 단절의 시간을 보내지 않으리라고 누구든 장담할 수 없기 때문에 그런 경우를 대비한 현실적 수단으로 돈에 집착하게 됩니다. 지위나 권력 등 세속적인 모든 분투가 결국 이 돈을 위한 것이고, 그건 다시 존엄한 죽음, 그 중에서도 졸지의 중년 쓰러짐이나 치매를 대비한 것이라고 볼 수 있습니다.

하지만 이런 대비를 평소 별다른 건강관리도 없이 누구보다 열심히 하던 동료가 엊그제 쓰러진 것입니다. 그래서 더 허망하게만 느껴지는 중년입니다.

모든 게 축복

평소에는 전혀 의식하지 못했던 신체적 이상으로 일상이 불편했던 일을 한번쯤은 겪어봤을 것입니다. 예컨대 아프거나 어떤 사정이 생겨 누울 수가 없다면 어떨까요. 대개 신체기관의 고장에 따른 것이지만 갑작스런 통증이나 기능장애로 잠시도 앉을 수 없거나, 아니면 걸을 수 없거나, 팔 하나를 못 쓰거나 하는 일들입니다. 비슷하게 먹을 수 없고, 마실 수 없고, 굽힐 수 없고, 잠잘 수 없는 일이 발생한다면……. 아무리 일시적이라 한들 대단히 불편한 삶의 장애가 아닐 수 없습니다. 게다가 극심한 통증까지 수반된다면 더욱 견디기 어려울 겁니다.

얼마 전 아파서 앉을 수 없는 극심한 병통으로 끝내 수술까지 받았습니다. 그전 일주일 정도를 약이나 먹으면서 참고 견뎠지만 결국 백기를 들었습니다. 좀처럼 아프지 않던 체질이었는데, 급성화농으

27

로 고열까지 동반하니 견딜 재간이 없었습니다. 도무지 앉지를 못하게 되니까 생활 자체도 엉망이 될 수밖에 없었습니다. 모든 약속을 취소하거나 연기함은 물론이고 좋아하는 술은커녕 음식까지 가려야 했습니다. 그 불편은 생각보다 심했습니다. 하지만 그리 아프면서도 이런저런 약속을 지키기 위해, 또 따지고 보면 아무것도 아닌 체면과 자존심을 위해 참았다는 게 막상 수술을 받고 나니 헛웃음밖에 안 나왔지요. 앉지만 못하는 게 아니라 나중에는 가만히 있어도 염증 부위가 쑤셔서 어쩌지 못할 정도였습니다. 겨우 일박만 하는 간단한 수술이었지만 날아가는 듯했습니다. 관련 질환 중 가장 아픈 것이라고 하면서 젊은 의사는 나를 미련하다는 듯이 내려다보았습니다.

이때까지 나는 앉는 기능 혹은 행위를 따로 떼어놓고 생각해본 적이 없습니다. 막상 탈이 나고 나니 하루 일과의 대부분이 앉아서 하는 일임을 알 수 있었습니다. 굳이 과장하지 않더라도 앉지 않고는 생활 자체가 성립될 수 없습니다. 한번 봅시다. 대중교통이든 승용차든 차를 타고 집을 나서는 순간부터 시작해 책상에 앉아서 업무를 보고 공부를 하고…… 그리고 의자든 방바닥이든 앉아서 밥을 먹고 얘기를 하고, 집이든 밖이든 그 어디서든 말입니다. 그런데 앉지를 못하게 되니 아픈 것도 아픈 것이지만 일상 자체가 마비된다는 점에서 신체적 장애 이상으로 앉는 기능의 치명적 중요성을 실감할 수 있었던 것입니다. 앉는 게 얼마나 중요한지 절감하고 또 절감했습니다. 반대로 어떤 사정이 생겨 앉아 있어야만 할 뿐 서 있을 수가 없다면 그 또한 마찬가지의 괴로움과 함께 생활에 차질을 줄 건 불문가지일 것입니다.

이렇게 아무 생각 없이 잘 먹고 잘 떠들다가 공기나 물처럼 당연시 여기던 것들에 문제가 생길 때 비로소 사람들은 작은 깨달음에 눈을 뜨게 됩니다. 세상은 큰일로만 구성되는 것이 아니라는 걸 말입니다. 무슨 심각한 고민과 중요한 일로만 삶이 이루어지는 게 아님을 지극히 소소하고 평범한 일을 계기로 알게 됩니다. 짧은 동안이라고 해도 신체적 기능 장애가 별것 아닐 수야 없겠지만, 나는 그 일로 정말 커다란 자각은 느닷없이 다가온다는 것을 알게 되었던 것입니다. 설령 얼마 못 가서 잊을지도 모르지만 말입니다.

언젠가 암 투병을 하던 친구가 한 말이 생각납니다. 다행히 위험한 고비는 넘겨 친구들 몇몇이서 식사하는 자리를 가졌습니다. 한 친구가 전날 술을 핑계로 술잔을 사양했습니다. 나도 자주 그러지만 회식자리나 술자리에서 흔히 볼 수 있는 광경이지요. 그 모양을 본 아픈 친구가 그랬습니다. "먹을 수 있을 때 먹어." 다른 사람이 그랬으면 맨날 하는 얘기쯤으로 돌렸겠지만, 암으로 죽을 고비를 넘긴 친구의 한마디는 달랐습니다. "나는 먹고 싶어도 못 먹어."

그렇습니다. 우리는 너무나 당연한 얘기를 대수롭지 않게 여기며 살아온 게 아닐까요. 먹어야 하고, 걸어야 하고, 앉아야 하고 누워야 하고, 보고 들어야 하고……. 막상 고장 나기 전까지는 그 고마움을 모릅니다. 그러고 보면 모든 게 축복입니다. 별탈 없이 생명을 유지하고 있는 것 자체가 폭포처럼 쏟아지는 축복이고 은덕이고 행운입니다. 하늘이 푸르고 비가 오고 눈이 오고 바람이 불고 꽃이 피고 지고 하는 이 모든 게 한없는 축복이 아니겠습니까. 그럼에도 우리는 고마워하지 않습니다. 아니, 생각 자체가 없습니다. 살아 있는 생명들에게 주어진 당연한 전제로만 여깁니다. 그런데 왜 당연한 건지 한번쯤 자문해봐야 하지 않겠습니까.

여기서 좀더 확장해보고 싶습니다. 이렇게 당연하다고 믿고 있는 전제들이 반드시 몸에 국한될 이유는 없기 때문입니다. 고단한 삶 자체에 적용해보면 고마워해야 할 것들이 참 많다는 걸 알 수 있습니다. 그 고마움을 위해서는 질문을 던져야 합니다. 왜 우리는 반드시 행복해야 하고, 성공해야 하고, 부자가 되어야 하고, 건강해야 하고, 화목해야 하고, 명예로워야 하고, 또 오래 살아야 하는가, 나아가 왜 내 자식은 나보다도 잘나야 하고 남의 자식보다 뛰어나야 하는지 등에 대해서 말입니다. 내 삶을 형성하는, 아니 목적이 되고 있는 이런 너무도 당연시되는 것들이 과연 당연한 것인지 말입니다. 살아오면서 추호도 의심해보지 않은 이 전제가 틀릴 수도 있지 않은지 말입니다. 이 전제를 부인하면 어떤 일이 발생하는지 의문을 가져볼 필요가 있는 것입니다. 이 전제가 아니면 우리는 정말 살아갈 수가 없는 것입니까. 전제를 뒤집으면 이렇습니다. 우리는 불행할 수 있고, 좌절할 수도 있고, 가난할 수도 있고, 아플 수도 있고, 남보다 일찍 죽을 수도 있고, 성공하지 못할 수도 있고, 각광이나 평가를 받지 못할 수도 있습니다. 자식이 실패할 수도 있고 남보다 뒤질 수도 있습니다. 이런 일들이 끝내 용납할 수 없는 불가능한 일입니까.

그러나 추호의 의심도 허용되지 않는 이 전제들에 맞춰 각자의 삶이 이뤄질 뿐만 아니라 사회 전체의 모든 시스템이 작동하고 있습니다. 이 전제들을 위해 매일같이 기도하고 공부하고 분투하고 갈등하면서 살고 있습니다. 그러나 이 전제를 위한 각축으로 그토록 당연시하고 중시하는 전제가 오히려 더 멀어지고 힘들어진다는 생각은 해보지 않았습니까. 만약 그렇다면 인생의 큰 역설과 모순을 느끼지 않을 수 없습니다. 그러니 한번쯤 뒤집어서 생각해볼 필요가 있을 겁니다. 이른바 전복順覆적 사고입니다. 가뜩이나 세상이 힘들게 느껴진다면 더욱 그럴 필요성이 있지 않을까 싶습니다. 전제가 깨지면 세상의 모든 것에 대해 감사하게 되고, 주어진 모든 것이 축복이 될 수 있기 때문입니다. 그저 먹고 자고 용변 보는 일, 걷고 앉는 일 자체가 축복인데 그 어느 것인들 축복이나 공덕이 아니겠습니까. 그러니 이렇게 편히 앉아 자판을 두드리는 게 얼마나 고마운 일인지 모르겠습니다. 그리고 보면 간단한 걸 너무 멀리 돌아오지 않았나 싶습니다.

작고한 이청준의 산문 중에 「깨어진 것의 완형完形」이라는 글이 있습니다. 내용인즉 후배로부터 신라 고분에서 출토된 깨진 옛날 접시 하나를 선물로 받았는데, 깨져서 별 볼일 없는 것이 아니라 오히려 깨진 것이 정품이었다는 얘기입니다. 이승과 저승, 삶과 죽음을 구별짓기 위해 부장품으로 넣는 그릇을 일부러 깨서 넣었다는 것이지요. 즉, 지하세계에서는 깨진 것이 정상이고 안 깨진 것이 비정상이라는 전문가의 설명이었습니다. 당연히 당시 사람들의 생사관에 따른 것입니다.

도굴꾼조차 깨졌다고 해서 버리고 간 것이 정작 알고 보니 완형이라면, 과연 정상과 비정상의 경계는 어디겠습니까. 누구나 살아가면서 상처입지 않고 온전하기를 바랍니다. 별다른 어려움 없이 편안한 삶을 살다 가는 것이야말로 모두의 희망입니다. 하지만 정상이 아닌 것이 정상이고 상처 입은 것이 오히려 온전하다는 데에서 삶의 묘미와 역설의 진실을 발견할 수 있습니다. 일찍이 상처 입은 조개만이 진주를 맺는다고 했습니다. 장애아를 둔 어머니야말로 신에게 가장 근접해 있는 사람이라고도 합니다. 그래서 우리는 어쩌면 삶의 불완전성을 극복하기 위해 오히려 상처의 효용을 요구받고 있는지도 모릅니다. 진리가 하나같이 역설인 것도 그래서입니다.

살아가면서 한번쯤 깨져보는 것, 상처 입는 것, 실패하고 좌절해보는 것, 버림받고 소외받고 사방이 봉쇄된 현실의 벽을 실감해보는 일이야말로 꼭이라고는 할 수 없어도 삶의 완형을 위한 필요조건이라고 생각합니다. 상처 입는 것만으로 완형을 위한 충분조건이 되지는 않겠지만, 역사는 시대와 지역을 막론하고 인간의 삶에서 겪는 상처의 의미를 너무도 생생히 가르쳐주고 있기 때문입니다. 그래서 정도의 문제이기는 하지만 누구나 한번쯤 겪을 깨지는 아픔은 긴 인생역정으로 볼 때 차라리 축복으로 불러도 무방할 것입니다.

그래서 자기의사와 관계없이 항상 깨질 수 있고 깨지는 것이 피해갈 수 없는 현실이라면, 깨질 때마다 그냥 아파만 하고 깨진 감정만 켜켜이 쌓아가는 것은 정작 깨지는 일보다 더 비극적이지 않을까 생각되기도 합니다. 깨짐으로써 정상적인 그릇이 되고 그릇으로서 의미를 가지게 되듯이, 인생을 완형으로 가져가는 과정에 깨짐을 깨달음으로 삼는 일이야말로 대표적인 전복적 사고, 즉 삶의 전제 뒤집기가 아니겠습니까.

우리들은 평소 삶의 온전함을 위해, 그리고 현재 누리고 있는 삶의 조건을 훼손하지 않기 위해 너무도 많은 비용을 지불하고 있습니다. 그럴수록 완형과는 거리가 멀어지는 게 아닌지 회의해야만 합니다. 우리가 추구하는 삶의 양식이 결코 완형이 아님에도 완형으로 믿는 착각이 끊임없는 불안으로 연결되는 것은 아닌지도 고민해볼 일입니다. 인생의 당연한 전제들을 뒤집어 봐야 합니다. 그러니 꼭 행복해야 할 일도 없는 것입니다. 우리는 알게 모르게 성공 이데올로기와 행복이라는 종교에 너무 깊이 빠져 있는 게 아닌가 싶습니다.

항문 주위의 농양 덕분(?)으로 자명한 삶의 조건들과 믿음의 전제들을 부정하게 될 때 비로소 참다운 공부가 이뤄진다는 걸 알게 됐습니다. 비슷한 얘기로 화가 고갱이 그랬다고 합니다. 자기는 잘 보기 위해 눈을 감는다고요. 한마디로 역설의 진실, 모순의 진리 아니겠습니까. 그러니 가끔 아파보고 하는 것도 괜찮습니다. 살면서 언제나 건강해야 한다는 법도 없는 것이지요. 그저 모든 게 축복입니다.

제2의 나

누구나 친구親舊가 있습니다. 많고 적고를 떠나 살아가면서 친구가 없는 사람은 없습니다. 어디까지를 친구라 해야 할지 막상 생각해보면 막연한 감이 있지만, 심적으로 친구로 여기는 인간관계는 누구나 맺고 살기 마련입니다. 친구는 한자어이지만 고유어처럼 된 어휘입니다. 순우리말로는 벗이라고 하지만, 이 친구는 오래된 친한 관계라는 뜻을 담고 있습니다. 벗을 친신親新이라고 하지 않는 이유는, 친하다는 건 기본적으로 오래됨을 전제하는 것이라서 그럴 겁니다. 사귄 지 얼마 되지 않은 경우에 진짜 친한지 안 친한지는 본인도 정확히 알 수 없습니다. 당장 가깝다고 혹은 긴밀하다고 해서, 또 자주 만난다고 해서 선뜻 친하다고 하기는 어딘가 망설여집니다. 적어도 친구라고 여기거나 누구에게 그렇게 소개하기까지는 다소간의 조건이 필요합니다. 남자고 여자고 사람관계가 친구 사이로 숙성되기까지는 시간이라는 효소가 요구됩니다. 아무리 첫눈에 친해지는 경우도 있다지만 완벽히 친구로서 격의가 없어지기까지는 세월이 요구되는 겁니다.

그런데 말입니다. 남자는 나이가 들수록 친구가 줄어들고 여자는 늘어난다고 합니다. 가만 보면 정말 그런 것 같습니다. 남자들은 젊었을 때나 현역에서 왕성한 움직임을 보일 때는 그 관계가 진정 친구인지 어떤지는 모르지만 친구로 여겨지는 사람들이 주변에 많습니다. 그러나 나이 들어 은퇴하거나 그전이라도 별 볼일 없어지면 친구가 급격히 줄어듭니다. 남자들은 이런 현상을 염량세태라고 한탄하지만 그럴 필요가 없습니다. 엄밀히 말하자면 이렇게 관계가 정리되는 사람들은 친구가 아니었을 수도 있기 때문입니다. 무슨 일이든 흐르는 시간에 장사 있겠습니까마는, 삶의 조건에 따라 변한다면 친구라고 할 수는 없을 겁니다.

그래서 친구관계에는 가까운 것 이상의 그 무엇이 있다고 할 수 있습니다. 친구는 단순히 동년배의, 친하기는 한데 막상 부르기가 마땅치 않을 때 부르는 이름이 아닌 겁니다. 나뿐만 아니라 남자들은 갈수록 소심해지고, 나이 들어가면 따지지 말자고 하면서도 유독 체면을 중시하고, 삐치기도 잘 삐치는지라 오랜 세월 함께해온 묵은 친구들까지도 서서히 거리감이 느껴지는 경우가 종종 있습니다. 이렇게 친구에 대해 특정한 관념을 피력하는 것 자체가 까다롭고, 또 그만큼 친구로 사귀기가 피곤하다는 것을 스스로 드러내는 말일 수도 있습니다. 하지만 명백한 사실입니다. 반면 여자들은 다릅니다. 대개의 경우 남자들에게 눌려, 아니면 남자들 뒷바라지하느라고 제 삶이 없이 살다가 나이가 들고 아이들이 장성해 독립하게 되면 자연스럽게 바깥출입이 늘게 됩니다. 이런 사회적 이유에 더해 여자들은 남자들과 달리 나이가 들수록 드세지고, 심지어 힘도 세집니다. 활달해지고 개방적으로 변합니다. 어딜 가든 친구들을 쉽게 사귑니다. 있던 친구도 사라져가는 남자들과 달리 이제껏 없던 친구들이 백화점 문화센터에서, 헬스장에서, 동네 반상회에서, 이런저런 이유로 만든 모임에서 잘도 만들어집니다. 오랜 세월 뜸했던 학교 동창들도 이 무렵부터는 다시 만나게 됩니다. 나이 든 여자들의 이런 사귐은 그 경로로 볼 때 일시적인 것 같지만 남은 인생 내내 같이할 친구인 경우가 많습니다. 게다가 여자들은 소위 망년지교인 경우도 흔합니다. 나이를 초월한 친구관계가 아주 쉽게 성립되는 걸 주변에서 볼 수 있습니다. 호칭이야 언니가 됐든, 아우가 됐든, 할머니가 됐든 상관없습니다. 그래서 뒤늦게 사귀는 그런 친구들이야말로 친구보다는 친신親新이라는 말이 어울릴지도 모릅니다. 남자들에게는 아무래도 쉽지 않은 일입니다. 아무나 친구가 되지 않습니다. 나이 들어 사귀는 친구의 조건은 무척이나 까다롭습니다. 그래야 될 객관적인 이유는 하나도 없으면서 말입니다. 물론 겉으로는 잘 어울립니다. 말도 잘 놓습니다. 따라서 어쩌면 위선적이고, 어쩌면 심리적인 벽이 높은 것이고, 또 어쩌면 갈수록 자기만의 성이 젊었을 때보다 공고해지고 아집이 강해져서 그런지도 모릅니다. 친구와 관련된 이 모든 현상의 이면에는 경제적인 고충도 있을 것이고, 가정적인 이유나 생물학적인 요인도 있을 것이고, 현역에서의 지위가 원인일 수도 있을 것이고, 다함께 버무려져서 생긴 이유도 있을 겁니다. 그나저나 더불어 살아갈 상대는 친구입니다. 일찍이 새 친구를 이유로 옛 친구를 홀대하지 말라고 했습니다. 친구는 역시 오래돼야 한다는 가르침입니다. 그런 점에서 여자들의 친구가 늙어갈수록 친신親新인 것은 좀더 두고 생각해볼 문제입니다.

친구를 부르는 별칭에는 여럿이 있습니다. 흔히 지음이니 지기니하는 말들을 씁니다. 나를 알아주는 것이 지기이고 지음입니다. 여기까지는 충분히 이해할 수 있지만, 비실지처非室之妻니 비기지제非氣之弟니 하는 말에 이르면 진정한 친구란 어떠해야 하는지를 다시금 생각하게 됩니다. 친구의 의미가 심장하게 다가옵니다. 비실지처라함은 방을 같이 쓰지 않는 처라는 것입니다. 세상에 부부 이상 가까운 게 어디 있겠습니까. 친구는 한마디로 아내와 동격입니다. 또 비기지제는 동기간과 같은 친구입니다. 형제와 똑같습니다. 갈수록 처자식만 알고 제 집안만 건사하는 풍토에서 친구를 이 정도로 생각한다면 그 사람은 정말 대단한 사람입니다. 옛사람들은 다 그랬다는 것입니다. 어디까지가 친구인지도 헷갈리는 세태에서, 그리고 믿을 수 없는 게 친구이고 오히려 걸림돌이 되는 세태에서, 무슨 강아지 풀 뜯어먹는 소리냐고 핀잔을 들을 수도 있는 별칭입니다. 거기서 더 나아가 제이오第二吾라는 말까지 있습니다. 친구가 제2의 나라는 것입니다. 급기야 마누라와 형제를 넘어 나와 동격이 되는 것이지요. 친구는 그 자체로 나입니다. 중국 사람들의 허풍이나 우리 양반들의 과장만은 아닙니다.

나는 곰곰이 생각해봅니다. 지금껏 살아오면서 피붙이에 버금가는 친구가 과연 있었는지 돌이켜봅니다. 나를 그렇게 생각해줄 사람역시 있을지 생각해봅니다. 자신이 없습니다. 앞으로의 삶이 얼마가 될지 모르지만, 끝까지 함께할 수 있는 친구가 몇이나 될지 새삼 꼽아보니 허망한 생각이 듭니다. 진정한 친구를 갖고 있다는 것과 누구의 진정한 친구가 될 수 있다는 것은 정말 축복 중의 축복이 아닐 수 없습니다. 옛날부터 사람의 오복을 얘기하지만, 진정한 친구야말로 으뜸의 복이 아닌가 싶습니다. 오복은 오래 사는 것(壽)과, 재산(富), 우환 없는 것(康寧), 덕을 좋아하고 베푸는 것(攸好德), 그리고 주어진 명대로 살다가 깨끗이 가는 것(考終命)을 일컫습니다.

흔히 위에서부터 중요한 것으로 치지만 나는 반대로 생각합니다. 마지막의 고종명은 앞의 네 가지 복을 집대성하는 복이거나, 혹은 앞의 넷은 고종명하기 위한 조건일 뿐이라는 것입니다. 진정한 친구는 길을 함께 가는 동반자이며, 서로의 삶에 대한 거울이고, 그 자체로 위안이며 치유입니다. 다른 것이 다 있어도 동반자가 없으면 고종명하기에는 어딘가 부족하고 완전치 않습니다. 동반을 한다는 것은 서로의 존재 이유를 확인하는 일입니다. 친구는 생물학적으로는 넘을 수 없는 불연속적 존재이지만, 이렇게 상호의존적 존재라는 점에서 제이오第二吾라는 말이 딱 들어맞습니다. 주어진 명대로 살다가 편안히 가는 것. 말이 쉽지 결코 쉬운 일이 아닙니다. 자기 한명限命에 순응하고 자연의 질서에 달관해야 합니다. 고종명을 하기 위해서는 스스로 의식하든 안 하든 우주 자연 속에서 자기가 어떤 존재이며 어떻게 살아왔는지 확인받아야 하는데, 그때 친구가 필요해집니다. 고종명은 살아온 의미, 죽음의 의미에 대한 친구 상호간의 비춰보기를 통해 가능해지는 겁니다. 나머지 중 장수는 어차피 천명天命이라는 점에서 굳이 오래 살겠다고 집착할 이유가 없습니다. 부귀야 있으면 좋지만 없는들 어떠하며, 오히려 있어서 친구가 멀어질 수도 있습니다. 덕을 좋아하는 건 고매한 일이지만, 이 또한 보통 사람들에게는 왠지 저 높은 차원의 일 같습니다. 그래서 친구, 특히 장년 이후의 친구는 적어도 오복이라는 관점에서 볼 때 사람살이의 성공 가늠자라고도 볼 수 있습니다. 여기서의 친구는, 부부도 나중에는 친구가 된다지만 온전한 부부간에도 할 말 못할 말이 있고 이유 없는 외로움이 있다는 점에서 아무래도 동성이어야 할 것입니다.

친구의 효용이나 의미는 그렇다고 치고 친구가 진정 있는지 없는지에 대해 자신 없어하는 나 같은 사람들은 어떻게 해야 합니까. 친구가 없음을 아쉬워하기보다는 누구의 친구가 되어주지 못했음을 먼저 돌아보는 게 옳지 않을까 싶습니다. 그래야 지금이라도 남은 삶을 함께할 수 있는 친구가 생기지 않을까 하는 얕은 기대나마 할 수 있기에 그렇습니다. 돌이켜보건대 친구가 되지 못해서 친구가 없는 것이지, 친구가 없어 친구가 돼주지 못한 것은 아닙니다. 과연 나는 그 누구의 친구가 된 적이 있었는지 고민하는 것이 나에게 과연 친구가 있는지 생각하는 것보다는 올바른 게 아닐까요. 진정한 친구는 상대적이지 않습니다. 친구의 관계는 일방적인 관계가 아닙니다.

다시 몇몇을 꼽아봅니다. 나는 그들을 진정한 친구라고 생각하지만 그들도 나를 그렇게 생각할까에 대해서는 여전히 자신이 없습니다. 혹시 내가 꼽지 않은 사람들 중에 나를 친구로 여기는 사람도 있을까 생각하면 정말 친구의 관계는 어렵습니다. 기대를 하면서도 기대를 저버리지 말아야 하기 때문에 급기야 나에게 친구가 있기는 있는 건가 하는 생각까지 듭니다. 서로가 술에 취해 정말 네가 평생을 같이할 친구냐고 물어볼 수는 있지만, 그런 치기 어린 확인이 친구를 만들어주지는 않습니다. 내가 너무 엄격하게 친구를 상정하는지도 모릅니다. 요즘 아이들처럼 그저 가깝게 어울리면 전부 친구이고, 친하다가 아니면 말고, 안 친하다가 또 친해질 수도 있다고 하면 될 것을 너무 심각하게 생각하는 것일 수 있습니다. 그러나 나뿐 아니라 사람들은 일반적으로 단 한 명이라도 좋으니 평생을 같이할 진정한 친구를 원합니다. 그런 친구가 하나라도 있으면 엄청난 행운으로 치고, 주변에서는 그런 사례를 보면 부러워합니다. 자기가 누구에게 평생을 같이할 진정한 친구가 되고 있는지에 대해서는 관심이 없으면서 말입니다.

그래서 친구, 그 이름은 친근하면서도 낯선 이름이고, 곁에 있으면서도 손님 같은 이름이라고 할 수 있습니다. 그 이름은 소중한 이름이면서 실체가 없고, 부담이 없으면서도 부담을 주는 이름입니다. 다가가면 멀어지는 이름이고, 있는 듯하면서도 없는 이름입니다. 그리고 친구는 오래된 이름이면서 새로운 이름이고, 변함없는 듯하면서도 변하는 이름입니다. 참으로 부박한 세상입니다. 그대로 머물러 있는 것은 거의 없습니다. 모든 것이 너무도 빨리 변합니다. 변하는 것만이 가치가 있다고 합니다. 세월이 지나도 변하지 않는 것이 있다면, 그건 변하지 않으면 도태된다는 삶의 총체적 불안일 것입니다. 이런 변화 속에서 변하지 않는 친구를 구한다는 건 부질없기도 하거니와 개인적 불안의 또다른 표출일 수도 있습니다. 진정한 친구가 있으면 좋지만, 없으면 또 그렇게 사는 것이지, 왜 그렇게 과도한 의미 부여까지 해가며 친구라는 존재에 목을 매느냐고 한소리 들을 수도 있습니다. 나아가 정녕 자본주의 사회에서 필요한 것은 친구가 아니라 돈이라고 핀잔을 들을 수도 있습니다. 당신이 생각하는 친구는 그야말로 옛날의 친구이고, 지금의 친구는 바로 돈이라고, 그리고 돈이 없으니 그에 대한 보상심리로 친구의 진정성과 의미를 찾는 것이라고 말입니다.

맞습니다. 요즘은 인간관계도 상품화하는 세상입니다. 오랜 시간을 들여야 하는 친구도 이제는 구입할 수가 있습니다. 유료회원이 되고, 가입을 하고, 등록을 함으로써 우리는 친구가 됩니다. 경제적 조건만 맞으면 나는 누구의 친구도 될 수 있습니다. 친구의 진정성이나 세월이 지나도 변하지 않을 우정이야말로 돈 없는 사람들의 허망한 사치가 됐습니다. 하지만 새삼 고종명까지는 아니더라도 외로운 날 쓴 술 한잔에 세상 사는 얘기를 나눌 수 있는 그런 친구가 그리운 건 어쩔 수 없습니다. 어느덧 창밖이 어두워졌습니다.

길흉화복에는 이유가 있다

"길흉화복에는 다 이유가 있으니 다만 깊이 알되 걱정하지 말라.
불길이 부자 집을 태우는 건 봤어도 풍랑에 빈 배가 뒤집혔다는 얘
기는 들은 바 없다(吉凶禍福有來由 但要深知不要憂 只見火光燒潤屋 不聞風浪覆虛
舟)." 당나라 사람 백거이의 시입니다.

전부 자기가 만들어 자기가 받는 과보果報라고 하겠습니다. 그것
을 숙업宿業이라 해도 좋고 악연이라 해도 좋습니다. 어디선가 원인
행위가 있었다는 것입니다. 한마디로 자작자수自作自受입니다. 고대
광실 부잣집도 자그마한 불티 하나로 잿더미가 되고, 잔뜩 실은 배
일수록 쉬 뒤집히고 가라앉습니다. 아무것도 신지 않은 텅 빈 배라
면 설령 뒤집혀도 떠 있지 가라앉지는 않을 것입니다. 백거이의 빈
배虛舟는 장자 외편의 '산목山木'에도 나옵니다. 배를 저어 강을 내려
가는데 앞쪽의 다가오는 배가 부딪치려고 할 때 그 배에 아무도 타

고 있지 않다면 그냥 피해가지만 사람이 타고 있다면 욕을 할 거라면서, 인생의 강도 이처럼 빈 배로 흘러 흘러간다면 누가 시비하겠느냐는 것입니다.

주역은 무엇보다 점서라서 그런지 피흉취길避凶取吉하는 방법을 가르치고 있습니다. 흉함을 피하고 길함을 택하는 방법입니다. 그리고 높고 좋은 자리에서도 위기를 생각하라는 거안사위居安思危의 사고를 주문합니다. 지시식변知時識變과 지기식세知機識勢도 가르칩니다. 다가오는 미세한 흐름과 변화를 감지하여 대비하라는 것입니다. 노자의 지족불욕知足不辱과 지지불태知止不殆도 있습니다. 적당히 욕심내면 탈이 없다는 것이겠지요. 또 공을 이루고 이름을 얻으면 뒤로 물러서라고도 했습니다(功成名遂身退). 이 모두가 동양의 경전이 심어주는 우환의식憂患意識입니다. 항상 긍정적인 사고를 하라는 서양식 가르침과 달리 부정적인 사고로 긍정적인 결과를 얻자는 것입니다. 이쯤 되면 긍정의 힘이 아니라 부정의 힘이라고 하겠습니다.

길흉과 화복은 반대말이 아니라 둘이 섞여 있는 한몸이니 모름지기 잘나갈 때 조심해야 하는 건 만고불변의 진리입니다. 그 방법은 겸양과 더불어 스스로를 객관화하는 것이라고 생각합니다. 스스로의 모습과 지위와 힘, 그리고 주어진 모든 삶의 조건을 한발 떨어뜨려놓고 보는 것입니다. 그러면 하지 말라고 해도 스스로를 낮추게 됩니다. 지금 내가 누리는 것이 얼마나 우스운 것인지, 하찮은 것인지, 얼마나 찰나에 불과한 것인지 알게 됩니다. 남의 눈에는 어떻게 보이는지, 상대의 입장에서는 어떻게 생각해야 하는지를 알게 되는 겁니다. 하지만 이렇듯 주옥같은 가르침을 들어 남의 말은 쉽게 하면서도 정작 자기 일은 극복하기 어려우니 안타깝기 그지없습니다. 우리 같은 보통 사람들의 모습입니다. 말 한마디, 행동거지 하나로 인생이 순식간에 뒤틀리고 살아온 모든 게 부정되는 걸 보면 두렵기 이를 데 없습니다. 그것도 너무나 흔히, 그리고 가까운 주변에서 목격할 수 있습니다.

여기 업業의 법칙이 있습니다. 거기에 따르면 사람의 행동은 반드시 부메랑이 되어 돌아오게 되어 있습니다. 철저하게 작용이 있으면 반작용이 있습니다. 그리고 시공을 초월합니다. 나아가 모든 말은 흘러가거나 잊히는 게 아니고 저장됩니다. 우주의 거대하고 시효도 없는 하드디스크에 저장되었다가 언제 어디서 부메랑이 되고 반작용이 되어 크루즈미사일처럼 날아들지 모릅니다. 날벼락이라고 하는 게 그거 아니겠습니까. 인터넷과 모바일이 일상이 된 디지털 세상이 바로 이 종교적·철학적 세계관을 현실로 입증하고 있습니다. 하늘 그물은 성기지만 하나도 빠뜨리지 않는다는 가르침이 그겁니다(天網恢恢 疎而不失). 그러니 남이 알지 못하면 잘못한 게 아니라는 생각은 이만저만한 착각이 아닐 수 없습니다. 이런 이치는 종교 이전의 원시인들도 알고 있었습니다. 말과 소리 자체에 영적인 힘이 깃들어 있다는 것입니다. 언령신앙言靈信仰이라는 것입니다. 밤이든 낮이든 고운 말, 상처주지 않는 말을 써야 한다는 것도 다 이런 오래된 믿음에서 비롯된 것이겠지요.

하지만 인간이라면 어느 누가 욕심이 죄를 잉태하는 과도한 탐욕과 방자한 말과 교만한 처신에서 자유롭겠습니까. 정녕 옛사람들의 가르침을 모르는 이는 없습니다. 아는 걸 실행으로 못 옮겨 겪는 망신과 폐족이 수도 없이 즐비한 게 옳고 그름을 몰라서 그리된 것이 아닙니다. 예나 지금이나 누구 하나가 사고를 치면 벌떼같이 달려듭니다. 대부분이 정치적 대목에서 빚어진 말실수로, 이른바 막말 파동이 그런 예입니다. 그런데 이런 막말의 주인공들은 하나같이 남들의 허물에 벌떼같이, 독사같이 달려들어 오늘의 자리에 이른 사람들이기 쉽습니다. 그러나 남의 말을 하고 살아야 하는 직업, 불가피하게 남의 허물과 죄를 먹고 사는 직업, 그걸 권력으로 삼아 하루아침의 입신을 꿈꿀수록 자기 죄업에는 눈을 감는 게 일반적입니다. 하지만 그들에게도 업의 법칙은 여지없이 작용하고 길흉화복에는 다 이유가 있다는 걸 보면서 많은 깨달음을 얻게 됩니다.

경제학 용어 중에 외부효과external effect란 말이 있습니다. 의도하지 않았지만 자기 행위가 남들에게 영향을 주는 걸 말합니다. 이익을 가져다주면 긍정적 외부효과라고 하고, 손해를 끼치면 부정적 외부효과라고 합니다. 그러나 외부효과는 경제행위뿐만 아니라 여타 일상에서도 흔히 발생하는 일입니다. 개념을 경제학의 범주에서 더 넓은 외연으로 확대하면 거의 모든 일이 외부효과의 중첩이라고 하지 않을 수 없습니다. 본의 아니게 폐를 끼쳤다고 할 때의 '본의 아니게'가 바로 그것 아니겠습니까. 너나할 것 없이 '본의 아니게'를 입에 달고 사는 세상이다보니 우리는 모두 이 외부효과를 주고받으며 산다고 해도 무방할 것입니다.

무심코 하는 일도 있지만 사람들이 행하는 대부분의 행위에는 어떤 목적이 있기 마련입니다. 걸어가는 일, 학교 가는 일, 전화하는 행위 등등, 사소하든 중요하든 대부분의 행위에는 나름의 의도가 내

포돼 있습니다. 하나같이 무엇 무엇을 위해 행위를 하는 것입니다. 그러나 어떤 의도를 갖고 행위를 한다고 해서 그 행위의 결과가 당초 목적에 부합하느냐 하는 것은 별개 문제입니다. 어떤 목적을 의식했다고 해도 목적과는 동떨어진, 다시 말해 합목적적이지 않은 일도 심심치 않게 벌어지기 때문입니다. 그러니 내 의사와 관계없이 벌어지는 모든 현상을 외부효과라고 할 수도 있을 것입니다.

그런데 현실에서는 '본의 아니게'로 표현되는 외부효과가 경제학에서와 달리 긍정적인 차원에서는 거의 나타나지 않습니다. 즉, 본의 아니게 피해를 끼쳤다고 하지, 본의 아니게 도움을 드렸다고는 하지 않는다는 것입니다. 따라서 남에게 이득을 가져다주는 경우, 그건 반드시 의식적으로 이루어진 일이지 아무 생각 없이 도움이든 편의든 이득이든 주게 된 것은 아니라고 할 수 있습니다. 하기야 '도움을 드리려고 한 건 아니었는데 도움이 되셨네요'라고 하면 덕을 본 사람이 고마워해야 할 일 또한 없을 것이기에 사람들은 설령 그렇다고 해도 자기 생색을 위해 '본의 아니게'라는 말은 절대 쓰지 않을 것입니다.

더구나 '본의 아니게'라는 말은 사실 의도적으로 남에게 피해를, 이럴 때는 해코지가 맞겠지만, 주었다고 하더라도 그렇지 않다고 하기 위해 사용됩니다. 정말 의도적으로 그랬다면 상대가 가만있지 않을 것이기에 이 역시 당연할 수밖에 없습니다. 그러니 일상에서의 외부효과는 경제학에서와 달리 부정적인 외부효과만 있지 긍정적인 외부효과는 없는 것이 됩니다. 사실 여부와 무관하게 말입니다. 축구에서의 자책골과 같이 누가 봐도 명시적인 경우를 제외하고는 말입니다.

보통 때보다 선거철이 되면 초대형의 극적인 외부효과가 더욱 빈발하는 걸 볼 수 있습니다. 여야나 보수·진보를 막론하고 막말을 주고받으며 상대편의 극심한 빈축과 반발을 삽니다. 그러면서 당사자들을 웃게도 하고 울게도 하면서 길흉화복이 춤을 추게 합니다. 선거라는 게 어쩌면 서로 외부효과를 덜 주기 게임이 아닌가 할 정도입니다. 그런데 지금도 아니고 한참 전에 한 말이 본의 아니게, 정말 본의 아니게 여러 사람들을 웃기는 결과를 초래하는 경우가 있습니다. 업의 법칙과 외부효과가 한꺼번에 등장해서 사람들을 놀라게 합니다.

이런 효과의 주인공들은 대개가 불과 수년 전만 해도 생각지 못했던 전혀 새로운 매체형식을 빌려 많은 말을 쏟아냈고, 이를 통해 일약 추종 팬들의 총아가 되었습니다. 그 매체가 인터넷 방송이나 블로그, SNS와 같은 것들입니다. 이렇게 뉴미디어를 통해 스타가 되었지만, 과거에 뿌려놓은 말이 어느 순간 부메랑이 되어 돌아오기도 하는 것입니다. 아날로그 세상에서는 불가능한 일입니다. 아날로그 방식으로는 과거의 자료가 문자든 음성이든 사진이든 남아 있다고 해도 그렇게 자극적이지도, 순식간에 확산되지도 않을 것이기에 그렇습니다. 생생한 육성 파일이 영원히 지워지지 않고 세상을 떠돌아다니는 디지털 세상이 아니었으면 한마디로 불가능했을 외부효과요 업의 법칙인 것입니다.

따라서 기술적 가능성으로 유명세를 타고, 또 그 가능성으로 인해 상상할 수도 없는 외부효과를 빚어냈다는 점에서 인터넷의 사이버 세계는 인간의 업業을 갈무리하는 신종 저장공간이 되었다고 하지 않을 수 없습니다. 업이라는 것이 종교적 개념이나 설정이 아니라 이렇게 실체를 지닌 모습으로 등장한 것을 보면, 사람이 어찌 할 말 안 할말 가리지 않으며 함부로 살겠는가 하는 두려움이 엄습합니다.

더구나 사람이 잘못을 하더라도 '어쩌다가 그 사람이 그런 일을……' 하고 안타까워해야 하는데, '내 언제고 그럴 줄 알았지……' 하는 심보에서 그만 세상의 모든 가르침은 빛을 잃습니다. 그나저나 본인 탓에 통곡하는 가족은 또 무엇입니까. 업의 법칙에 하나가 더 있습니다. 업은 혼자만의 업이 아니라는 것입니다. 이렇게 업이든 외부효과든 자기가 빚어 자기가 받는다는(自作自受) 점에서 길흉화복에는 다 이유가 있는 것입니다. 업의 세계에 '본의 아니게' 같은 것은 없습니다. 그저 평소에 잘해야 하고, 잘나갈 때 잘해야 합니다.

나는 왜 여기 서 있나

지난주 지방에 문상 갈 일이 있었습니다. 몸소 내려갈 수밖에 없는 인연인지라 그냥 봉투만 보내지 못하고 세 시간 가까운 길을 되밟아 밤늦게 돌아왔습니다. 서해안고속도로를 타려고 서부간선도로를 지나는데 차창 밖이 무척이나 을씨년스러웠습니다. 선배 한 사람이 돌아간 얼마 전만 하더라도 불타는 가을의 정취가 볼 만해서 외려 더 심란했는데, 어느덧 먼 산도 그렇고 도로변 가로수도 그렇고, 남아 있는 이파리는 거의 없었습니다. 이런저런 상념 때문에 주변을 의식하지 못하는 일상은 세월 가는 줄도 모르고 여전히 가을의 끝자락을 밟고 있었던 것이지요. 이렇듯 있어도 보지 못하고, 봐도 느끼지 못하는 하루하루가 아무런 의미도 없이 질주하는 안타까운 시절입니다. 그러나 계절의 변화조차 의식하지 못하는 게 어디 그럴 만큼 바빠서이겠습니까. 근본적으로 달라질 게 전혀 없는데도 끊임없이 생각하고, 끊임없이 번민하는 어리석음이 저 깊은 밑바닥에 있기 때문이 아니겠습니까. 더이상 질 낙엽도 없고, 하늘은 온통 회색으로 물들어가고, 그러면서도 추위는 아직 찾아오지 않은 어중간한 이때, 나는 계절만큼이나 세상의 주변부에 머물러 있음을 느끼며 이렇게 문득 묻고 싶어집니다. 이런 벗어날 수 없는 허덕임의 연속에서 나는 과연 어디 서 있고, 어디로 가고 있는 것인가 하고 말입니다. 과연 삶에 목적이라는 게 있기는 있는지 말입니다.

언젠가 TV에서 한영애가 부르는 들국화의 노래 한 구절에 몸 어느 한쪽이 무너지는 듯했습니다. '나는 왜 여기 서 있나' 하는 대목에서 그만 가슴이 먹먹해졌습니다. 감상을 잊고 산 지 오랜 줄 알았는데, 도대체 무슨 일인지 모르겠습니다. 단순히 노래에 감동해서만은 아닐 겁니다. 평소에도 딱히 설명할 수 없는 허무감과 자괴감에 젖어 지내서 그러지 않았나 싶습니다. 진화론자들이 말하기를 진화에는 목적이 없다고 합니다. 생명체가 존재하는 데에 궁극적인 이유나 목적은 없다는 것이지요. 사람이라고 다르지는 않을 것입니다. 근래의 내 일상을 보면 그런 생각이 더 듭니다. 물론 처자식을 건사해야 하고, 부족한 살림이라 노후를 더 각별히 대비해야 하고, 나이 들어가면서 건강에도 신경써야 하고, 만만치 않은 직장생활이지만 마무리를 잘해야 하고, 그리고 하고 싶은 일도 해야 하고, 또 소박하나마 바라는 것들도 이루어야 하고……. 이런 것들이 있지만 이게 다 삶의 목표라고 할 수는 없을 겁니다. 목적이 아니라 목적을 이루기 위한 수단이나 방편이겠지요. 물론 인생의 의미나 목적이 내가 생각하듯이 그렇게 거창한 건 아니라는 사람도 있을 것입니다. 남들도 다 그렇게 살고, 누구나 다 그렇게 살다가 가는 거라고 말할 겁니다. 당신만 혼자 그렇게 심각할 필요는 없다고 웃을 수도 있습니다. 그 나이에 그러면 사람들이 비웃는다고 놀릴지도 모릅니다. 하지만 새삼 무슨 개 풀 뜯는 소리냐고 해도 한번은 묻고 싶으니 어쩌겠습니까.

존재양식 자체가 삶의 목적이 될 수는 없다고 봅니다. 어떻게든 존재하는 게 목적이다, 혹은 언제일지 몰라도 존재하는 그때까지 잘 존재하는 게 삶의 목적이라고 믿는 사람도 있을지 모르지만요. 여기서 '잘'이라는 것의 내용이 어떤 것인지는 사람마다 다르겠지만, 존재하는 것 자체가 목적인 삶은 설령 그게 생물학적인 진실이라고 해도 그대로 받아들이기에는 상당한 거부감이 듭니다. 목적도 이유도 없는 삶에 고통을 받는다는 게 어째 억울하다는 생각에서입니다. 알다시피 요즘의 부음을 보면 거의 80대 중후반이 많습니다. 구순을 넘긴 경우도 적지 않습니다. 갈수록 수명이 늘어날 걸 생각하면 저 또한 별일이 없는 한, 평균적으로는 그 언저리일 확률이 높습니다. 축복이나 다행으로 생각하기 전에 왠지 갑갑하고 두려워집니다. 이 많은 세월을 뭘 하고 지낼지 생각해보니 말입니다. 당장의 일도 감당하기 어려운데 한가한 생각을 하고 있다고 욕을 들어도 할 수 없습니다. 그럴지도 모르지요. 하지만 남은 세월을 따져보는 게 지금의 일과 그렇게 무관하다고는 보지 않습니다. 체력적으로도 그렇고, 무엇보다 사회경제적 차원에서 볼 때 무슨 일이든 내가 손수 해낼 수 있는 실질적인 삶의 기간은 얼마 남지 않았다고 봅니다. 잘해야 60대 중반이 아닐까요.

반드시 경제활동을 얘기하는 것만은 아닙니다. 세상 돌아가는 걸 보면 그 이전에 생산활동에서 떠나는 게 대부분이기 때문입니다. 친구도 만나고 취미생활도 하고 구경도 다니고, 영양가는 없지만 시사時事에도 흥분하고, 대충 이런 은퇴 후의 삶까지도 최대한 의미를 두어 생산활동, 즉 일이라고 봐도 그렇습니다. 설령 단조롭고 뒷방 늙은이 같은 한심함이 배어 있더라도 말이지요. 다 삶의 한 형태라고 할 수 있을 겁니다. 하지만 그런 일조차 나는 특별히 복 많고 집요한 사람이 아닌 한 60대 중후반이면 끝이라고 보는 겁니다. 그런 다음 20년 이상을 어떻게 보낼까요? 병치레 속에 있거나, 한없이 외롭거나, 한없이 곤궁하거나⋯⋯. 그렇지 않겠습니까. 나이가 들어갈수록 친구나 옛 동료를 비롯한 사회적 관계는 단절되고 소원해질 수밖에 없습니다. 그럴수록 존재 그 자체에 집착하지 않겠습니까. 이 시기에 접어들면 존재의 이유나 목적을 따지는 것도 그만 사치스런 일이 되지 않겠습니까. 그때 어디에다 대고 삶의 목적이 있느냐고 철없는 감상을 늘어놓겠습니까. 다 건강하고, 할 일 있고, 아직은 존재감을 느낄 수 있을 때 가져볼 수 있는 물음이겠지요. 동물적인 존재 자체에 급급할 때 삶은 더이상 의미가 없어지는 겁니다. 그러니 쓸데없이 늘어나기만 하는 자연 생명이 전혀 달갑지가 않은 겁니다. 고민이요 짐일 뿐입니다. 발상과 관점의 전환으로만 해결될 문제는 결코 아니라는 겁니다.

사는 이유나 목적이 나는 이래서 중요하다고 봅니다. 그것이 종교적인 것이든 철학적인 것이든, 돈이나 명예, 권력, 쾌락과 같이 지극히 세속적인 것이든, 살아야 할 이유가 있어야 그 긴 세월이 천덕꾸

러기로 전락하지 않는 겁니다. 목숨을 스스로는 마음대로 할 수 없습니다. 그래서 살기는 해야 되는데 살아야 할 이유도 없습니다. 그러면 별수 없이 그냥 있어야 하는 것입니다. 그런데 그냥 있다? 사람이 산다는 게 그냥 있는 것입니까. 생명이 별수 없이 그냥 있어야 한다는 게 얼마나 불행한 일이고 힘든 일이겠습니까. 문제는 이렇게 사는 이유나 목적이 꼭 필요하다는 나 역시 지금 그 목적을 갖고 있다고 말할 수 없다는 것입니다. 문상을 가는 길에 찬찬히 생각해봤습니다. 내가 앞으로 존재해야 할 이유나 살아가야 할 목적이 과연 있는가 말입니다. 안타깝지만 없었습니다. 갖가지 불안이나 상실에서 벗어나고 싶다거나, 생활을 좀더 윤택하게 만들고 싶다거나, 자식의 장래가 잘 풀렸으면 하는 현실적인 바람은 있지만, 이것이 제 삶의 이유이고 목적이라고 할 수는 없기 때문입니다. 이런 것들은 그저 삶의 과정이지 결코 지향志向이 될 수는 없는 것입니다. 어려운 일입니다. 사는 것도 어려운데 목적을 갖고 살아야 한다는 건 더더욱 어렵습니다. 왜 사느냐고 물으면 웃고 만다는 게 다 그래서 생긴 말인가 봅니다.

은퇴 후에도 사회활동을 왕성하게 하다가 갑자기 연락이 뜸해지는 선배들이 왕왕 있습니다. 건강이 나빠지거나 우환이 생기거나 스스로 침잠하는 그런 경우입니다. 그때부터 그들은 오랜 세월 무엇을 존재 이유로 삼아 살아갈까요. 궁금해집니다. 조만간 내게도 그런 시기가 올 텐데, 나 또한 무엇을 이유로 삼아 살아야 할까요. 고민이 됩니다. 존재에 대한 궁극적 고민이기도 하면서 삶의 조건을 타개하기 위한 현실적 고민이기도 합니다. 사람들은 쉽게 말합니다. 할 일을 만들어둬야 한다고요. 맞는 얘기입니다. 그러나 그 할 일이라는 게 목적은 아닐 겁니다. 목적이나 이유를 할 일이 대신할 수 있겠습니까. 아무 일 없이 지낸다는 게 정말 힘든 일인 줄은 겪어보고 알았지만, 그렇다고 해서 소일이든 생업이든 억지로 만들어 하는 일이 사는 이유가 될 수는 없을 겁니다. 그저 버티는 수단일 뿐이겠지요. 세상 모든 일을 다 아는 것처럼 간섭하고 떠들며 속으로 갈등하면서도 정작 나는 왜 사는지를 모르는 겁니다. 왜 사는지를 모른다면 왜 괴로운지도 몰라야 하는데 그 이유는 또 안다고 여기는 데에 절절한 현실의 아픔이 있습니다. 사회적 맥락에서, 인간관계에서, 또 물질적인 것에서 그 이유를 찾고 있으니 말입니다. 이제 와서 새삼 삶의 이유나 목적을 알아 무슨 구원을 얻자는 건 아닙니다. 다만 별일이 없다면 앞으로도 상당한 세월을 살아 있을 수밖에 없는 존재가 '그냥 있게 되는 게' 싫고 두려워서 그렇습니다. 그래서 지금이라도 사는 이유를 찾아야겠습니다. 참된 의미를 찾아 떠나는 여정을 시작해야겠습니다. 더 늦기 전에 말입니다. 비록 실체가 없는 허망한 화두일지언정 시도는 해봐야겠습니다.

지극히 현실적이어도 모자랄 나이와 치열해도 미흡할 삶의 조건으로 볼 때, 정신적 일탈이 너무 심한 시도가 아닌지 모르겠습니다. 그러나 언제 이런 사치스런 고민을 해보겠습니까. 어쩌면 삶의 목적이 따로 있는 게 아니고 이렇게 관념의 사치를 누릴 수 있는 여유 자체라고 볼 수도 있지 않을까요. 그게 아직은 고마울 따름이지만, 벌거벗은 것 같은 황망함과 텅 빈 상실감은 도무지 어쩔 수가 없습니다. 자판을 두드리는 이 순간에도 아련한 슬픔이 연무처럼 감싸고도는 건 또 어인 일인지 모르겠습니다. 어차피 답이 없는 질문을 던진 셈이 됐습니다.

고민의 힘

불가에서는 삶 자체가 괴로움이라고 합니다. 일체개고 一切皆苦가 그것입니다. 그래서 우리가 사는 세상을 참으며 살 수밖에 없다고 해서 사바세계라고 합니다. 사바는 범어로 참는다는 뜻입니다. 그러니까 사바세계는 괴로움을 구성 원리나 작동 원리로 해서 굴러가는 겁니다. 괴로움으로 세상이 구성되어 있고 괴로움을 통해 세상이 돌아가는 것이지요. 그런데 말입니다. 한번 생각해봅시다. 고苦, 즉 괴로움이 반드시 나쁘기만 한 것인지 말이지요. 살아가는 동안 꼭 피하기만 해야 되는 악인지 말입니다. 물론 괴롭겠지요. 고통스럽지요. 싫지요. 하지만 개중에는 괴로워서 얻는 삶의 혜택이나 세상의 발전도 있지 않을까요? 참고 살아야만 하는 사바세계도 분명 진보해왔기에 하는 말입니다.

거기 사는 사람들은 괴로움에서 벗어나지 못하고 있음에도 그들의 집합체인 세상은 끊임없이 달라지고 나아진 게 사실입니다. 아니라고요? 그렇게 보일 뿐이지 실상은 괴로움만 가중된 것이라고요? 하지만 짚신 신고 산에 오르던 스님이 고어텍스 등산화로 수행처를 찾아가게 된 게 설령 물질적 피상에 불과하더라도 나아진 건 나아진 거 아닙니까. 그래서 일부러 괴로움을 자초할 필요까지야 없겠지만, 삶 자체가 고苦일 정도로 피할 수 없다면 괴로움을 아예 동반하는 것도 어떨지 모르겠다는 생각을 하게 되는 겁니다.

괴로움에는 여러 가지가 있습니다. 육체적·심적 괴로움과 물질적 괴로움, 그리고 관계에 따른 괴로움 등등. 모든 괴로움은 우리의 생각 혹은 마음에서 비롯됩니다. 괴로움은 그 괴로움의 대상 자체가 아니라 그걸 느끼는 마음인 것이지요. 모든 건 마음의 조화라고 하듯이 말입니다. 우주 삼라만상이 다 마음의 소산이라고 하지 않습니까(三界唯心 萬法唯識). 괴로움의 대상을 생각하는 게 바로 고민苦悶입니다. 괴로운 생각이 고민인 것입니다. 그래서 어떤 형태의 괴로움이든 모든 괴로움은 고민의 형태로 나타납니다. 우리는 일상에서 사소하게 혹은 심각하게 고민을 하고 삽니다. 고민은 해서 즐겁거나 희망적이지 않고, 스스로 찾아서 하고 싶지 않은 생각입니다. 당연히 고민을 일부러 하는 사람은 없습니다. 그러나 세상의 작동 원리가 괴로움이듯이 고민으로부터 우리는 잠시도 자유로울 수 없습니다.

하나의 고민이 사라지면 또하나의 고민이 생깁니다. 복수의 고민이 중첩되어 힘듦이 가중되기도 합니다. 더 큰 고민이 생겨서 앞의 고민이 덮이는 일까지 생깁니다. 고민으로 괴로움을 받는 강도 역시 사람마다 다릅니다. 사람마다 고민이 나타나는 양상이 아주 다양합니다. 성격상 안 해도 될 고민까지 하는 사람이 있는 반면, 고민이 있어도 그다지 고통스러워하지 않는 사람도 있습니다. 제 일이 아닌 것을 주로 고민하는 사람이 있는가 하면, 철저하게 자기 일만 고민하는 사람도 있습니다. 하여튼 고민이 많은 일상이 편할 리는 없습니다. 그래서 사람들은 고민을 줄이려고, 실제로 고민할 일이 있고 없고를 떠나 최선을 다해 노력합니다. 가급적 고민하지 않을 것을 권고합니다. 때로는 고민하면 뭐하냐는 식의 체념적인 미덕을 가르치기도 합니다.

하지만 고민의 힘을 말하는 사람도 있습니다. 재일교포인 강상중 교수가 쓴 『고민하는 힘』이 바로 그 책입니다. 조그마하지만 힘이 있습니다. 골자는 고민하는 힘이 살아가는 힘이라는 것입니다. 이 책은 저자가 좋아했던 나쓰메 소세키와 막스 베버의 고민을 바탕으로 잔잔하게 개인의 성찰과 세계관을 그리고 있습니다. 나는 강교수처럼 새삼 고민의 힘까지는 몰라도 고민의 불가피성은 평소 인식하고 있습니다. 사람이 고민하지 않고 어떻게 살겠습니까? 세상의 구성 원리를 난들 피할 수 있겠습니까? 어쩌면 남보다 더 많은 고민을 하고 사는지도 모릅니다. 그러나 내 고민은 저자의 그것처럼 디아스포라의 정체성이나 세계경제의 모순, 인류애와 같이 차원 높거나 근원적인 것이 아닙니다. 내 고민은 주로 일상의 고만고만한 것들에서 벗어나지 못합니다.

출근길에 갑자기 비가 오면 어쩌나 하는 고민에서부터 내일 저녁 약속이 부담스러운데 어떻게 피할 수 없나 하는 고민, 좀더 나아가 회사 형편이 어렵다고 하는데 어찌 살아가나 하는 고민, 약을 먹어도 혈압이 잘 잡히지 않는 고민, 아내의 건강과 자식의 장래에 대한 고민, 그리고 사소한 시기와 분개와 그로 인해 반복되는 후회와 감정의 기복…… . 뭐, 이런 것들입니다. 고민이라기보다는 근심 걱정이 옳을지도 모릅니다. 커다란 고민은 접어둔 지 오래입니다. 사회의 구조적 모순이나 생업의 근원적인 문제점에 대해 혼자 분노하는 경우는 있으나 갈수록 그걸 피력할 힘은 약해지고 있습니다. 세상에 문제제기도 하고 싶지만, 쑥스럽기도 하고 용기도 없어 몸을 웅크리고 맙니다. 그걸 다시 고민하는 하찮은 일상을 하루하루 보내고 있습니다. 남들도 대충 다 그런다고 합리화하면서 말입니다.

이렇게 별 볼일 없는 고민을 떨치지 못하는 것이 한심스럽기는 하지만, 살아가면서 진정 필요한 고민도 있습니다. 고민이 없으면 자기 발전이 없습니다. 개인적인 체험이지만, 공부를 하든 일을 하든 고민을 해야 진전이 있습니다. 편한 마음으로 부담 없이 하는 일에는 성취가 있기 힘듭니다. 치열함의 측면에서 볼 때 프로와 아마추어의 차이가 그쯤일 것입니다. 삶에도 프로와 아마추어가 있는 것이지요. 따라서 인생의 경륜이나 내공은 한마디로 고민의 결과인 겁니다. 고민은 사유의 깊이를 더해줍니다. 고민으로 괴로움의 비용을 지불하는 대신 성숙과 달관의 희열을 돌려받게 되어 있습니다. 삶의 난관을 뚫고나가는 논리와 방법은 확실히 살아오면서 겪은 고민이 자산이 되어 얻어짐을 알 수 있습니다. 현재의 의사결정은 과거의 수많은 의사결정 과정에서 겪었던 고민의 반영입니다. 어쩌다가 그 고민이 임계점을 지나 삶의 줄이 아예 끊어지는 경우도 있지만, 그 정도까지 가본 고민이야말로 그후의 삶에 결정적인 보탬이 될 것입니다.

언젠가 TV에서 한 유명 여가수의 눈물 젖은 회고를 접한 적이 있습니다. 데뷔 후 폭발적인 인기를 끌고 있을 때 성관계 비디오가 유출되어 온 세상을 떠들썩하게 했던 가수입니다. 당시 본인 심정과 가족의 고충이 오죽했겠습니까? 그냥 죽고 싶다는 정도가 아니라 가는 곳마다 그곳이 내가 죽을 곳이라고 생각했답니다. 급기야 아버지는 다니던 회사에 사표를 쓰고……. 당사자도 당사자이지만 한번 상상해봅시다. 그 침통함과 수치심과 울화를 어떻게 다스렸을까요? 내가 그런 일을 당했다고 생각하면 정말이지 보통 일이 아닙니다. 과연 그처럼 지독한 시련을 이겨낼 수 있었을까 싶습니다. 그후 오랜 기간의 은둔을 거쳐 재기했고, 이제는 어떤 일에도 흔들리지 않을 만큼 삶이 단단해졌다고 합니다. 요즘 들어 오히려 더 인기를 끌고 있는 이 가수는 그래서 그런지 얼굴이 너무나 밝고 맑았습니다. 그토록 힘들었던 시련이나 좌절의 흔적은 전혀 남아 있지 않았습니다. 참고 살아야 하는 세상이듯이 기쁨보다는 슬픔이, 편함보다는 아픔이 처처에 놓여 있기 마련이지만, 너무도 큰 괴로움에 단련되어서인지 여유로움을 넘어 자유로이 삶을 소요하는 분위기까지 풍기고 있었습니다.

그러면 내가 해온 자잘한 고민들, 내 인생을 풍요롭게 했다고 믿는 고민들이 진짜 고민이었는지 돌아보지 않을 수 없습니다. 본질에 대한 고민은 과연 얼마나 했는지, 대세에 지장 있는 핵심적인 고민은 얼마나 했는지, 사람을 살리고 주변을 윤택하게 하는 인간적인 고민은 또 얼마나 했는지 영 자신이 없습니다. 어쩌면 정작 괴롭지도 않은 것을 괴롭다며 엄살을 부렸는지도 모릅니다. 고민거리가 될 수 없는 것을 고민하는 관념의 사치를 누렸는지도 몰라서 부끄럽기까지 합니다.

나는 지금도 괴로움을 덜어내기 위해 마음을 비우고 내려놓고자 나름으로 애쓰고 있습니다. 울컥울컥 치밀어오를 때마다 그러는 나를 가만히 들여다보고 가라앉히려 합니다. 고민의 대상이 실체가 없다고 애써 믿으려고 합니다. 그러다보면 어쩐지 편해지는 것 같습니다. 심리적인 안정이 찾아옵니다. 하지만 그러면서도 회의하고 있습니다. 그 안정과 편안함이 과연 진실한 것인지 말입니다. 눈 가리고 아옹 하는 식으로 삶을 기만하는 건 아닌지 말입니다. 고민할 일을 고민하지 않는다고 해서 고민할 대상이 사라지느냐 말입니다. 심적 편안함이 온다고 객관적인 삶의 조건이 달라지는 것인지, 그래서 무조건 비우는 것만이 능사인지, 그게 과연 인간적인 성숙이나 문제해결에 도움이 되는 것인지 회의하는 것입니다. 도대체 뭘 내려놓는다는 것인지, 내려놓는 게 아니라 때로는 오히려 꺼내들어야 하는 건 아닌지 고민하고 있습니다. 어디까지 치열해야 하고 어디까지 체념해야 하는지, 얼마나 고민해야 하고 얼마나 내려놔야 하는지 갈수록 자신이 없습니다.

사회에 적응하지 못해 홀로 집에 은둔하는 외톨이를 일본에서는 '히키코모리'라고 한다지요. 우리식으로 얘기하면 '방콕족' 정도가 되지 않을까 싶습니다. 나 또한 외견상으로는 멀쩡히 사회생활을 하고 있는 것으로 보이지만 일상이 뜻대로 풀리지 않아 내려놓는다거나 비운다는 식으로 손쉽게 삶을 위장하려 드는 점에서 결국 정신적인 히키코모리와 다름없을지도 모릅니다. 비워서, 또는 내려놔서 오는 안식은 회피나 도피의 다른 이름일 뿐, 진정한 안식이나 해결책이 아닐 수도 있다는 겁니다. 따라서 히키코모리는 외형이 아니라 내면의 문제일 것입니다. 내면의 히키코모리로 확대하면 나뿐 아니라 아마 많은 사람들이 그 증후에서 벗어나지 못할 수도 있습니다. 나를 포함해서 겉만 멀쩡한 군상들이 우울하면 우울할수록, 괴로우면 괴로울수록 밝은 모습으로 유난히 더 떠들며 길거리를 메우고 있는 것이지요. 그래서 나는 지금의 불안과 고뇌가 괴롭기는 하지만, 그리고 잡사의 고민에서 헤어나지 못하는 게 못마땅하기는 하지만, 앞으로 살아갈 날들을 생각하면 마냥 무의미한 일만은 아니지 않느냐고 스스로 위로하고 있습니다. 강교수와는 다른 차원에서 고민의 중요성을 실감하고 있는 것입니다.

극히 강하면 다시 부드러워진다고 합니다. 앞의 그 가수처럼 괴로움이 극에 달하면 깨달음이 얻어질 것입니다. 깨달음은 그 무엇보다 강한 힘입니다. 도저히 극복하기 힘들어 보이는 고민 속에서 인간적인 성숙과 내적 강인함이 배양되는 것이겠지요. 이렇듯 고민의 힘은 거창하고 심오한 데에도 있지만 개인의 내밀한 일상에도 있는 것입니다. 어쩌면 사회적 의미가 적을수록 힘이 있는지도 모릅니다. 그래서 세상사 마음먹기에 달렸다고 하지만 무턱대고 피하기만 하려는 건 옳지 않다는 겁니다. 세상을 살아가는 힘이 생기지 않을 테니까요. 피하는 건 진정한 내려놓기가 아닙니다. 내려놓기와 비우기가 단지 살아가는 테크닉일 수만은 없습니다. 진정한 안식은 진정한 내려놓기와 비우기가 있어야 가능할 것입니다. 진정한 내려놓기와 비우기는 단순한 마인드 컨트롤이 아니라 힘겹고, 때로는 처절하기까지 한 괴로움을 통과해야 가능한 경지일 것입니다.

내가 지금 힘들다고 하지만 그 힘듦이 깨달음의 경지에 도달해 진정한 고민의 힘으로 연결되기까지는 한참 먼 것 같습니다. 앞에서 내려놓거나 비우는 것이 삶의 위장이나 도피가 아닐까 하는 말을 했지만, 실상은 일시적인 심적 억누름과 참음을 내려놓는 것으로 착각해 생기는 현상일 거라고 생각하게 됩니다. 나는 아직도 욕심이 많은가 봅니다. 제대로 고민도 하지 않고 그 힘을 거저 얻으려고 하기 때문입니다. 제대로 된 고민 없이 비움과 내려놓음을 기대하거나, 아니면 비움과 내려놓음 자체를 회의하는 어리석음을 보이고 있어 그렇습니다. 그래서 앞으로는 고민과 내려놓음과 안식이 별개가 아님을 알고 일상의 고민을 살아가는 힘 그 자체로 삼아야 되지 않을까 싶습니다.

바위 옆에서 졸다 죽고 싶다

수년 전 환경운동을 하던 수경이라는 스님이 갑자기 활동을 중단하면서 남긴 글이 화제였습니다. 아니, 남들이 어찌 생각하는지 모르는지라 내게만 화제였다는 게 옳을 수도 있겠습니다. 나는 평소 이런저런 사회운동을 하는 사람들을 별로 좋아하지 않습니다. 뚜렷한 이유가 있는 건 아니지만, 대개 그런 부류의 사람들이 표방하는 논리가 그들의 실제 삶과 괴리를 보이는 데 대한 정서적 이질감 때문일 것입니다. 당연히 수경 스님에 대해서도 아는 바가 거의 없으면서 그 비슷한 정서를 갖고 있었습니다. 그저 정부 시책에 반대하는 불교계의 몇몇 운동권 스님 중의 한 분 정도로만 알고 있었지, 생전 방송이든 글이든 스님의 생각을 직간접으로 접해본 적이 없기 때문입니다. 개인적인 수행 정도나 평소 성품에 대해서는 더더욱 아는 게 없었습니다. 그런데 「다시 길을 떠나며」라는 글을 보고 수경이 어떤 스님인지 궁금해졌던 것입니다. 물론 그 글을 쓰게 된 배경이나 동기에 대해서는 자연인 자체에 대해 모르는 것처럼 그때나 지금이나 아는 바도 없고 알고 싶지도 않습니다. 다만 내용 자체가 이념적인 차원이나 친정부냐 반정부냐 하는 문제로 한 자락 깔고서 읽기에는 너무나 진솔하고 치열하며, 나 같은 사람의 삶을 한번쯤 돌아보게 하고 있어 여기 다시 소개하는 것입니다. 너나할 것 없이 위선과 허욕에 가득 차 허덕이는 일상입니다. 이 글을 각자의 처지에 대입하여 스스로에게 나름의 고해告解를 해보면 어떨까 싶습니다.

"모든 걸 다 내려놓고 떠납니다. 먼저 화계사 주지 자리부터 내려놓습니다. 얼마가 될지 모르는 남은 인생은 초심으로 돌아가 진솔하게 살고 싶습니다.

'대접받는 중노릇을 해서는 안 된다.' 초심 학인 시절, 어른 스님으로부터 늘 듣던 소리였습니다. 그런데 지금 제가 그런 중노릇을 하고 있습니다. 칠십, 팔십 노인분들로부터 절을 받습니다. 저로서는 도저히 감당할 수 없는 일입니다. 더 이상은 자신이 없습니다.

환경운동이나 NGO 단체에 관여하면서 모두를 위한다는 명분으로 한 시절을 보냈습니다. 비록 정치권력과 대척점에 서긴 했습니다만, 그것도 하나의 권력이라는 사실을 깨닫는 데는 그리 오랜 시간이 걸리지 않았습니다. 하지만 제 자신도 모르는 사이에 무슨 대단한 일을 하고 있는 것 같은 생각에 빠졌습니다. 원력이라고 말하기에는 제 양심이 허락하지 않는 모습입니다.

문수 스님의 소신공양을 보면서 제 자신의 문제가 더욱 명료해졌습니다. '한 생각'에 몸을 던져 생멸을 아우르는 모습에서, 지금의 제 모습을 분명히 보았습니다.

저는 죽음이 두렵습니다. 제 자신의 생사문제도 해결하지 못한 사람입니다. 그런데 어떻게 제가 지금 이대로의 모습으로 살아갈 수 있겠습니까. 이대로 살면 제 인생이 너무 불쌍할 것 같습니다. 대접받는 중노릇 하면서, 스스로를 속이는 위선적인 삶을 이어갈 자신이 없습니다.

모든 걸 내려놓고 떠납니다. 조계종 승적도 내려놓습니다. 제게 돌아올 비난과 비판, 실망, 원망 모두를 약으로 삼겠습니다.

번다했습니다. 이제 저는 다시 길을 떠납니다. 어느 따뜻한 겨울, 바위 옆에서 졸다 죽고 싶습니다."

흔히 내려놓는다는 말들을 많이 합니다. 이른바 하심下心이지요. 나 또한 그렇습니다. 그런데 그게 잘 되지가 않습니다. 내려놓는다고 말만 하지 실천이 따라주지 못합니다. 그러다보니 하심이 정확히 뭘 의미하는지도 헷갈리게 됩니다. 급기야 하심이 외부 과시용 레토릭으로 전락합니다. 모든 깨달음이 그렇지만 하심은 표현되는 것이 아니라 그냥 상태일 것인데도 하심이 문학적 수사나 자기 합리화용 방편쯤으로 치부되는 걸 너무 많이 겪고 목격하게 됩니다. 그 원인은 하나같이 자아를 포기하지 못하기 때문입니다. 무슨 일을 할 때마다 걸림돌이 되는 게 바로 자아라는 놈입니다. 그놈이 걸려 항상 계산을 하고 비교하고 격분하고 시기하고 억울해합니다. 이른바 아상我相 타파가 중요해지는 겁니다. 아상 타파는 자아에 대한 포기이

66

고, 이 포기의 일단이 하심일 것입니다. 그리고 이 하심은 자리, 즉 지위에 대한 포기에서 출발할 것입니다. 그 자리가 대단하든 그렇지 않든, 의미가 있든 없든 말입니다. 하지만 현실에서 흔쾌히 자리를 포기한다는 건 결코 쉽지가 않습니다. 그것도 주지 자리를 말입니다.

출가 승려에게 사찰의, 그것도 이름 있는 사찰의 주지는 대단히 큰 자리입니다. 주지는 단위 사찰의 기관장이고 CEO이며 최고 권력자입니다. 종교적 권위를 통해 신도들로부터 그야말로 추앙을 받기도 합니다. 종교적 신성과 물질적 안락이 동시에 주어지는 자리입니다. 그래서 주지는 출가자에게 한마디로 성공(?)의 징표가 됩니다. 이런 주지에 대해 조계종은 원칙적으로 4년에 한 번씩 인사이동을 시킨다고 합니다. 인사철이 되면 모르긴 모르되 세속의 주총시기와 양상이 비슷할 겁니다. 그동안의 평가를 바탕으로 연임이냐 경질이냐, 신임이냐 순환배치냐 등등의 인사가 이뤄질 것입니다. 공식적인 평가 기준으로야 신도를 많이 모았는지, 총무원에 납부하는 돈은 제때 냈는지, 불사는 얼마만큼 했는지, 뭐 이런 거 아니겠습니까. 하지만 사찰도 사람 사는 곳이라 비공식적인 인연이 작용할 것입니다. 그럴 때마다 주지 자리를 둘러싼 숱한 갈등과 번민이 따를 것입니다. 기본적으로 조직 내에서의 인사는 정치행위이며, 관료적 속성에서 벗어날 수가 없기 마련입니다. 과두제의 철칙이 작용하는 것도 피할 수가 없습니다. 그런 점에서 불교뿐 아니라 조직을 이루고 있는 모든 종교 내에서의 인사 행위는 종교 행위가 아니라 경영 행위이며 행정 행위라고 볼 수 있습니다. 그런 인사이니 갈등이 왜 없겠습니까.

세속에서도 각종 지위는 가치를 배분하는 창구이며 수단입니다. 지위를 통해 물질적 가치는 물론이고 명예나 권력과 같은 물질 외적인 가치가 나눠집니다. 사람들은 현직의 가치를 누리기도 하고, 그걸 축적했다가 지위에서 떠난 이후를 대비하기도 합니다. 따라서 지위 취득의 문제와 취득하면 어떤 지위를 취득하느냐 하는 문제, 또 지위에 얼마나 오래 머무르느냐 하는 문제는 중생에게 생사의 화두처럼 끊임없이 따라붙을 수밖에 없습니다. 그런데 주지는 세속의 그 어떤 지위보다 크고 절대적이라는 거 아닙니까. 흔히 '집도 절도 없다'는 말을 들어보았을 겁니다. 오갈 데 없는 최악의 경우를 말하는 겁니다. 보통 사람들은 지위를 놓은 후 극단적인 경우를 제외하면 대개 돌아갈 데가 있습니다. 그게 미우나 고우나 가정입니다. 거기서 새 지위, 새 삶을 모색하게 됩니다. 그런데 가정도 없고 가진 것도 없는, 정말 가르침대로 무소유를 액면 그대로 지향했던 출가자는 소속 절에 있을 때는 모르지만 절에서 나오게 되면 정말 딱하기 이를 데 없는 지경에 처하게 됩니다. 집도 절도 없는 노숙자 신세로 전락할 수밖에 없는 것이 오늘날 불교의 출가자 현실인 것입니다.

게다가 일반 승려와 달리 주지를 맡고 있다가 경질되는 경우는 일종의 무보직 계급강등과 비슷해서 그대로 절에 머물 수가 없게 됩니다. 안 그러겠습니까. 신임 주지와의 껄끄러움 때문에서라도 있을 수가 없는 것입니다. 그러니 재임 중에 준비를 할 수밖에 없지 않겠습니까. 물러날 때를 대비하는 것이지요. 따로 개인 사찰도 마련하고, 집도 준비하고, 나름대로 노후를 살아갈 재산도 마련하지 않을 수 없습니다. 모르는 사람은 출가자들의 이런 모습을 부정적으로 보기도 하지만, 그렇다고 마냥 손 놓고 있을 수도 없는 아픈 현실이 있는 것입니다. 법정 스님쯤 되거나 최고 선승의 반열에 드는 큰스님 정도 되면 이런 물질적인 준비야 자연스럽게 해결되겠지만, 거의 대부분의 승려들은 대책 없는 베이비붐 세대와 하등 다를 게 없는 처지입니다. 병이라도 나면 누가 챙겨줄 것입니까. 그러니 승려에게 주지 자리는 세속의 그 어떤 자리보다 소중한 것이고 집착할 수밖에 없는 자리가 되는 겁니다. 현직에서의 영광과 떠받듦은 물론이고 이런저런 노후 준비가 다 가능하기 때문이지요. 한마디로 생사해탈이 주지직에 달려 있다고 해도 과언이 아닐 것입니다. 수경 스님은 그런 자리부터 내려놓은 겁니다. 어떻게 하든 더 하고 싶을 텐데 말입니다.

수경 스님은 자기보다 나이가 훨씬 많은 노인들로부터 단지 출가 승려라는 이유로 절을 받는 예우를 부끄러워하고 있습니다. 자식이 스님이더라도 부모가 절을 하는 것이 불교식 예법이기는 하지만, 더 이상 그렇게 살 수가 없다는 것입니다. 대접받는 중노릇은 못하겠다는 겁니다. 이런 예우가 일찍이 어떤 계율이나 관행으로 시작됐는지는 모르지만, 나 역시 조금은 못마땅합니다. 승려 스스로가 이런 소회를 피력하는 걸 보면 불가침의 교리는 아닌 것 같습니다. 일반 사찰이나 선원에 가면 성직자가 신도들에게 예우와 존경을 받는 정도를 넘어 마치 교주처럼 받들어 모셔지는 것을 볼 수 있습니다. 이리 얘기하면 지나치다고 할지 모르지만, 굳이 이렇게까지 해야 되는지 납득하기 어려운 건 분명합니다. 불교에서뿐 아니라 대형 교회도 마찬가지입니다. 신도들은 부처님을 믿는 게 아니라 다니는 사찰의 주지나 선원장 스님을 믿는 것 같습니다. 교회에서는 당회장 목사가 하느님입니다. 이렇게 되어야 하는 논리적 연결고리가 있는지는 모르겠지만, 아무래도 지나치다는 생각을 지울 수 없습니다. 높다란 법석 위에서 신도들을 굽어보며 하는 법문도 사실 마땅치 않습니다. 같은 눈높이에서 하면 안 되겠습니까. 이런 얘기하면 뭘 모르는 무식한 사람 취급을 받거나, 불심이 없는 사람으로 치부될지도 모릅니다. 어쩌면 자꾸 세속의 논리로만 따지고 분별하려 드는, 그래서 아직도 멀기만 한 사람으로 얘기될지도 모릅니다. 그러나 내가 아는 한, 불교는 그 어느 종교보다 평등한 종교입니다. 특히 대승불교는 말입니다. 불교의 매력이 나는 이 평등의 정신에 있다고 봅니다. 즉 심시불이 바로 그것 아닙니까. 누구나 불성이 있고, 견성하면 성불하는 것입니다.

깨달음에 위아래가 없고 부귀빈천이 없습니다. 깨달았다고 해서 깨닫지 못한 중생보다 우월한 겁니까. 그렇지 않다고 봅니다. 출가자가 재가자보다 뛰어납니까. 가르침에 좀더 다가서거나 먼저 가 있을 뿐입니다. 가르침이 평등하면 불법을 따르는 모든 사람들의 관계도 그러해야 할 것입니다. 그런데도 현실은 그렇지 않습니다. 종교적 권위가 반드시 이래야만 지켜지는 것인지, 나는 잘 모르겠습니다. 그렇다고 무조건 법랍이나 경륜, 신분을 무시하고 기계적으로 다 똑같아야 한다는 건 아닙니다. 다만 관행이라고 해도 무조건 당연시하지 않고 한번쯤 따져보는 것도 불법에 다가가는 한 방편이지 않겠느냐는 것입니다. 수경 스님은 실제로 대접받을 일이 있고 없고를 떠나 그동안 그렇게 떠받들어지면서 살아온 걸 더이상은 견디기 어렵다고 했습니다. 출가자로서 엄두를 내기 힘든 대단한 기득권 포기입니다. 그래서 울림이 더 큰지 모릅니다.

그러면서 그는 출가 승려로서는 정말 하기 어려운 토로를 또 했습니다. 죽음이 두렵다고 한 것입니다. 출가 승려가, 그것도 중견 이상의 승려가 생사에서 벗어나지 못했다고 털어놓는 것은 나는 공부가 되지 않았다는 자기고백을 하는 것입니다. 애썼지만 당신들과 똑같다, 앞으로도 어떨지 모르겠다는 것입니다. 스스로 도가 트인 양, 깨달음을 얻은 양, 나만이 진정한 선지식인 양, 그래서 생사에 구애받지 않고 일체의 분별에서 벗어난 양 신도들 앞에 씩씩하게 나서는 예가 주변에 얼마나 많습니까. 아무도 확인할 수 없는 일. 말로 할 수 없고, 전할 수 없는 경지. 그래서 더 자기기만이나 위선이 심할 수밖에 없는 영역. 한때 주지로서 신도들로부터 온갖 존경과 추앙을 받던 스님이 이런 말을 대놓고 한다는 건 정말이지 간단치 않은 일입니다. 자기존재의 부정일 수도 있는 것입니다. 정말 쉬운 일이 아닙니다. 알다시피 종교적 권위는 세속의 그 어떤 권위보다 보수적입니다. 그에 따른 의전도 지나치리만치 엄격합니다. 경전에 대한 정통함이나 깨달음의 성취에서 신도들보다 항상 앞서 있어야 하는 건 당연한 것이고, 그걸 바탕으로 해서 승가와 재가의 관계가 형성되는 것입니다. 그런데 죽음이 두렵다니요. 보통 사람들이나 할 법한 얘기가 아닙니까. 출가자라고 특별히 달라야 될 이유는 없지만, 이렇게 대놓고 말하기는 참으로 어려운 겁니다. 한마디로 스스로를 속이는 위선적인 삶을 이어갈 자신이 없다는 겁니다. 본인이 출가자로서 살아온 삶 자체를 내려놓은 겁니다. 진솔함이 지나쳐 두렵기까지 합니다. 부정이 있어야만 궁극의 긍정이 가능하다는 게 바로 이런 경우가 아닐까 싶습니다.

그런가 하면 출가자로서뿐만 아니라 운동가로서도 좀처럼 인정하기 어려운 것을 인정했습니다. 권력을 비판하고 반정부 활동을 하는 사람들은 대체로 그 반대와 비판을 통해 스스로가 권력을 행사하고 있음에도 그걸 잘 드러내지 않습니다. 본인은 항상 약자이고 그래서 정의를 독점해야 한다고 생각합니다. 그러나 어디 그렇습니까. 제도권이냐 비제도권이냐의 차이만 있지 본질적으로 권력이기는 마찬가지가 아닙니까. 이것을 수경 스님은 솔직히 인정한 겁니다. 모든 운동가들이 운동의 이런 속성을 왜 모르겠습니까. 그래서 아무도 공개적으로 인정하지 않는 걸 인정한 환경운동가 수경과, 죽음이 두렵다고 함으로써 일도출생사—道出生死(생사에서 벗어나는 일)를 궁극의 수행 목표로 삼는 출가자의 인간적 한계를 터놓고 인정한 수경은 우리 모두에게 앉은 자리를 돌아보게 합니다.

스님은 본인 말마따나 번다하게 살았습니다. 출가 승려라기보다 운동가로서 분주했고, 어쩌면 세속의 어느 누구보다 세속적으로 살았을 수 있습니다. 환경운동, 생명운동이라는 명분으로 이름도 얻고 대접도 받았을 겁니다. 종단 내의 활동보다 사회활동, 정치활동이 더 신나고 보람 있었을 수도 있습니다. 본인이 소신이나 종교적 확신이라 여겼던 것이 알고 보니 어딘가에 휘둘리는 측면도 있었을 것이고, 그걸 또 역으로 스님이 활용했을 수도 있을 겁니다. 도반들이나 일반 신도들보다는 정치인, 언론인, 운동 명망가들과 어울리는 것이 훨씬 더 본인의 직성에 맞았을 수도 있습니다. 그러는 동안 비판자나 적대자도 많이 생겼을 것입니다. 하지만 정치든 환경이든 옳고 그름은 다 상대적입니다. 상대적이라는 것은 입장주의를 낳고 이 입장이 이해를 가릅니다. 이해에 따라 적이 생기는 것이지요. 이해가 없으면 적도 없습니다. 모든 건 상대성에서 비롯됩니다. 상대적이기 때문에 시비분별에서 떠나라는 가르침도 있는 것입니다.

그 글을 통해 스님은 오랜 기간 번다하게 방황하다가 또 한번 출가했다고 볼 수 있습니다. 이제 다시 길을 떠난다는 것은 제2의 출가를 말합니다. 승적을 버렸지만 어쩌면 승적까지 버림으로써 진짜 출가가 이뤄졌는지 모릅니다. 그래서 어느 따뜻한 겨울, 바위 옆에서 졸다 죽고 싶다고 한 것은 출가자의 진정한 초발심이 문학적 표현으로 승화된 거라고 봅니다. 나는 이렇게 생각합니다. 어느 따뜻한 겨울날, 아무도 지켜보지 않는 가운데 바위 옆에서 혼자 졸다가 그렇게 사라진다는 죽음의 형식에 불교적 성취의 진수가 담겨 있다고 말입니다. 결국 이런 죽음을 위해 출가 수행하는 게 아니겠습니까. 대접받으며 살게 한 환경운동가로서의 사회적 지위와 주지로서의 종교적 권위는 아무래도 이런 죽음과는 거리가 멀 것입니다. 내려놓음, 떠남, 무심, 무소유가 다 어느 날 혼자 바위 옆에서 졸다 죽기 위한 것입니다. 생업에 불안하고 자질구레한 시비와 이해에서 못 벗어나는 나 같은 보통 사람들도 이렇게 죽고 싶은 건 마찬가지입니다. 한 대목 한 대목 누구도 자유로울 수 없는 지적이고 참회입니다. 종교를 떠나 오늘을 살아가는 모든 이에게 참으로 서늘하게 다가오는 성찰의 글이라고 하지 않을 수 없습니다.

화장장에서

　얼마 못 갈 것 같던 큰처남이 돌아갔다는 연락이 와서 오랜만에 화장장에 갔습니다. 시설은 현대식으로 꾸며졌으나 인천에 하나밖에 없어서 그런지 무척이나 붐볐습니다. 마치 고속버스 터미널이나 역 대합실을 연상시켰습니다. 각 고로高爐마다 일련번호가 매겨져 있는 것은 노선별 승차 게이트와 같았고, 유리창을 사이에 두고 오열하는 유족은 배웅 나간 가족이나 다름없었습니다. 고로마다 붙어 있는 두 시간 간격으로 예약된 화장 시간표는 버스 배차 시간표이기도 했습니다. 저세상으로 가는 배차 간격치고는 꽤나 긴 시간이었습니다. 그 유리창은 언젠가 구경한 바다 밑 수족관의 그것과 꼭 같았습니다. 밀폐된 곳에서 넓은 곳을 내다보는 것과 넓은 곳에서 폐쇄된 곳을 들여다보는 것이 다르지만, 유리창을 통해야만 서로의 세상을 볼 수 있는 건 같았습니다.

한쪽 끝의 유골 수거 창구에는 사람들이 몰려 있었습니다. 들어갈 때와 달리 그저 하얀 뼈 덩어리만 나오는 걸 가족들은 허망한 눈으로 지켜봤습니다. 마치 그 모습이 지방에서 올라오는 부모님 마중 나온 자식들과 별반 다를 게 없었습니다. 뭘 꾸려서 들지 않고 빈손으로, 아니 육신이 완전히 소거된 형해만으로 상경한 게 다를 뿐이었습니다. 구내에서 대기하고 TV를 보는 광경도 터미널 대합실과 전혀 다를 게 없었습니다. 웃고 들떠 있는 모습과 울고불고 하는 차이만 있지 먼 길을 떠나는 장소로는 화장장이나 버스 터미널이나 그 기능이 같았습니다. 어느 큰 나라가 작은 나라를 폭격했다는 속보를 혼잡한 대기실 TV는 전하고 있었고, 사람들은 시신이 고로 안으로 들어가고 나면 그 앞에 삼삼오오 모여 섰으며, 죽은 사람은 죽어서도 산 사람과 마찬가지로 뉴스에서 자유롭지 못했습니다.

이렇듯 사나 죽으나 붐비는 게 매일반이듯이, 부당하게 금품을 요구받으면 신고하라는 안내문 역시 국정원의 간첩신고 안내나 소매치기 조심하라는 글귀와 똑같았습니다. 정확한 이유는 모르겠으나, 아마도 소란과 지체를 막기 위한 것이겠지만, 대기실 내에서는 종교 의식을 치르지 못하도록 제한을 두는 것에서 저세상도 이승과 마찬가지로 조심하고 지켜야 할 게 많으며, 한번 금기는 죽어서도 영원히 금기임을 알 수 있었습니다. 병원에 가면 하나같이 아픈 사람만 있나 싶듯이, 화장장은 세상에 죽는 사람이 이렇게 많나 하는 느낌이 들기에 충분했습니다. 살아서는 산 사람에 치이고, 죽어서는 죽은 사람에 치이는 게 살아서나 죽어서나 변함이 없었습니다. 예약을 해야 되고, 순서를 기다려야 하고, 시간이 조금씩 뒤로 밀리고, 그러면서 살아온 삶이 또 그러면서 죽고 있었습니다. 짜증을 좀 덜 내는 게 다를 뿐이지 죽음 저 너머로 가는 길에도 차례와 절차는 불가피했습니다.

그런가 하면 시끌벅적한 가운데서도 지독히 맛없는 것을 대충대충 내주면서 제값은 다 받는 잇속 역시 도심 한복판 터미널 구내식당과 화장장 구내식당이 전혀 다르지 않았습니다. 아귀처럼 챙겨야 하는 장삿속에는 이승과 저승이 따로 없었습니다. 죽음으로도 달라지지 않는 것이 돈 벌기의 끈질김이라는 점에서, 돈에 매달리다가 돈 때문에 죽은 사람이라면 저세상이라고 정서적 이질감이 있을 것 같지는 않았습니다.

동서가 날도 춥고 기다리기 무료해서 그런지 구내식당으로 가자고 해 남자들만 슬며시 자리를 옮기는데, 여자들도 따라왔습니다. 동서는 소주 한잔에 곁들이는 돼지불고기가 너무 맛없다고 투덜댔지만 연신 잔은 목을 타고 넘어갔고, 여자들도 비슷한 불만을 표하면서 한잔씩 나눠마시고는 얼었던 몸을 데웠습니다. '그리 갈 걸 뭐 그렇게…… 안 지어도 될 농사를 그래 죽는 날까지. 토지보상만 해도 그게 어디야…….' 취기가 도는지 동서는 하나마나하고 들으나 마나한 허망한 얘기를 늘어놨으며, 이제 과부가 된 처남댁과 지방 어디에서 회사에 다닌다는 처조카딸과 사위는 딴청을 피웠습니다. 보통 때 같으면 남편 술주정한다고 타박했을 처형이 왠지 말리기는 커녕 거들 기미를 보였고, 같은 시누이 입장인 아내도 모르는 척했습니다. 산 사람끼리의 불만이나 못마땅함이 직접 오가지 않고 죽은 사람을 매개로 이루어지다보니 적당히 불편하기는 해도 서로 남의 얘기처럼 치부할 수 있어 죽은 사람이라고 완전히 죽은 건 아니었습니다. 그 시간에도 고로 안의 처남은 술김을 빌린 매제의 쓴소리를 아는지 모르는지 태평하게 몸을 태우고 있었습니다.

술에 취한 동서를 끌고나와 고로 앞 잠수정 유리창 같은 창구를 통해 저 세상으로 가는 작업장을 들여다보니 제복 입은 진행요원은 여전히 분주했습니다. 창밖의 유족들에게 경례를 붙이고 관이 서서히 고로 안으로 들어가고 문이 닫힐 때마다 자지러지듯이 곡성이 터져 나왔지만, 이미 그 과정을 거친 다른 창의 사람들은 무심하기 이를 데 없었습니다. 술김이기는 마찬가지인 작은처남이 동서에게 물었습니다. 유리창 안의 고로 앞에서 울고 있는 유족들에게 마지막 예를 표하고 관을 밀어넣고 버튼을 눌러가며 화장 절차를 진행하는 저 제복 입은 사람은 어떤 사람이냐고 물었으나, 동서의 돌아오는 눈빛으로 볼 때 쓸데없는 질문을 한 것이었습니다. 시에서 운영하니까 아마 공무원 아닐까가 동서의 무심한 대꾸였지만, 하루에도 몇 건씩 사람을 저승길로 인도하는 저 특별한 직업의 공무원이 일반직일까 별정직일까, 공채일까 아닐까, 그게 궁금하지도 않냐고 작은처남이 또 물었을 때, '아니 이 사람이, 자기도 해보려구?'가 추가로 돌아왔습니다. 죽음 저 너머가 인간의 벗어날 수 없는 관심사이듯이, 작은처남에게는 유리창 너머의 직업세계가 궁금했던 모양입니다.

터미널 대합실 구석의 매점에서 김밥이나 달걀 등 먹을 것과 여행에 필요한 물품을 팔 듯이, 화장장의 대기실 한쪽 매장에서도 유골함이나 관련 물품을 팔고 있었습니다. 어떤 건 비싸고 어떤 건 쌌습니다. 향나무로 만든 거, 소나무로 만든 거, 화강암으로 만든 거, 대리석으로 만든 거, 자개를 박은 거, 옥으로 만든 거, 그것도 국산 옥과 수입 옥이 다르고……. 한마디로 유골 위에 유골 있고 유골 밑에 유골 있었습니다. 같은 유골이라도 납골당에 갈 사람은 수십 만 원이나 하는 비싼 함에 담기지만, 화장장 동산에 그저 뿌려지고 말 사람의 함은 단돈 5천 원이었습니다. 바로 버리고 말 것이라 그러기도 하겠지만 뿌리고 돌아서는 산 사람과 뿌려진 죽은 사람의 최종 결별이 값으로 쳐서 5천 원밖에 안 되는 걸 보니 차별도 차별이거니와 허무하기가 이를 데 없었습니다. 저는 큰처남이 죽었다는 죽음의 개별성보다는 죽음이라면 당연히 지닐 허무와 슬픔의 보편성을 이 5천 원에서 비로소 느낄 수 있었습니다.

화장은 매장과 달리 산 사람과 죽은 사람의 최종 이별하는 양식이 다릅니다. 태우기 위해 고로로 들어가는 일이 매장의 하관에 해당됩니다. 매장 때와 마찬가지로 그때에 가장 많이 웁니다. 매장의 경우는 그것으로 끝이지만 화장은 한 단계가 더 있습니다. 죽음의 결과를 눈으로 확인하기 때문입니다. 굵은 뼈 덩어리 몇 개와 분진으로 구성된 한 인간의 최종 잔해를 두 시간 가까이 기다리면 볼 수 있다는 점에서 화장이 매장보다 좀더 친근하기도 하고 좀더 자극적이기도 하며 좀더 교훈적이기도 합니다. 그렇게 한 인간의 모든 실체와 살아온 시간이 한줌 재로 화한 것을 보는 순간, 시신을 담은 관을 보고서는 서럽게 울던 사람들도 더이상 울지 않았습니다. 슬픔이라는 것도 유형의 무엇이 있을 때 성립되는 것이지 먼지밖에 없는 공허에 대해서는 느껴지지 않는 것이라 그럴 겁니다. 잘 빻는다고 무엇이 다를까마는 그저 잘 빻아달라는 부탁밖에는 없었습니다. 어느 영화에선가 사람 영혼의 무게는 21그램이라고 했던 생각이 납니다. 죽는 순간에 몸무게가 딱 21그램이 줄어든다고 합니다. 이 무게는 실제로 어느 정도나 되는지 도무지 구체성이 없는 무게이며, 살면서 전혀 생각해보지 못한 무의식의 무게입니다. 영혼의 무게가 이럴진대 산 사람의 무의미한 희망대로 잘 빻아진 뼛가루는 도대체 몇 그램이나 될까요. 영혼의 무게처럼 누구나 다 똑같을까요. 아니면 사람마다 다를까요. 무게이면서도 무게 같지 않은 무게, 그래서 느낄 수 없는 인생 오차 범위 내의 이 21그램은, 모든 삶은 결국 이 오차 범위 내에 있다는 걸 가르쳐주는 듯합니다. 이 21그램에 도대체 무슨 차이가 있기에, 그리고 뼛가루 한줌에 무슨 차이가 있어서 죽은 사람의 살아온 족적에 우열과 상하를 두겠습니까. 호랑이는 죽어서 가죽을 남기고 사람은 죽어서 이름을 남긴다지만, 그건 어디까지나 죽는 사람들과 죽을 사람들의 욕심일 뿐, 정작 남기는 건 실감나지 않는 무게이며 오차 범위 내의 뼛가루뿐입니다. 이렇게 보면 정녕 죽어서 가죽을 남기는 건 사람일지도 모릅니다.

화장장에서의 일이라고 시간의 흐름에서 벗어나 있지는 않았습니다. 태어난 아이가 번호표 매긴 바구니에 끊임없이 담겨지듯이 화장된 순서대로 유골을 함에 담아 다들 올 때의 모습 그대로 떠나갔습니다. 한줌 무기물로 변해 납골당이든 정해진 수목의 밑이든 어디든 두어질 데가 있는 사람들은 그 사람들대로, 멀리 가지 않고 바로 산골散骨될 사람들은 또 그 사람들대로 그렇게 갈려서 떠나갔습니다. 떠나기 전 생전에 각자가 믿던 대로, 그보다는 산 사람들이 믿는 대로 기독을 찾기도 하고 부처를 찾기도 하며, 매장이 아닌데도 평토제平土祭 지내듯 제사지낸 다음, 그도 저도 아니면 그냥 허겁지겁 늦을세라 출발했습니다. 사람들은 화장장에 올 때 시신의 실체와 그 시신이 살았을 때의 인간관계를 가지고 왔지만 갈 때는 다 두고 돌아갔습니다. 죽은 자가 빈손으로 가듯이 산 사람들도 아침 발인할 때와 달리 빈손으로 집에 돌아갔습니다. 그러고 보면 화장한 건 시신이 아니라 인연이었으며, 정이었고, 기억이었고, 대신 거둬간 건 큰일 하나 해치웠다는 일상의 홀가분함과 내일 출근할 일의 부담이었습니다. 그래서 사람들은 올 때는 시끌벅적했지만 갈 때는 모두가 침묵했으며, 울거나 심지어 다투던 몇 시간의 일과를 끝내고 아무 일 없었던 것처럼 돌아갈 수 있었습니다. 다만 그들이 모두 어디로 흩어지든, 어떤 후속의 일을 산 사람끼리 남겨두었든, 서둘러 죽음을 털어버리려는 현실의 메마르고도 텅 빈 눈길을 피할 수는 없었습니다.

우리 일행도 그렇게 돌아왔습니다. 겨울의 짧은 해를 받으며 천주교 납골묘지에 고인을 안치하고 돌아왔습니다. 가까운 친척들은 화장장까지 온 사람과, 화장을 끝까지 마친 사람과, 납골묘까지 간 사람과, 돌아와 집까지 들른 사람으로 나뉘었고, 사정이 있어 먼저 간다고 할 때마다 처남댁은 죽은 사람보다 더 죽은 얼굴로 제대로 쳐다보지도 못한 채 고맙다는 인사를 했습니다. 끝까지 저 세상으로 가는 길을 동행한 고인의 성당 교우들도 종일의 피곤함이 역력한 찬송과 미사를 곁들여주었습니다.

그리고 우리는 집에 준비해둔 과물 등속으로 벌써 습관이 된 듯한 불감증의 제사를 기계적으로 지내고 둘러앉았습니다. 마지막 반혼返魂 제사를 지내면서도 동서는 상주인 조카에게 이런저런 간섭을 했습니다. 며칠의 극심한 피곤함 속에서 우리는 죽은 자보다는 산 사람을 얘기했고 후일을 얘기했습니다. 조카들에게 앞으로 잘하라는 둥 걱정 반 당부 반의 무성의한 말을 던지고, 처남 매부들끼리 동서들끼리 각자의 먹고사는 일에 대한 얘기를 나누었을 뿐, 죽은 자에 대한 얘기는 더이상 하지 않았습니다. 아이들의 대학 가는 얘기, 취직 못해 걱정인 얘기, 누구는 아들 잘 둬 좋겠다는 얘기, 봄에는 누가 시집간다는 얘기가 죽은 사람의 얘기보다 훨씬 현실적일 뿐 아니라 인간적이고 따뜻했으며 무엇보다 적절하게 느껴졌다는 데서 큰처남의 죽음은 늘상 있어온 처갓집의 일반 행사와 크게 다를 게 없었습니다. 한잔 술을 걸치며 슬픔보다는 무사히 치렀다는 안도와 후련함 속에 서로서로 수고했다는 인사를 나누었고, 체면치레를 했으며, 피로를 달랬고, 그렇게 한 사람의 삶을 마감했습니다.

삶과 죽음은 한 조각

　노무현 대통령이 돌아갔을 때 불교계가 조금 흥분(?)했던 일이 생각납니다. 당시 모든 신문과 방송에서 불교를 홍보해주었기 때문이지요. 장례기간 동안 도하 매스컴에 고인이 어릴 때 어머니의 독경소리를 듣고 잠에서 깼다거나, 권여사의 법명, 고시공부 하던 사찰, 또 마지막 투신 직전에 정토원 원장을 찾았다는 사실, 총무원장을 비롯한 여러 승려들의 공개적인 천도 장면, 유골의 정토원 안치…… 이렇듯 불교와 고인의 인연과 관계에 대한 기사가 연일 넘쳐났습니다. 돌이켜보면 당시 고인을 둘러싸고 확산되는 연민과 반反정권 정서가 결합된 종교 홍보 효과는 이루 헤아릴 수 없을 정도였습니다. 그러니 감동을 먹었다고나 할까요. 개신교 신자인 이명박 정권하에서 차별로 인한 종교적 갈등을 빚어온 불교계로서야 고무되지 않을 수 없었을 겁니다.

나아가 노무현 대통령이 직접 유서에서 불교적 생사관을 남기고 간 것 또한 삶과 죽음에 관한 불교 교리에 대해 일반 대중이 다시 한 번 생각하게 했다는 점에서 당시 불교계의 약간은 들뜬 듯한 분위기는 충분히 이해하고도 남습니다. 전대미문의 대통령 자살을 놓고 너무 세속적인 생각을 하는 거 같아 오해를 살 수도 있겠지만, 종교라고 특별히 다를 게 있겠습니까. 좋고 싫음, 타 종교와의 경쟁심, 호승심. 이런 모든 게 다 불교식으로 말하면 단지 사람을 괴롭게 하는 경계境界임에도 가르침은 가르침이고 현실은 현실이겠지요. 하기야 출가자들이라고 반드시 어떠해야 한다는 고정관념을 가질 필요는 없을 것입니다. 종교를 믿든 안 믿든, 출가자든 아니든 부딪치고 흥분하고 걱정하고, 다 그러면서 사는 게 아니겠습니까. 굳이 승과 속을 나눌 필요야 없겠지요. 노무현 전 대통령이 말한 "삶과 죽음이 자연의 한 조각 아니겠느냐?"는 것과 같이 모든 게 '불이不二의 법法'이 아니겠습니까. 따라서 오늘은 무겁기도 하고 칙칙하기도 하고, 그러면서도 꼭 필요한 얘기일 것 같기도 한, 사람이 죽고 사는 얘기를 한번 깊이 나눠보고 싶습니다. 태어나지 않았으면 죽음도 없을 것입니다. 삶이 있어 죽음을 염두에 두는 것이며, 종교도 성립될 거라는 점에서 나름대로 의미가 있지 않겠습니까.

사실 생사일여生死一如의 사생관이 불교만의 것은 아닙니다. 유교에서는 살고 죽는 일을 기氣의 흩어짐과 모임(聚卽生, 散卽滅)으로 설명하며, 죽은 후에는 혼백이 날고 흩어지는 것(魂飛魄散)으로 모든 게 종결된다고 합니다. 일정 기간 기가 떠돌다가 자연으로 귀일하는 것입니다. 공자는 사후에 대해 별 관심이 없었습니다. 귀신이 있느냐는 제자의 질문에, '삶도 잘 모르는데 죽음을 어찌 알겠느냐'고 했을 뿐입니다. 기본적으로 사후세계를 인정하지 않는다는 것은 삶 속에 죽음이 녹아 있다는 것으로, 생이 곧 사이며 사가 곧 생이라고 할 수 있습니다. 장자 역시 죽음을 떠나온 집이나 고향으로 돌아가는 것에 비유했습니다. 죽은 다음에 내가 왜 그토록 살자고 아등바등했는지 후회할지도 모른다고 했습니다. 오히려 죽음이 삶이고 지금의 삶이 꿈일 수 있다는 생각을 했던 겁니다. 삶과 죽음에는 마땅한 경계가 없었습니다. 그래서 죽음을 즐거워해 부인 사후에 춤을 추고 노래를 부르기도 했습니다. 시신의 처리도 굳이 매장을 할 필요가 없다고 했습니다. 땅 위 짐승들의 것을 빼앗아 땅 밑 짐승이나 벌레들에게 구태여 줄 필요가 무엇이냐는 것이었습니다. 삶과 죽음이 그대로 하나이며 연장선상에 놓여 있습니다.

불교에서는 삶과 죽음이 하나라는 것에서 더 나아가 아예 삶도 없고 죽음도 없다고 했습니다. 불생불멸不生不滅인 것입니다. 이런 주장을 중관학에서는 논리적으로 증명까지 했습니다. 따라서 동양의 삼대 종교 유불선은 이런저런 비유나 표현법은 달라도 삶과 죽음을 구별하지 않는 동일한 사생관을 가지고 있다고 할 수 있습니다. 현재 우리가 어떤 종교를 가지고 있든 이러한 사생관은 수천 년의 시간을 통해 사회적으로 하나의 문화가 되고 체내에 유전자로 심어졌다고 할 수 있습니다. 그래서 삶의 연장선상에서 죽음을 관조하고, 죽음을 삶과 차별하지 않고 의연하게 받아들이는 자세를 보면 누구나 숙연해지고, 허겁지겁하는 일상에서나마 잠깐 하던 일을 멈추게 되는 것입니다.

서양 사람들의 죽음에 대한 생각도 우리와 별반 다르지 않습니다. 기독교에서는 사후세계와 영생불멸을 굳게 믿습니다. 죽음은 슬픈 것이 아니라 하늘나라로 가서 더 좋은 삶이 전개되는 것이기 때문에 즐거운 것입니다. 죽음을 통한 삶의 연장이라는 점에서 삶과 죽음의 일치라고 볼 수도 있을 겁니다. 비록 현세의 삶은 죄 많은 삶이라고 하지만 말입니다. 불교에서도 이승은 참아야 하는 사바세계라고 하는 점에서 서로 비슷한 점이 있습니다. 내가 알기로 불을 숭배하는 마니교는 나장을 한다고 합니다. 알몸으로 나왔으니 알몸으로 돌아간다는 개념입니다. 풍수지리에서 으뜸의 명당자리는 사람이 태어난 곳이며, 그곳은 여자의 음부와 지형이 흡사합니다. 구체적으로 표현하기 민망할 만큼 신기합니다. 나온 곳으로 돌아가는 것입니다. 이러한 관념들 또한 삶과 죽음을 동일선상에 놓지 않고는 설명하기 어렵습니다.

윈스턴 처칠 말년에 기자가 물었습니다. 죽음을 어떻게 생각하느냐고요. 처칠은 술집 문이 닫히면 술꾼은 그만 일어나야 한다고 했습니다. 더 마시겠다고 버티지도 않고 갈 때가 아니라고 억지 부리지도 않고 그냥 문 닫을 시간이 되면 떠나는 순응과 달관의 사생관을 보여준 것입니다. 이런 말을 들으면 공연히 착잡해지고 지금 내가 사는 모습을 한번쯤 돌아보게 됩니다. 비슷한 얘기가 또 있습니다. 소크라테스가 죽을 때 한 말이 흥미롭습니다. 악법도 법이라고요? 그런 무거운 얘기가 아니라, 아무개한테 닭을 한 마리 꿨었는데 그걸 대신 갚아달라는 것이었습니다. 구구히 의미를 부여하고 해석할 필요가 없습니다. 가장 힘들기 마련인 죽음을 초개같이 여기고 임종하는 사람들에게는 차라리 농담으로 들리는 말입니다. 소크라테스에게는 삶과 죽음이 특별한 게 아닙니다. 마치 교실에서 수업하다가 야외수업 나가는 정도로 부담 없기가 이를 데 없습니다.

그런가 하면 티베트에는 이런 속담이 있습니다. 아침에 눈을 떠그게 내일일지 내생일지는 아무도 모른다고 합니다. 죽음에 대한 의외성과 돌연성에 대한 가르침입니다. 누구나 죽는다는 걸 모르는 사람은 없습니다. 하지만 언제 죽을지 아는 사람은 거의 없지요. 죽는다는 필연의 사실보다 언제 죽을지 모른다는 불가측성이 죽음을 삶과 분리시키지 않습니다. 삶 다음에 죽음이 오는 것이 아니라 삶과 죽음이 한 가지 현상의 다른 이름으로 동시에 일상을 지배하는 것도 바로 이 불가측성 때문입니다. 죽음 때문에 삶이 경건해지는 것이며, 삶이 있어 죽음이 의미를 갖는 것입니다.

그리고 여기 언제나 수의를 입고 사는 사람도 있습니다. 일본 야쿠자의 야마구치구미 2인자인 니시야마라는 사람입니다. 한국계였던 그는 민족차별을 뚫고 그 세계에서 인정받고 성공(?)하기까지 많은 사람을 죽일 수밖에 없었고, 그에 따른 보복을 우려하며 도무지 언제 죽을지 모르는 불안한 삶을 살았습니다. 그래서 그는 입은 차림 그대로 관에 들어가기 위해 속옷을 빨아 입지 않고 항상 새것만 입었다고 합니다. 한마디로 수의를 입고 사는 셈이니 그 불안과 공포가 오죽했겠습니까. 하지만 오히려 죽음이 일상화되어 있다는 점에서 삶과 죽음이 일치된 지극히 편안한 삶이라고도 볼 수 있습니다. 다소 엉뚱한 계기로 삶과 죽음이 하나가 된 경우이지만 이 또한 다를 것은 하나도 없습니다. 묘한 떨림과 깨달음이 오는 일화로 두고두고 기억에 남아 있습니다.

그리고 얼마 전부터 일부러 임사체험을 하는 사람들이 늘어나고 있습니다. 관 속에도 들어가보고 유서도 쓰곤 합니다. 죽음을 퍼포 먼스 하면서 삶과 죽음이 하나라는 것을 실감합니다. 머릿속 생각만 이 아니고 실제 죽음을 체감하려고 합니다. 왜 그러겠습니까? 왜 어 두운 생각을 일부러 하겠습니까? 죽음을 떠올리는 것 이상의 부정 적인 상념도 없는데 비용 들여가며 일부러 하는 이유는 어디에 있 겠습니까? 먹고살 만하니까 별짓 다한다고 하겠지만 한마디로 삶의 윤택함을 위해서입니다. 잘살기 위해 죽는 체험을 하는 것입니다. 죽음을 의식함으로써 삶이 황폐해지는 것이 아니라 좀더 인간적이 고 정신적으로 풍요로운 삶을 기대할 수 있기 때문입니다. 경쟁 일 변도와 결과 위주의 삶이 더불어 사는 삶과 과정 위주의 삶으로 바 뀌고, 매사 빠르게 빠르게 하던 삶이 느리게 사는 것의 묘미에 눈을 뜨게 되는 것입니다. 세상을 보는 시야와 사물에 대한 관점이 달라 지는 것입니다. 이쯤 되면 죽음의 효용이요, 죽음의 경제학이라고도 말할 수 있지 않겠습니까.

알다시피 한때 잘살기(웰빙) 위한 사회적 유행이 있었습니다. 먹 는 것, 입는 것, 거주하는 것, 어느 것 하나 잘살기라는 관점에서 몸 건강, 정신 건강에 좋은 것만 골라 하는 것이 중산층 이상에서 크게 유행했고, 그 자체로 또 상업화되기도 했습니다. 하지만 이내 잘살 기는 잘 죽기(웰 다잉)를 전제하지 않는 한, 성립되지 않음을 알게 되 었습니다. 한마디로 잘 죽기 위한 잘살기입니다. 아까 임사체험이 잘살기 위한 잘 죽기였던 반면, 이번에는 잘 죽기 위한 잘살기 차원에서 웰빙이 계속해서 성행하고 있는 것입니다. 어떻게 보든 살기와 죽기, 죽기와 살기는 분리되기 어려운 하나의 실체적 개념임을 알 수 있습니다.

사람은 궁극적으로 같아진다는 데서 안식을 느끼게 됩니다. 궁극의 평등은 죽음이라고 할 수 있습니다. 현실에서는 경제적 차이와 신분의 차이로 고통을 받지만, 생명체는 예외 없이 죽는다는 사실에서 그 고통과 불합리를 보상받는다고 할 수 있습니다. 좀더 오래 이어진 삶과 그렇지 못한 삶, 좀더 건강한 삶과 그렇지 못한 삶이 있기는 하지만, 그것이 반드시 잘살고 못살고, 또 능력이 있고 없고에 따라 그렇지는 않다는 점에서 별 의미 있는 차이라고는 볼 수 없습니다. 생물학자들의 관찰에 따르면, 모든 다세포 생물은 반드시 죽게 되어 있으나, 늙으면 죽는다는 것, 즉 자연사에 대한 인식을 하는 것은 오직 인간밖에 없다고 합니다. 다른 동물이 되어보지 않았으니 정확히 알 수는 없는 노릇이지만, 이것이 사실이라면 다가오는 죽음, 피할 수 없는 죽음을 의식할 수 있다는 것 자체가 인간만의 축복이라고도 말할 수 있을 것입니다. 죽음을 의식할 수 있음으로써 얼마나 많은 인문사회 활동이 벌어지고 자연과학이 발달했는지 생각하면, 죽음을 의식하고 죽음을 대비하고 죽음을 삶과 연계짓는 능력이야말로 문명의 시작이고 바탕이라고 말할 수 있을 겁니다.

그리고 진화학을 전공하는 사람들은 우리가 소중히 생각하는 몸과 생명을 오직 유전자를 전달하기 위한 일시적 도구로 여깁니다. 즉, 유전자가 실질적인 생명이며, 그래서 번식에 계속 성공한다면 적어도 진화론적으로는 우리 모두 영생하는 것이라고 볼 수 있습니다. 유전자는 죽음이 없는 것이며, 자자손손 언제나 살아 있는 것입니다. 사후세계를 인정하지 않는 유교에서 대를 잇는 것을 그토록 중시하는 것도 따지고 보면 진화론적 진실에 뿌리를 두고 있다고 하겠습니다. 자식을 통해 대신 사는 것으로 죽음과 삶을 일치시키고 있는 것입니다. 장생불사를 꿈꾸는 것은 도교이며, 믿음을 통해 영생을 희구하는 것은 기독교입니다. 불교 역시 육신은 그저 외피에 불과하다고 생각합니다. 흔히 죽음을 몸을 벗는다고 표현하는 것도 다 그런 관념에서 비롯된 것입니다. 불교와 유교, 진화학과 생물학이 죽음을 두고 만나는 순간이며, 불사와 영생은 도교와 기독교가 통하는 대목입니다.

이제 다시 삶과 죽음이 한가지라는 노무현 전 대통령의 유언으로 돌아가봅시다. 앞으로 얼마가 될지는 모르지만 고인은 아직도 현실 정치에서 죽어서도 살아 있는 것 이상으로 살고 있습니다. 삶과 죽음이 하나임을 몸소 보여주고 있는 것 같아 흥미롭기는 하지만, 삶과 죽음이 하나인 것과 죽어서도 삶에 계속 연연하는 것은 다르다고 봅니다. 그래서 정파와 진영, 그리고 그를 좋아하고 싫어하고를 떠나 살아 있는 사람들의 몫이 크다는 겁니다.

워낭소리

세월이 꽤 지나긴 했지만, 영화 〈워낭소리〉는 보셨겠지요? 당시 대단한 화제였던 걸로 기억합니다. 우리 부부도 좀처럼 영화관을 찾지 않다가 직접 가서 관람을 했습니다. 아무래도 젊은 사람들보다는 나이 든 사람들이 많을 수밖에 없었습니다. 하기야 젊은 사람들이 그런 영화에 재미를 느끼기에는 한계가 있었겠지요. 이 영화는 통속적인 재미보다는 서글픔, 잔잔함, 찡함 같은 것 때문에 사람들이 몰려들었다고 할 수 있습니다. 생명이든 자연이든 사라져가는 모든 존재들에 대한 그런 것들 말입니다. 할머니의 바가지에 간간히 터져나오는 웃음도 어디까지나 늙음의 애잔함과 삶의 고단함에 따른 웃음이었습니다. 늙어서 사라져가는 생명 현상은 사람들로 하여금 여러 생각을 하게 하지요. 누구든 피할 수 없는 길이라 그럴 겁니다. 세상이 어려워지면 복고가 유행한다고는 해도 존재의 유한함을 들고나와 대박을 터뜨렸으니, 돈이 되고 스타가 되는 것도 참 가지가지입니다. 등장하는 늙은 소가 40살이 됐다고 했습니다. 도회지 사람들은 실감이 잘 나지 않습니다. 사람으로 치면 100살 정도 되는가 봅니다. 마지막 명을 거두는 모습도 어쩌면 사람과 그리 같을까요. 고개를 툭 하고 떨굽디다. 이토록 사람과 짐승이 평생을 동반하고 앞서거니 뒤서거니 사라져가는 것은 쓸쓸하기는 하지만 아름다운 일이기도 합니다. 쓸쓸한 재미. 하긴 그런 것도 재미라면 재미라고 할 수 있겠지요. 사람들이 모이게 한 유인이 됐으니까요.

마소의 목에 매단 방울이나 종을 워낭이라고 하지요. 풍경처럼 움직일 때마다 소리가 나서 쇠풍경이라고도 합니다. 그런데 그 영화를 보면서 궁금한 게 하나 있었습니다. 지금껏 보고 들어온 워낭이지만 무심코 지내왔지 저 워낭은 왜 달아났을까 하는 생각은 해보지 않았기에 하는 말입니다. 워낭을 소 턱밑에 왜 달아났을까? 의문이 들지 않습니까? 용도가 무얼까? 소의 움직임을 감지하기 위해서, 소를 끌고 가는 사람의 무료함을 달래주기 위해서, 소가 심심치 말라고, 소의 작업 능률을 올리기 위해, 그냥 폼으로, 도대체 뭘까요? 세상에 이유 없는 것은 없습니다. 더구나 인위적인 것인데 말이지요. 도무지 선뜻 잡히지가 않았습니다. 왜 우리 선조들은 소에게 절에나 있는 풍경을 달아놓을 생각을 했는지, 그 목적이 무엇인지 아리송했습니다. 그래서 그때 만능의 인터넷을 이리저리 뒤져봤습니다. 아니나 다를까 어떤 사람이 그 용도에 대해 설명해놓은 게 있었습니다. 우선 사람과 소의 교감을 위한 것이라고 했습니다. 멀리 있어도 소리만 듣고 소가 어디 있는지 알 수 있다는 것이지요. 그럴싸했습니다. 또 소가 방울소리를 듣고 편해지라는 것입니다. 그것도 일리가 있습니다. 그리고 잡귀를 쫓는 부적의 의미가 있다고 합니다. 이해가 갔습니다. 워낭소리에 들짐승들이 함부로 접근하지 못하는 효과도 있다고 했습니다. 그럴 수 있겠지요. 마땅한 출처가 없는 걸 보니 권위 있는 전적典籍의 답은 아니었겠으나 아마도 그 이유 이상은 없을 것 같습니다.

등산을 하다보면 배낭 하단에 자그마한 쇠종이나 방울을 달아놓은 사람을 가끔 만나게 됩니다. 걸을 때마다 청아한 종소리가 납니다. 그것도 일종의 풍경이지요. 사람이 스스로 워낭을 단 거라고 해도 무방합니다. 한적한 등산로에서 풍경소리를 들으며 묵묵히 걷고 있으면 수행이 따로 없을 듯합니다. 그러고 보면 여럿이 왁자지껄 오는 등산객들 중에 종을 달고 있는 경우는 별로 보지 못한 것 같습니다. 대개는 혼자 산행하는 사람들, 그중에도 나이 든 사람들이지요. 절의 풍경은 종의 추에 물고기 모양의 쇳조각을 달아놓습니다. 물속에 사는 생물들이 그 종소리를 듣고 업이 씻겨나가라는 뜻입니다. 절에 있는 것은 풍경이고, 소가 달고 있는 것은 워낭인데, 등산객이 달고 다니는 종은 별도로 부르는 이름이 있는지 모르겠습니다. 등산객이 달고 다니는 종이나 워낭은 절의 풍경처럼 물고기 모양의 추를 달고 있지 않고 별도의 종교적 의미를 담고 있지도 않지만, 그 소리의 맑음이 사람의 심신을 편안케 하는 것은 똑같습니다.

한적한 산사의 풍경소리는 사람들의 시름을 가라앉혀줍니다. 풍경소리가 사찰을 경건하게 하고 고즈넉하게 합니다. 풍경소리가 있어 산사는 더욱 한적해지고 산사 같아집니다. 풍경소리가 다른 소리를 잠재우고, 혹여 행락객이라도 시끄러울라치면 쉿 하고 조용히 시키는 게 또 풍경소리입니다. 그러고 보면 소리가 아주 없는 것보다는 한 가지 좋은 소리가 있는 것에서 더 큰 적막과 안식을 느낀다는 걸 알 수 있습니다. 아무 소리도 없으면 성찰도 없고 깨달음도 없습니다. 등산객의 종소리도 혼자만 듣는 소리가 아니라 마주치는 이가 전부 같이 듣는 소리입니다. 일종의 소리를 통한 안식의 전파입니다. 그래서 워낭과 풍경과 등산객의 종은 용도가 다 똑같다고 할 수 있습니다.

어느 실험에 따르면, 사람은 무음 상태에서는 잠시도 견디기 어렵다고 합니다. 아주 시끄러운 소음에도 견디지 못하지만 소리가 일체 없는 상태도 견디지 못한다는 겁니다. 어떤 형식의 소리든 소리에 길들여져 있는 것이지요. 소리도 산소인 겁니다. 의식하지 못할 정도로 자연스럽게 숨을 쉬다가 못 쉬게 되면 당장 죽을 것처럼 고통스럽듯이, 각종 소리에 길들여져 있다가 갑자기 소리의 진공상태에 놓이면 괴로울 수밖에 없는 것입니다. 사람이 이러니 짐승도 마찬가지일 겁니다. 아무 소리도 없으면 소가 불안해지고 흉포해질지도 모릅니다. 들에서 일할 적에는 뻐꾸기 소리, 까치 소리, 솔바람 소리, 아니면 주인의 흥얼거리는 노랫가락이라도 들어야 하는 겁니다. 밭을 갈아도, 짐을 싣고 걸어도, 풀을 뜯어도 소리를 들어야 하는 겁니다. 그래서 워낭의 용도 중에 소가 그 소리를 듣고 편해진다는 것이 워낭을 다는 가장 중요한 이유가 아닐까 생각됩니다. 워낭소리에 소가 온순해지는 것이지요. 사람으로 말하면 정서가 순화되는 것이지요. 그리고 일에 몰입이 되는 것이지요. 소나 말이나 아무리 길이 들어 있다고 해도 갑자기 날뛰면 어떡하겠습니까. 낭패지요. 그런 일을 막기 위해 워낭의 소리를 들려준다는 것은 꽤나 지혜로운 일이라는 걸 알 수 있습니다.

더구나 워낭소리를 통해 소와 사람이 하나가 될 수 있다는 것도 알 수 있습니다. 끊임없이 딸랑딸랑 하는 소리를 배경으로 사람은 생각을 모으기도 하고 비우기도 하면서, 또 그 소리를 매개로 소와 일체가 됩니다. 워낭소리는 사람과 소를 구별하지 않습니다. 소만 들으라는 워낭소리가 아닙니다. 워낭은 소의 목에 달려 있지만 주인의 목에 달려 있는 것이나 다름없습니다. 소의 목이 내 목이고 내 목이 소의 목이니까요. 여기서 워낭의 용도는 소의 용도가 아니라 사람의 용도가 되는 것입니다. 소를 부리기 위해 다는 게 아니라 나를 부리기 위해 다는 것입니다. 따지고 보면 워낭소리를 통해 소가 사람을 부린다고도 볼 수 있습니다. 이쯤 되면 누가 누구를 부린들 무슨 상관이겠습니까. 따라서 워낭이 사람과 소를 교감시키고 소통을 하게 한다는 것도 빼놓을 수 없는 용도가 됩니다.

그 영화에서 할아버지는 늙은 소가 죽은 뒤 남겨진 워낭을 투박한 손으로 들고 있습니다. 다른 소들은 죽어 가죽과 고기를 남기지만 그 소는 워낭을 남기고 갔습니다. 소리를 남기고 간 것이지요. 할아버지의 귀에 워낭소리가 들립니다. 오는 이 가는 이 없는 텅 빈 논둑길에, 읍네 내려가는 한낮의 따사로운 시멘트 포장길에 워낭소리가 울립니다. 그 소리를 들으며 할아버지는 졸고 있습니다. 소리와 햇살이 섞여 햇살이 들리기도 하고 소리가 쏟아지기도 합니다. 소와 할아버지가 둘이 아니듯 소리와 햇살도 둘이 아니며, 청각과 시각이 교차합니다. 소는 죽어 없어도 워낭소리는 남아 할아버지 곁에 있습니다. 딸랑딸랑. 그 소리는 환청이 아닙니다. 살아 있는 소리입니다. 평생을 듣고 살아온 소리이며, 얼마 남지 않은 삶이지만 계속 들어야 할 소리입니다.

종은 본래 시간을 알리는 수단이면서 커뮤니케이션을 위한 도구입니다. 시작과 끝을 알려주고 경고의 의미를 담기도 합니다. 내가 여기 있다는 존재를 과시하기도 합니다. '학교 종이 땡땡땡'이나 기차가 진입할 때 앞머리에서 흔드는 종, 새벽마다 두부 장수가 흔드는 종, 가게 문을 열 때마다 흔들리게 만들어 손님이 드나드는 걸 알 수 있게 한 종, 크리스마스 트리에 달린 종……. 종도 참 여러 가지입니다. 아, 종이 아니라 방울인가요? 다 같은 겁니다. 그러면서 종은 그 소리의 특색으로 인해 종교적 제의에도 사용됩니다. 교회당의 종, 불교 제의에 쓰는 큰 범종이 그런 것이지요. 그런데 워낭은 용도가 조금 다릅니다. 다른 종들의 쓰임새와는 많이 다릅니다. 처음 달 때는 분명 용도가 있었겠지만, 그다음부터는 무위입니다. 뭘 알려주기 위해서도 아니고, 일부러 누굴 의식하지도 않을뿐더러 급기야 처음에 매단 의미까지도 던져버립니다. 그런 점에서는 풍경이나 등산객 배낭의 종도 마찬가지입니다. 그냥 홀로 울리고 듣고 그럴 뿐입니다. 움직이면 저절로 따라 일어나는 그림자 같은 것입니다. 그림자에 무슨 목적이 있나요? 워낭소리는 목적이 없습니다. 처음에는 만들어진 용도도 있고 매단 목적도 있다가 마침내 그 목적까지 사라져버리는 겁니다.

할아버지가 소하고 같이해온 세월은 곧 워낭소리와 같이해온 세월입니다. 할아버지와 소는 워낭소리를 들으면서 늙어갔고, 쇠락해져갔습니다. 워낭소리는 할아버지와 소만 들은 것이 아니라 할머니도 같이 들었습니다. 할머니에게 워낭소리는 할아버지만큼 자연스러워서 들어도 들리지 않았습니다. 소가 야위어갈 때 할아버지도 할머니도 같이 야위어갔습니다. 할머니의 바가지나 원망 역시 할아버지만 들은 것이 아니고 소도 같이 들었습니다. 거기에 대해 소가 아무 말도 하지 않은 것처럼 할아버지도 아무 말 하지 않았습니다. 할아버지의 소에 대한 연민은 할아버지와 할머니, 그리고 할머니와 소의 연민으로 연결됩니다. 할아버지가 아프면 할머니가 챙겼듯이, 소가 아프면 할아버지가 챙기고 할아버지가 아프면 소가 눈물을 글썽거렸습니다. 할머니는 할머니대로 소를 타박했지만 그 타박은 할머니의 정이었습니다. 할아버지는 소가 아프면 농사일을 어떻게 하나 걱정했지만, 기실 농사일 걱정이 아니라 소가 없으면 혼자 어떻게 살아가나 하는, 남은 삶에 대한 두려움이었습니다. 한사코 농약을 치지 않은 이유도, 사료를 먹이지 않는 이유도 다 소를 위한 것입니다. 할아버지와 할머니는 소가 죽을 때도 같이 있었고, 묻을 때도 같이 있었고, 절에 가서 좋은 데 가라고 빌 때도 같이 있었습니다. 남은 건 손에 쥔 워낭뿐이었습니다. 워낭이 소의 유골입니다.

딸랑딸랑. 영화가 끝나고도 한참 동안 워낭소리가 관객의 귓전을 울렸습니다. 사람들은 워낭소리를 통해 자기 삶을 돌아다봤습니다. 어린 시절의 고향 생각이 났습니다. 시골에 혼자 계시는 어른 생각이 났습니다. 그만 돌아가서 안기고 싶기도 했습니다. 죄의식도 느끼고 한숨도 나왔습니다. 늙어 사라져가는 것에 대한 비애를 통해 현실의 고단함을 애써 잊기도 했습니다. 생로병사 앞에서 분노와 상실, 불안, 좌절, 탐욕, 이런 감정과 욕구들이 다 부질없음을 느끼기도 했습니다. 영화 〈워낭소리〉는 시기를 잘 타고 났습니다. 금융위기 같은 극도로 어려운 시절이 아니면 그렇게 커다란 울림을 일으키지 못했을 겁니다. 나라가 어려워지면 충신이 생각나고 가세가 기울면 양처가 생각난다는 식으로, 사람들은 삶이 고달파지면 그 고달픔을 달래줄 위안을 어디선가 구하게 됩니다. 영화든 소설이든 모든 문화 콘텐츠에 안식과 치유는 영원한 소재입니다. 특히 대부분의 사람들이 힘들다고 느낄 때는 말입니다. 워낭소리가 바로 그것입니다.

갑입니까 을입니까

연전에 몇몇 못난 사람들의 인격 장애를 계기로 우리 사회의 갑을 관계 전체가 도마 위에 오른 적이 있습니다. 사회 전체의 공분을 샀고, 급기야 정부가 나서는 일이 발생했습니다. 당사자는 물론이고 그 사람이 속한 기업까지 엄청난 홍역을 치렀습니다. 언제나처럼 우리 언론들은 갑을 관계에 대해 전면적인 조명을 했습니다. 해당 기업을 상대로 하는 불매운동도 벌어졌고, 사과광고도 냈고, 일부에서는 사회 전체의 개혁 차원에서 접근하기도 했습니다. 을의 입장에서 피해를 본 사람과 모욕을 당한 사람에 대한 동정도 아낌없이 쏟아졌습니다. 힘센 사람이나 집단에 대한 약자들의 반발이 들불처럼 퍼져나갔던 겁니다. 소위 잘나간다고 생각되는 사람들은 한동안 몸조심하고 말조심할 수밖에 없었습니다. 신종 용어로 '갑질'이라는 말까지 생겨났습니다. 그동안 얼마나 갑의 횡포에 시달렸으면 사회 전체가 그랬을까, 참으로 궁금하지 않을 수 없습니다. 오랜 세월, 아니 역사를 통틀어 갑을 관계는 결코 새삼스러운 일도 아닌데 세상은 갑의 횡포를 고발하고 을의 처지를 동정하면서 커다란 사회적 담론을 불러일으켰던 것입니다.

그러나, 그러나 말입니다. 어떻게 보면 덜 떨어진 개인의 일탈이나 그릇된 처신 정도로 치부해도 그만일 문제인데 그렇게 갑자기 난리(?)를 치고 사회구조적인 병리나 조직의 문제로 비화시키거나 확대시킨 것이 조금 의아하지 않습니까. 여기에도 분명 우리 사회의 어떤 고질적인 문제가 내포되어 있는 건 아닌가 싶어 질문을 던지는 겁니다. 거의 편집증에 가까운 과도한 쏠림 현상 자체와, 도무지 그럴 만한 문제가 아닌 걸 두고 그러는 것에 대해 한번쯤은 생각해봐야 할 것 같습니다. 이 역시 또 하나의 떨쳐버려야 할 병적 현상임은 분명합니다. 잘 알지도 못하면서, 깊이 따져보지도 않고서 너도나도 냄비처럼 들고일어나고, 불판 위의 보리쌀처럼 튀는 현상을 당시 갑을 논쟁에서 다시금 확인할 수 있었기에 하는 말입니다. 그러면 도대체 갑을의 정체가 무엇인데 그랬는지 우리는 알아야 합니다. 차제에 갑을이란 무엇인지, 갑을 관계는 어떤 관계인지, 그리고 각자가 나는 현재 갑인지 을인지에 대해 좀더 깊이 고민해보면 어떨까요.

우리가 일상적으로 말하고, 계약서 등에 사용하는 갑과 을의 표현은 어떤 실체가 있는 것이 아닙니다. 갑과 을은 인간의 모든 권력관계를 압축한 표현이자 일종의 상징기호일 뿐, 그 실체가 있을 리 없습니다. 하나의 현상으로 실재한다고 해서 갑을이 강자와 약자, 가진 자와 못 가진 자처럼 구체적인 계급이나 신분이 될 수는 없지요.

갑을 현상은 관념적이고 주관적이며 지극히 상대적입니다. 그리고 가변적이고 복합적이며 다중적이라서 감정적으로 을의 반란 운운할 일은 아니라고 봅니다. 도대체 갑을이라는 이름하에 누가 누구를 대상으로, 무엇이 무엇을 대상으로 문제를 삼는지 이해하기 어렵습니다. 반성할 갑이 어디 있으며, 억울한 을은 또 어디에 있는지 모르겠다는 겁니다. 우월적 지위나 힘센 자들의 개별적인 일탈을 두고 '갑질'이니 갑의 횡포니 하는 것은 일종의 언어적 착란이 아닌가 싶습니다. 해에 대한 달의 반란만큼이나 무의미한 허사虛辭라서 문제의 본질을 왜곡한다고 보는 것입니다. 이들은 그냥 특정 시점에 남보다 힘센 사람이고 상류 계급이고 칼자루를 쥔 사람들일 뿐입니다.

따라서 꼭 상황이 불리하고 지위가 낮고 물리적인 힘이 약하다고 을은 아닙니다. 갑을은 타고난 귀천에 따른 것도 아닙니다. 갑을은 정의의 문제도, 윤리의 문제도, 옳고 그름의 문제도 아닙니다. 갑을은 한마디로 음양과 똑같습니다. 음양이 없는 세상이 없듯이 인간사회에는 갑을이 없을 수 없습니다. 음양처럼 모든 게 갑을로 치환될 수 있고, 갑을의 관점에서 세상을 볼 수 있습니다. 태초에 말씀이 있었듯이 처음부터 갑을이 있었다고 해도 지나치지 않습니다. 세상 모든 신화와 전설에 갑을의 개념은 빠지지 않습니다. 아담과 이브 사이에도 갑을이 존재했습니다. 부부지간을 보면 쉽게 이해할 수 있습니다. 갑을은 인간이 둘 이상의 복수로 존재하는 한, 저절로 따라붙는 관계요 현상일 뿐, 선악으로 나뉘어 갈등하고 투쟁해야 하는 관계가 아닙니다. 서로 적대적인 것과 이해가 엇갈리는 것은 그냥 그대로 그런 관계일 뿐이지 그걸 갑을 관계로 파악하면 무리가 생기고 본질에 대한 오해를 부르고 문제해결에 걸림돌이 될 수밖에 없습니다.

동양에서는 음과 양이 반복되는 게 도라고 했습니다(一陰一陽之謂道). 음양이 교차하고 교대로 오는 건 우주 만유의 변하지 않는 법칙입니다. 음양이 철저하게 고정적이지 않듯이 갑을도 그렇습니다. 순전한 갑, 온전한 을 또한 없습니다. 양 속에 음이 있고 음 속에 양이 있듯이, 갑 안에도 을이 있고 을 안에는 갑이 있습니다. 갑을은 서로를 잉태한다고 할 수 있습니다. 그래서 현실사회에도 이런 법칙이 그대로 반영됩니다. 마냥 약자이기만 한 청소부들 간에도 갑이 있고 을이 있습니다. 강자들끼리만 모여 있는 집단 내에서도 갑을이 갈라지는 게 다 그래서입니다. 어디든 항상 더 약한 사람, 더 센 사람이 있기 때문입니다. 따라서 어디에 있든 한 사람이 동시에 갑이면서 을이 되는 게 정상입니다. 누구든 예외 없이 중간자라는 게 바로 그것입니다. 그리고 을의 입장에서는 갑을 비난하고 갑의 입장에서는 을을 우습게 보면서도, 을은 갑을 선망하고 갑은 을이 되지 않으려고 노력하는 게 또 인간입니다.

갑을은 서로를 성립시킵니다. 서로 배척하면서도 서로에게 존재이유가 됩니다. 갑이 있어 을이 있고 을이 있어 갑이 있는 겁니다. 상반상성相反相成의 현상이면서 연기적緣起的인 존재가 됩니다. 서로를 원인으로 해서 존재하는 것입니다. 제법무아諸法無我는 공간적으로 아무런 실체가 없다는 것이고, 제행무상諸行無常은 시간적으로 변하지 않는 게 없다는 뜻입니다. 무아라는 건 스스로의 성질이 없기에 실체가 없다는 의미이며, 무상은 변화를 의미한다는 점에서 갑을무아甲乙無我, 갑을무상甲乙無常이 성립되는 것입니다. 한마디로 갑을은 실체가 없고 끊임없이 변한다는 것입니다. 당연히 무아와 무상에 옳고 그름이나 좋고 나쁘고가 있을 리 없습니다. 그리고 무엇이든 갈 데까지 가면 반드시 변하게 되어 있는 게 사물의 법칙이요 진리라고 하겠습니다(窮極而變). 그것 또한 갑을이 무상할 수밖에 없는 이유입니다.

갑을 현상은 개인끼리의 관계에만 있는 게 아니라 집단과 집단 간에도 있습니다. 당연히 나라와 나라 사이에도 갑을이 있습니다. 집단 안과 밖에서 끊임없는 동심원 구조로 갑과 을이 퍼져나가고, 각 집단 안의 개인은 또 그 안에서 갑을로 나뉘어 살아가게 되어 있습니다. 갑의 집단 안에서도 을로 살며, 을의 집단에서도 갑으로 삽니다. 원청자와 하청자가 그것이며, 발주자와 수주자가 그것입니다. 동일 조직 내에서도 맡은 업무나 직종에 따라 다른 구성원들은 전부 갑의 지위를 누리는데 을로 근무해야 하는 사람들이 있습니다. 집단 역시 어제의 갑이 오늘의 을이며, 오늘의 을이 내일의 갑이 됩니다. 개인이든 집단이든 갑을은 살아서만 있는 것도 아닙니다. 갑을은 죽어서도 벗어나지 못합니다. 이승과 저승, 천당과 지옥으로 나눠놓은 게 갑을의 기본적인 설정입니다. 신과 인간은 물론이지만 신들 사이에도 갑을이 있습니다. 희랍 신화를 보면 잘 알 수 있습니다. 단지 먹고사는 생업에만 갑을 현상이 존재하는 게 아닙니다. 이런 이치는 모든 사람들이 일상에서 너무나 생생하게 실감할 수 있습니다.

갑을의 세계에는 평등이 존재하지 않습니다. 갑을의 측면에서는 평등을 위한 인류의 모든 논의가 허망해집니다. 그렇다고 갑을의 세상이 비인간적인 것만은 아닙니다. 무상하다는 것이 그 평등 문제를 해결해주기 때문입니다. 앞에서 말했듯이 다른 모든 현상과 마찬가지로 갑을 관계는 철두철미 무상합니다. 그래서 갑을의 세상에서는 평등을 변하는 것으로, 즉 시간의 차원에서 구현하게 됩니다. 변한다는 것만이 인간에게 주어진 평등인 것입니다. 탈무드에 나오는 '이 또한 지나가리'가 바로 갑을무상에서 보이는 평등의 의미를 가르쳐주는 거 아니겠습니까. 따라서 갑자기 각광을 받으며 반란을 일으켰다고 하는 을에게 묻고 싶어집니다. 너는 갑으로서 그 누구에게 반란이 일어날 일을 하지 않았느냐고 말입니다. 갑자기 코너에 몰려 뭇매를 맞았던 갑에게도 묻고 싶습니다. 너는 을로서 그 누구에게 반란을 일으키고 싶을 때가 없었느냐고 말입니다. 이제 갑을 전체에게 묻고 싶습니다. 도대체 언제부터 을이었고 언제부터 갑이었느냐고 말입니다. 지금 갑이라고 내일도 갑일 것이며, 오늘 을이라고 내일도 을이겠느냐고 말입니다. 모두가 갑이면서 을이고 을이면서 갑인데, 왜 오직 갑으로만 생각하고 을로만 생각하느냐고 말입니다.

무상하다는 건 결코 감상적인 얘기가 아닙니다. 모든 건 변한다는 철저한 법칙성을 말하는 것입니다. 자연법칙이고 물리법칙입니다. 그런 면에서 갑을무상은 인간사회의 잘못된 현상을 바로잡는 윤리적·교육적 기능까지 할 수 있습니다. 인생무상이 바로 갑을이라고 하는 역학 관계의 무상함을 말하는 것인 만큼, 갑을무상의 철저한 깨달음을 통해 한때의 우월한 힘으로 남에게 잘못을 저지르지 못하게 하는 것입니다. 함부로 '갑질'을 하지 못하게 만드는 심리적 억제장치로서 훌륭한 역할을 할 수 있을 것입니다. 세상만사 갑을무상입니다. 그러면 당신은 지금 갑입니까 을입니까?

명함적 존재

직장생활을 하다보면 주기적으로 명함을 정리하게 됩니다. 주로 인사변경에 따라 소속 사무실을 옮길 때 많이 합니다. 다 사용하지 못하고 남은 직전 신분의 명함은 버리고 새로운 신분의 명함을 지급받는 것이지요. 사람들은 이때 자기 명함만 정리하는 것이 아니라 남의 명함도 함께 정리하곤 합니다. 부지런한 사람들은 남들에게서 받은 명함을 회사나 직종 혹은 분야 등 나름의 기준을 갖고 차곡차곡 명함첩에 정리하거나, 컴퓨터의 명함 정리 프로그램으로 일종의 데이터베이스를 구축하기도 하지만, 나처럼 게으른 사람들은 그냥 아무렇게나 수북이 쌓아두었다가 어떤 계기를 만나야만 묵은 살림 털어내듯 정리합니다. 진짜 꼭 필요한 연락처만 휴대폰에 입력시켜놓는 게 고작입니다.

사람들은 이렇게 신분이 바뀔 때 짐을 싸고 책상을 정리하고 별것 아닌 자료들은 폐기하듯이 명함도 함께 정리하지만, 이 일은 통상의 다른 주변 정리와는 왠지 다른 의미로 다가옵니다. 정리되지 않은 채 수북하게 모아져 있는 수많은 명함들은 한 조직인이, 혹은 한 사회인이 살아온 족적임과 동시에 분신이라고 볼 수 있기 때문입니다. 명함이 쓰레기통에 버려지는 모습에서 우리는 사람 관계의 무상한 변천을 느낄 수 있습니다. 계속 보관해야 할 명함, 그만 버려도 될 명함, 받은 지 얼마 되지 않았지만 별다른 가치가 없다고 판단되는 명함, 오래되어 더이상 보관이 무의미한 명함……. 명함이 버려지고 남는 이유는 명함 소유자들의 생김만큼이나 다양합니다. 명함의 종류나 등급을 가르는 기준 또한 무척 이기적입니다. 관계의 돈독함일 수도 있고, 업무상의 중요도, 현실적 영향력 등 여러모로 복합적이겠으나, 결국 자기의 이해에 따라 버리거나 보관할 테니까요. 그러나 이런 명함 정리는 나만 하는 것이 아닙니다. 내가 받은 명함만큼 남에게 준 명함도 있습니다. 내가 준 그 많은 명함 역시 내가 쓰다 남은 명함을 정리하는 것처럼 동일한 과정을 겪게 됩니다. 이렇게 쓰이지 못한 명함, 더는 쓸 수 없는 명함들이 각자의 기준에 따라 가을바람에 머리털 빠지듯 우수수 버려지면서 좋든 싫든 우리네 삶의 매듭이 또 한번 그어지는 겁니다.

명함은 단순히 사람을 알리는 기능만 있는 게 아닙니다. 명함을 통해 사람들은 특정 조직에 속해 있음을 확인할 수 있고, 나아가 사회적 존재임을 실증할 수 있습니다. 그래서 명함이 없다는 것은 어쩌면 사회적으로 존재하지 않는다는 것을 의미할지도 모릅니다. 실직이 두려운 이유도 거기에 있습니다. 사회적으로 전락하여 직전의 직업에 비해 현저히 떨어진 직업을 생업으로 삼을 수밖에 없을 때, 하는 일이 명함조차 필요 없거나 구차스러울 때 사람들이 힘들어하고 가장 큰 상실감을 갖게 된다는 건 두말할 필요도 없습니다. 사람들은 자신 있게 명함을 건네고 받다가 언젠가는 특별히 명함을 갖고 다닐 필요가 없는 상황에 처합니다. 이른바 은퇴이거나 퇴출이거나 둘 중 하나입니다. 그러다가 누구와 수인사라도 할 일이 생기고, 상대방이 명함을 건네면서 악수를 청하는데 갑자기 건넬 명함이 없다는 걸 자각하게 되면, 그 순간 느끼는 계면쩍음과 위축감과 망연함은 상상하기 어렵지 않습니다.

명함이 있다가 없을 때, 있어도 영 내놓을 자신이 없을 때가 바로 현대판 자아상실이며, 실존하면서도 사회적으로는 존재 이유를 부여받지 못하는 경우라고 할 수 있습니다. 사회적 존재라 함은 곧 명함적 존재를 의미합니다. 그렇습니다. 오늘날의 인간은 명함으로 규정되는 존재입니다. 명함을 얻기 위한, 그것도 그럴싸한 명함을 얻기 위한 과정은 가급적 우량의 종자를 남겨놓고자 하는 생물학적 본능과 비슷합니다. 명함의 박탈은 사회나 조직으로부터의 축출이고, 명함의 바뀜은 소속과 신분의 변화이며, 원치 않는 명함은 좌천이고, 갖고 싶은 명함은 곧 성공이 됩니다. 명함의 부여와 변경의 권한, 그것이 권력이 됩니다. 자기 명함을 스스로 만들어 가질 수 있는 사람은 그 조직의 전적인 권한을 가진 오너이면서 모든 책임도 아울러 지게 됩니다. 명함은 명함이 아니라 살아가는 가치입니다. 이쯤 되면 명함은 그 주인을 알려주는 수단이 아니라 그 자체로 생명을 갖습니다. 그래서 명함을 속이는 것은 자기 존재를 속이는 짓이며,

과장하는 것은 존재를 비천하게 하는 짓입니다.

우리는 명함이 지닌 이런 의미를 명함을 잃기 전에는 잘 알지 못합니다. 별 생각 없이 주고받던 명함이 실제로는 그 명함으로 인해 사회적 존재가 가능해진다는 것에 이르면 그 의미가 엄청난 무게감으로 다가오지 않을 수 없습니다. 내가 정리하는 만큼 나도 정리당하는 것이 명함의 법칙이기도 합니다. 명함은 공정하고 사실적이지만 그만큼 냉정합니다. 아울러 명함은 삶의 다양성만큼이나 기재된 내용으로는 다 알 수 없는 이면의 복잡한 사연을 담고 있습니다. 거기에는 인간의 계급적 차별의식과 함께 사람과 조직이 연출하는 비정함, 그리고 욕망과 성쇠가 들어 있습니다. 마침내 사람이 명함을 만들지만 그 사람을 판단하는 것은 명함이 하게 됨으로써 사람과 명함의 주객이 전도됩니다. 명함적 존재가 탄생하는 것입니다.

내가 명함을 정리하는 이 순간에도 어디선가 내 명함이 정리되고 있을지 모릅니다. 그럴 때마다 서로가 서로를 때로는 기억하면서, 혹은 기억도 하지 못하면서 명함을 버리고 그걸 통해 맺었던 관계를 다시 정립합니다. 그중 일부는 내가 그러는 것처럼 어느 구름에 비들지 알겠느냐 하는 심정에서 신분의 변화와 관계없이 남겨지겠지만, 그보다는 버려지는 것이 훨씬 많을 겁니다. 자기 명함이 누군가의 손에서 버려진다는 것은 곧 잊히는 것을 의미합니다. 신분의 상실이 명함의 정리를 통해 존재의 상실이 됩니다. 해당 조직에서 그만두거나 다니더라도 실세失勢한 사람, 더이상 내 이해와 무관해진 사람의 명함이 정리 대상이 된다는 점에서 명함은 인생 역정의 기복과 신산함을 고스란히 담고 있습니다. 그런가 하면 사람들은 명함을 정리하는 중에도 새로운 명함을 계속해서 받습니다. 달라지면 달라진 신분이나 입장에 맞춰 설령 건넬 명함이 없더라도 내게 건네지는 명함은 끊임없이 나옵니다. 시간이 지나면 한 해가 가고 새해가 오듯이, 명함을 정리하는 일은 반복의 사이클을 그리게 됩니다.

그리고 명함을 나누는, 아니 나눠야 하는 관계는 일단 가족의 범위를 벗어난 관계를 의미합니다. 자식이 취직을 하고 와서 자랑스럽게 내미는 명함이라면 모를까, 그렇지 않으면 가족한테는 명함을 받을 일이 없고 줄 일도 없습니다. 명함을 통한 관계는 철저하게 남과 맺어진 사회적 관계입니다. 그래서 최초 어느 시점에는 대개가 명함을 주고받으면서 서로의 생김과 신분을 확인했을 것이고, 명함을 매개로 한 그런 통과의례를 거쳐 정식 인간관계가 성립됐을 테지만, 관계의 단절은 가족과 달리 각자가 알아서 필요한 시점에 명함을 정리하는 것으로 이루어집니다. 이토록 명함의 생성과 유통과 소멸에는 다양한 의미가 함축되어 있습니다.

명함은 잘 구워서 포장된 김 한 조각의 크기에 불과하지만, 천의 얼굴을 가지고 있습니다. 명함이 효력을 발휘할 때는 사람을 구속하지만, 힘을 잃으면 그만큼 쓸데없는 허망한 종이쪽지도 없습니다. 그럼에도 그럴싸한 명함 하나를 두고 사람들은 너무도 치열하게 분투하고 갈등하고 선망하고 시기하고 의기양양해하고 낙담합니다. 어딘가에 속해 있을 수밖에 없는 우리네 조직 인생의 파란만장함은 명함을 통해 전개되고 명함 속에 응축되어 있습니다. 우리의 삶은 명함들의 대리인생이라고 할 수 있습니다. 그러니 아무리 버티려고 해도 남의 손을 통해 명함이 정리되는 순간이 그 사람의 사회적 한명限命이 다하는 순간인 건 어쩔 수 없습니다. 그렇다고 낙엽 지는 어느 날 내 명함이 버려진다고 해서 슬퍼할 이유는 없습니다. 지나온 봄과 여름 내내 내 명함은 나를 대리해 치열하게 제 소임을 다했을 테니까요.

금분세수 金盆洗手

9월이 오면 더위는 여전하더라도 가을이 멀지 않았다는 징후가 나타납니다. 하늘이 청명해지고, 아파트 베란다의 풀벌레 소리가 갑자기 낭랑해집니다. 무엇보다 코끝이 시원할 정도로 해가 진 뒤의 공기가 알싸해지는 것에서 가을이 다가오고 있음을, 그리고 세월이 여지없이 잘도 가고 있음을 실감하게 됩니다. 무엇 때문에 계절이 바뀌고 세월이 흐르는 데서는 살아가는 애환이나 고충처럼 아무런 탈도 생기지 않는지 그것이 좀 불만스럽기는 해도, 일단 더위가 가시고 서늘해진다는 데서 사람들은 기분이 좋아질 수밖에 없습니다. 이런 자연의 변화나 생리적 특성을 떠나 가을이 오고 있음을 알려주는 인간들만의 여지없는 징후가 또 있으니, 그것은 여름 한철 뜸했던 경조사가 다시 늘어난다는 것입니다.

계절이 좋아지면서 부고도 잦아지고 청첩장도 많아집니다. 부고는 자연현상이며, 청첩은 사회현상입니다. 부고는 죽는 것이요 청첩은 태어남을 예비하는 상반된 것임에도 같이 늘어나는 계절적 특성을 동일하게 취하는 걸 보면 죽음과 생명은 필연적으로 그 맥을 같이한다는 걸 알 수 있습니다. 하지만 사람들은 이렇게 계절에 걸맞은 사유를 하기보다는 주머니에서 썰물처럼 빠져나가는 현금에 당장의 부담을 가질 수밖에 없습니다. 경조사 부담을 덜기 위한 사회적 논의의 필요성까지 운위되는지는 모르겠지만, 그동안 심심치 않게, 간단없이 부조 때문에 죽겠다는 얘기를 하는 사람이 나오는 걸 보면 너나할 것 없이 이 문제로부터 자유롭지 못한 것은 어쩔 수 없는가 봅니다. 경조사의 사회학, 아니 심리학이라고나 할까요. 문제는 자기가 받는 부조와 해야 하는 부조가 불균형을 이룬다고 생각한다는 것입니다. 게다가 사람은 망각의 동물이기 때문에 받거나 빚을 진 것은 쉽게 잊고 갚을 때는 힘겨워한다는 것입니다. 기억의 부조화, 계산의 불일치, 시간적 지체, 이런 것이 경조사의 부조에 대한 고마움보다는 부담을 더 갖게 되는 원인이라고 할 수 있을 겁니다.

그러나 경조사 문제는 이런 경제적·현실적 차원을 넘어 한 사람의 존재 양식이나 살아가는 방식과도 밀접하게 연결되어 있음을 잊어서는 안 될 것입니다. 경조사에 대한 부조는 인간의 모듬살이에서 파생되는 문화적 절차이며, 일종의 의식이기 때문입니다. 얽히고설킨 수많은 관계가 빚어내는 사회적 부산물이기도 합니다. 그래서 한 인간의 삶이 관계의 얽매임에서 헤어나도록 하기 위해서는 어느 시점의 일정한 단절이나 정리가 반드시 경제적 부담에서가 아니더라도 필요해질지 모르는 것입니다. 더욱이 은퇴 이후에는 말입니다.

은퇴는 떠남이며, 언젠가는 떠나야 한다는 것, 그 떠남의 형식과 의미가 살아왔던 삶 전체를 규정할지 모릅니다. 그러니 떠나는 걸 두고 오직 월급쟁이들의 퇴직만을 연상할 필요는 없습니다. 반드시 경제적 이유나 건강상의 이유, 나아가 나이를 이유로 들 필요도 없을 겁니다. 언제라도 무슨 이유에서라도 남은 삶에 변곡점이 필요하다고 느껴질 때면 이런저런 매임을 끊고 조용히 사라지는 것도 다른 세계에 다른 존재를 탄생시키는 일이 아닌가 싶습니다. 지금껏 살아온 사회에서의 사회적 부고와 또 다르게 살아갈 사회에서의 청첩을 동시에 날리는 일이 어쩐지 흥미롭지 않습니까. 그래서 법인을 청산하듯 기존의 인연을 청산하는 것도 사람이 거듭나고 다가올 새 삶을 풍요롭게 하는 한 방편이 되지 않겠느냐 하는 생각을 하루하루 가을로 깊이 들어가는 요즈음 하게 됩니다.

김용의 소설 『소오강호』에는 한 문파의 장문인이 은퇴하는 의식으로 금분세수 한다는 말이 나옵니다. 역사적 실체가 있는 것인지, 아니면 문학적 상상력의 소산인지는 모르겠지만, 금 대야에 물을 떠놓고 손을 씻음으로써 얽히고설킨 강호의 풍진과 은원을 떠난다는 설정입니다. 금분세수 이후로는 그 누구와도 갈등하지 않으며 이해와 시비에서 벗어난다는 것을 강호의 모든 사람들이 인정하고 받아들인다는 것으로, 착상이 매우 기발하다고 하지 않을 수 없습니다.

당사자는 어느 날 금분세수 할 것을 결심한 다음 그날 입회인으로 참석해달라는 초청장을 강호제현에게 보내고, 참석자 모두는 금분세수를 공증하고 축하합니다. 그 동기가 무엇이든 대단히 아름답게 느껴지지 않습니까. 지금껏 살아온 삶의 역정에서 깔아놓은 빚을 받지 않을 것이니 진 빚 역시 내게 요구하지 말라는 선언, 은혜도 갚지 않고 원수도 갚지 않겠다는 선언, 더이상 나는 이 강호인이 아니며 과거와 현재는 물론 앞으로 발생할 모든 일과 무관하다는 선언은 차라리 통쾌하기까지 합니다. 악연과 순연, 악업과 선업 모두를 탈각하는 것입니다. 인간의 사회적 굴레를 벗어던지는 일은 궁극적으로 죽음으로써만 가능한 일임에도 살아생전에 의지적으로, 그것도 다른 사람들이 지켜보는 가운데 공개적으로 실행한다는 것은 분명 매력적이라고 하지 않을 수 없습니다.

그러면 소설 차원이 아니라 실제 삶에서도 적용되는 상상을 조금은 감상적으로 해봅시다. 사람들은 일반적으로 몸져누워 거동을 못하기까지는 현실의 그물망에서 벗어나지 못합니다. 수동적으로 벗어나지 못하는 매임의 측면이 있는가 하면, 스스로 안 벗어나려는 측면도 있습니다. 불가피해 괴로워하는 경우 언젠가는 의지적으로 금분세수 할 수 있지만, 후자의 경우라면 오직 연민의 대상이 될 수밖에 없습니다. 아직 할 일이 많아서 세상에 미련을 갖기도 할 것이고, 세상이 그 사람에 대해 채권을 행사할 일이 있다고 판단해 끝내 붙잡고 있을 수도 있지만, 일상의 소시민들은 스스로 금분세수를 할 여건도 안 될 뿐 아니라, 그 자체를 두려워하는 게 현실이라고 할 수 있습니다. 스스로 혼자 있게 됨을 두려워하고 되도록이면 사회적 관계를 유지코자 부단히 노력하는 게 일반적이기 때문입니다. 그래서 은퇴 후에도 현역 때 맺었던 관계의 그물망에서 여전히 자유로울 수가 없게 됨으로써, 물러난 뒤에 따라오는 얄팍한 염량은 염량대로 겪으면서도 현역에서의 질긴 부담은 계속되는 불합리와 괴로움을 초래하는 것입니다.

　금분세수는 오직 자기 의지에 의한 손씻음임과 동시에 삶의 새로운 물줄기를 찾아나서는 일입니다. 미련이 남고 인연에 집착한다면 금분세수는 성립될 수 없습니다. 이유가 무엇이든 홀로됨을 두려워하는 한, 금분세수는 불가능합니다. 금분세수가 낭만적으로 느껴지는 것은 이렇게 세상사와 결별하고 좋든 싫든 모든 인적 네트워크에서 빠져나와 본래의 모습으로 돌아가겠다는 인간적이고도 어쩌면 초월적이기까지 한 의지 때문입니다. 그렇다고 금분세수가 출가는 아닙니다. 도피나 은둔은 더더욱 아닙니다. 받을 것 다 받고 이제 나는 모른다고 하는 양심불량은 금분세수의 정신을 모욕하는 일입니다. 금분세수에서는 다만 달관과 관점 전환이 요구될 뿐입니다. 그런 점에서는 떠밀려 하는 금분세수나 스스로 선택한 금분세수나 다를 것이 없습니다. 금분세수는 홀로됨의 두려움 대신에 무한 자유를, 단절에서 오는 고독이 아니라 내적 충만과 안식을 구하는 과정이기 때문입니다. 여기서 얼마나 화려하고, 또 충분하고 풍요로울 것인가와 같은, 언제든지 달라질 잣대는 들이대면 안 될 것입니다. 나아가 금분세수는 기인 달사의 영역도 아닙니다. 선택받은 자의 화려한 의식도 아닙니다. 누구든 체면과 눈높이와 관점을 바꾸면 얼마든지 가능한 일입니다. 반드시 고상한 이유에서만이 아니라 단지 생활인으로서 한계를 느껴 하는 금분세수도 아름답고 소중하기는 마찬가지입니다.

　젊어 많은 결혼식에 참석한 사람은 나중에 많은 장례식에도 참석하게 되는 법입니다. 많은 손님을 받았던 사람은 그만큼 손님이 될 일이 많으며, 그 반대도 마찬가지입니다. 다양한 인간관계는 그만큼의 수고를 요구하고, 많은 정은 많은 한을 남기게 됩니다. 금분세수는 이런 모든 삶의 법칙을 뛰어넘어 참된 안식을 기대할 수 있다는 점에서 현실 삶의 명예퇴직으로 손색이 없을 것입니다. 그래서 금분세수는 할 수만 있다면 분명 축복이라는 것입니다. 어떻게 생각하십니까? 이 가을의 금분세수를.

고수에게 길을 묻다

　지행합일知行合—은 중고교 교과서에도 나오는 얘기로 모르는 사람이 거의 없는 가르침입니다. 오랜 동안 저는 지행합일을 지극히 상식적이고 훈고적인 교훈 정도로 치부하고 지냈습니다. 평소 고전을 즐겨 대하고 고전이야말로 지적 사유의 보고라고 믿으면서도 지행합일과 같이 누구나 아는 쉬운 가르침에는 더더욱 그런 자세를 보였습니다. 평범한 곳에 진리가 있음을 외면한, 지적 허영과 위선의 소산이 아닐 수 없습니다. 한마디로 고전을 대하는 자세가 이중적이었던 것입니다. 본래 옛사람들의 가르침이라는 것이 그 뜻은 옳아도 현실과는 동떨어지고, 때로는 시대착오적인 경우도 없지 않다보니 그런 그릇된 생각을 했는지 모릅니다. 지행합일은 아는 것과 행동이 일치하는 것이요, 언행일치라는 점에서 나의 이런 인식이야말로 참다운 앎에 정면으로 위배된다고 하겠습니다.

이와 관련해 얼마 전 우연히 집어든 책(『숲에게 길을 묻다』)에서 저는 다시 한번 큰 반성을 하게 됐습니다. 사람이 사람다워지기 위해서, 혹은 몸담고 있는 조직과 타자에 도움이 되거나 삶의 보편적 진실에 접근하기 위해서는 지知보다 행行이 앞서야 한다는 것을 절감한 것입니다. 실행 없는 앎만큼 허망하고 때로 위험하기까지 한 것도 없다는 것을 알게 되었고, 지금껏 그러지 못한 것이 심히 부끄러웠습니다.

내용은 이렇습니다. 잘나가던 사회생활을 접고 귀농해서 숲과 더불어 사는 저자가 산속에 집을 지으면서 겪었던 얘기입니다. 농사를 배우고 시골 생활에 익숙해지기까지 그 동네에서 전부터 살아오던 할아버지 한 분과의 인연 얘기였습니다. 새집을 짓는 동안 오고가며 모든 과정을 내내 지켜보던 할아버지가 집을 다 짓고 나서 얼마 안 돼 혼자 놀러오셨습니다. 보통 때는 항상 할머니와 같이 다니셨습니다. 들어오시게 해서 차 대접을 하고 그동안의 고마웠던 얘기를 하는 가운데, 할아버지는 집터에서 저 먼 곳으로 눈길을 보내며 혼잣말처럼 '나도 이런 데서 살면 좋겠다'는 얘기를 했고, 저자는 의례적으로 '그러시죠. 당장 내년 봄이라도 이 옆에 집을 지으시죠'라며 흔쾌히 거들었답니다. 저자는 평소 이 할아버지의 점잖고 선한 인품에 호감을 가지고 있었습니다. 그렇게 그날 저자는 지난번 얻어먹은 감에 대한 보답 겸 해서 집에 있던 사과를 한 봉투 들려서 할아버지를 배웅해드렸습니다.

그런데 다음날 아침 읍내에 나가다가 할아버지가 돌아가셨다는 연락을 받습니다. 저녁을 드시고 조용히 방에 들어가 주무시듯 돌아가셨다는 겁니다. 그날 하루 종일 사람 죽고 사는 게 참 허망하다고 느끼던 참에 그 집 할머니와 자식들한테서 할아버지 묘를 저자의 집 옆에 쓰면 안 되겠느냐는 요청이 왔습니다. 저자는 난감했습니다. 이제 막 새집을 짓고 인생 2막을 열자고 하는 마당에 집 옆에 무덤을 두자고 하는 것은 참으로 불편한 일이 아닐 수 없었습니다. 하지만 저자는 고민을 하던 끝에 크게 부끄러운 생각이 들었다고 합니다. 그러면 할아버지한테 당장 내년이라도 옆에 집을 지으라고 한 건 거짓말이거나 위선이었다는 말인가 하고 말입니다.

지금 저자의 집 옆에는 할아버지 무덤이 있습니다. 할아버지가 그날 이런 곳에서 살면 좋겠다고 한 위치에 묘를 마련하도록 했던 것입니다. 혼자된 할머니는 그 후 얼마 안 있어 쓸쓸히 올라와 할아버지 묘 앞에서 슬프게 곡을 하고, 저자의 집에 들렀습니다. 밭에서 방금 뽑아온 대파를 몇 단 내려놓으며 남의 집 옆에서 울어 미안하다고 했습니다. 동네에서나 아들 며느리 보는 앞에서는 마음껏 울 수가 없기에 이렇게 혼자 올라와 울었다면서 묘를 쓰게 해준 데 대해 고맙다는 인사를 했습니다.

어떻습니까? 이런 일이 현실적으로 가능합니까? 과연 나 같으면 묘를 쓰라고 했을까, 골똘히 생각해봤습니다. 알량하나마 내가 지닌 모든 지성과 양식을 걸고 고민한 결과 아마도 못했을 거라는 결론을 내고는 스스로 부끄러웠습니다. 집 근처는 물론 임야나 전답 언저리에 이름 모를 오래된 묘만 있어도 땅값이 달라지고, 그런 걸 떠나서도 주거환경상 무덤이 싫은 건 인지상정일 텐데, 친인척도 아니고 사귄 지 얼마 되지도 않은 동네 할아버지 묘를 쓰게 했다는 건 결코 예삿일이 아닙니다.

저는 이 얘기를 접하고는 앞에서 저자가 말하는 삶에 대한 여러 주옥같은 성찰과 세계관, 자연관이 그냥 글재간에서 나온 것이 아님을 알 수 있었습니다. 지적 가르침이나 자기의 앞에 대해 이렇게 실천할 수 있는 사람이 과연 얼마나 될까요? 아니, 있기는 있을까요? 아무도 목격하지 않은 죽은 자와의 약속이며, 설령 그렇게 권했다고 하더라도 살아 있을 때의 집에 관한 얘기일 뿐 무덤은 아님에도, 현실의 여러 사정을 들어 얼마든지 어렵다는 얘기를 하고도 남을 사정인데도 스스로 자연에서 얻은 깨달음과 가르침에 몸을 묶는 것을 보면 참으로 대단한 수행 내공이 아닐 수 없습니다. 나무와 숲의 여러 생명에게 배운 인생 지혜가 문자만의 공허한 것이 아니었습니다. 저는 그게 너무 부러웠습니다. 평소 나름대로 많은 사색을 하고 공부를 했다고 하면서도 같은 상황에 처해 같은 행동을 할 수 있을지에 대해서는 도무지 자신이 없다는 것에 대해 실망이 이만저만 컸던 게 아닙니다.

저자가 저보다 경제적 여유가 있어서 그랬으리라고 할 수도 없습니다. 돈이 많다고 해서 될 일이 아닙니다. 서울에 또다른 집과 여러 부동산이 있고 생활에 아무런 부족함이 없다고 칩시다. 그럼에도 그냥 전원이 좋고 숲이 좋아서 들어가 사는 호사를 누리고 있다 쳐도, 힘들여 지은 자기 집 옆에 남이 와서 묘를 쓰자고 하면 쉬 허락할 사람이 몇이나 되겠습니까. 오히려 그런 사람일수록 어렵지 않을까요. 사회적으로 꼭 필요한 화장장이나 노인 요양시설, 심지어 없는 사람들을 위한 임대주택을 공급하는 문제만 해도 막상 자기 동네에 들어선다고 하면 집값 떨어질까봐 쌍심지를 켜고 반대하는 세상 아닙니까. 그렇게 할 수 없는 나는 부끄럽기도 하거니와 나와는 다른 저자의 인격과 수양의 깊이야말로 부럽기가 한이 없었습니다.

이상이 바로 내가 그동안 머리로만 알던 지행합일에 대한 반성이며 이 글을 쓰게 된 이유입니다. 아는 것과 행동의 일치. 말과 실천의 합일. 너무나 당연해서 고답적이고 진부하게 느껴지는 이 가르침이 생생하게 저를 옥죄어옵니다. 아는 대로, 배운 대로 실천하는 것이 얼마나 어려운지를 이제야 알겠습니다. 아는 것은 사실 중요한 것이 아닙니다. 진정한 깨달음은 실행입니다. 실행 없는 앎은 차라리 기만에 가깝습니다. 모르면 죄가 되지 않으나 알면 죄가 되는 게 실행의 영역입니다. 충실하고 치밀한 논리, 현란하고 감동적인 수사, 넓고 깊은 지식, 세상의 부조리를 다 짊어진 듯한 고뇌와 연민, 온갖 문제제기와 신랄한 비판, 예리한 분석과 근원적 처방……. 하지만 본인의 실제 삶의 조건과 일상의 행위양식이 이런 지적 작업과 유리되어 있다면, 나아가 배반하고 있다면, 그런 앎과 가르침이 무슨 소용이 있겠습니까. 그저 혼란만 가중시킬 것이고 허무를 심화시킬 것입니다.

정치와 환경, 교육, 노동, 빈부의 문제에서 이른바 진보적인 주장일수록 그런 경향이 심할지 모릅니다. 세속의 일뿐만 아니라 영적 가르침에서도 그렇습니다. '수행 따로 일상 따로'의 이중적 종교 행위는 아무리 사람을 믿지 말고 법을 믿으라 하고, 교회를 믿지 말고 성경을 믿으라고 해도 혼란과 허무를 초래하기는 매일반입니다. 사람들은 흔히 알면서도 행하지 못하는 게 많다고 말합니다. 반드시 그러고 싶어 그러는 것이 아니라 그것이 인간 실존의 한계이며, 설령 말대로 아는 대로 실천이 따라주지 않는다고 쳐도 그건 그대로 가치와 의미가 있다고 반론할 수도 있을 것입니다. 생활인이라는 것, 현실이라는 것, 그리고 끝내 인간을 붙잡는 자기와 이상이라는 것으로부터 성인이 아닌 한, 누군들 그토록 쉽게 자유로워질 수 있겠느냐고 할 수도 있습니다. 그걸 왜 이해 못하겠습니까. 저자의 얘기에 대해 내 이해를 대입하여 과연 실천 가능한가를 거듭 검토한 끝에 한편 부끄럽고 한편 부러워하면서 내린 자위 혹은 합리화도 그런 논리였지만, 허탈하고 내용 없고 속상하기는 별반 다를 게 없었습니다.

역사적으로 많은 사람들이 지행합일과 일맥상통하는 말을 본인의 좌우명으로 삼은 것을 봅니다. 김대중 전 대통령의 대표 어록이 '행동하는 양심' 아닙니까. '행동하지 않는 양심은 차라리 악의 편이다'라는 그의 말이 대표적인 지행합일의 실천 의지입니다. 실제 그렇게 살았느냐 어떠냐 하는 것은 논외로 치더라도, 그가 지행합일을 중시한 것만은 틀림이 없습니다. 지식인에 대한 가장 심한 욕이 위선자요, 표리부동인 것도 지행합일을 강조한 것입니다. 그러나 사람의 모든 처신이나 결정에서 생각과 행동이 완벽하게 일치될 수는 없을 것입니다. 어떤 것은 그렇고 어떤 것은 그렇지 못하리라고 보지만, 적어도 삶의 주된 길목에서 그렇게 행동했다면 그렇게 평가해도 무방할지 모르겠습니다.

사람은 결국 이해利害로부터 자유롭지 못합니다. 해탈이나 귀의가 있다면 그건 이해로부터의 해탈이고 탈脫이해로의 귀의일 겁니다. 궁극의 해탈은 법정 스님의 말마따나 자기로부터의 자유입니다. 자기로부터의 자유는 바로 아상我相, 즉 나라고 하는 생각의 타파입니다. 아상은 곧 실존에서 비롯되는 근원적인 이해입니다. 이 이해로부터 자유로워지기 위해 수많은 가르침이 있고, 공부가 있습니다. 물질적 이해, 명예에 대한 이해, 몸에 대한 이해, 처자식에 대한 이해가 그 이해의 주종입니다. 요즘은 물질적 이해가 다른 모든 이해의 전제 혹은 선행조건이 되고 있습니다. 그 어떤 이해보다 물질적 이해가 중요합니다. 그 이해를 통해 경제적 자유를 얻고 싶어합니다.

경제적 자유는 적당한 시기에 더이상 일하지 않고 먹고살 수 있는 상태를 말합니다. 형편이 허락되면 여행 등 각종 문화적 향유를 더 할 수 있는 상태를 말합니다. 사람들이 나이 들어갈수록 점점 희망하는 현상입니다. 하지만 그런 경제적 자유는 좀처럼 얻어지지 않는 게 우리 현실입니다. 밥벌이의 지겨움이나 실직의 두려움 없이 여유롭게 살 수 있는 사람은 얼마 되지 않습니다. 사는 수준의 문제이겠으나, 그 수준이 자꾸 높아져만 가는 것도 우리를 불편하게 합니다. 김대중 전 대통령도 정치적인 문제에서는 행동하는 양심이 가능했을 수 있으나, 물질적 이해에서만큼은 이런저런 평가가 엇갈리기도 하는 모양입니다. 그만큼 경제적 자유의 질과 폭은 한도 끝도 없이 어렵다는 것을 알 수 있습니다.

그러나 우리는 일하지 않고 먹고살겠다는 생각 자체가 잘못됐음도 알아야 합니다. 일하지 않고 살 수 있다는 것은 자본의 축적을 통하지 않으면 불가능합니다. 그 축적의 모습은 주식, 부동산 같은 재테크와 때로는 부패로 나타납니다. 노후 대비, 자식으로부터의 독립이 바로 경제적 자유의 취득을 의미하며, 그건 필연적으로 물신주의, 시장만능의 극대화를 초래할 수밖에 없습니다. 저자는 이러한 사회풍토 속에서 경제적 자유를 획득한 성공 사례입니다. 숲에서의 그런 생활이 가능했던 것 자체가 성공한 삶의 표본입니다. 인간은 힘들게 얻은 자유일수록 소중히 여기고 침해받는 걸 싫어하게 되어 있습니다. 그래도 저자는 그 자유의 일부를 흔쾌히 양보했습니다. 바로 할아버지의 묘를 집 옆에 쓰게 한 것입니다. 생전의 인간관계로만은 설명하기 힘든 대목입니다. 자기로부터의 자유를 얻어내지 않으면 있을 수 없는 일입니다.

물질에 대한 무소유와 무소구는 참으로 어려운 일입니다. 곳간에서 인심난다고 하지만 작은 부분에서 그렇지 재산권 행사 문제에 이르면 양상이 달라지는 게 일반적입니다. 저자의 행동은 의무나 정의감에서 비롯된 거창한 것이 아니며, 보시나 기부와 같이 사회적으로 보람 있는 일도 아닙니다. 다만 개인의 철학과 세계관, 그리고 스스로의 깨달음에 대한 자기 구속입니다. 이해를 넘어선 고매한 인격의 발로로, 오직 이기밖에 모르는 요즘 세태에 좀처럼 만나기 힘든 울림이 아닐 수 없습니다. 설령 책의 내용에 다소의 윤색이 있더라도, 그리고 사실관계나 앞뒤 맥락이 다르더라도 나는 그 내용 자체에서 감동하고 싶습니다.

2
/

먹
고
사
는

언
저
리
에
서

금 밖으로 나가다

초등학교 시절입니다. 교실과 학교 담장 사이에 있던 자그마한 동산에는 봄이면 꽃망울을 화사하게 터뜨리던 벚나무가 몇 그루 있었습니다. 목련, 개나리, 진달래가 군데군데 함께 뒤섞여 피어 있는 벚나무 동산은 아이들에게 교정이라기보다는 그냥 놀이터나 공원에 불과했습니다. 아마 지금 다시 가보면 웬만한 부잣집 정원 정도일 테지만 그 동산은 수업이 끝나도 곧장 집으로 가기 싫은 아이들에게는 에덴이 부럽지 않은 곳이었습니다. 하기야 에덴동산이 뭔지도 모르던 시절이긴 합니다만.

어느 봄날에 어린 마음도 그날따라 유난히 하얗고 노란 동산에 취했는지 수업은 자꾸 뒷전으로 흐르고 그래서 몇몇이 작당을 했습니다. 등교 후 두 시간만 지나면 배가 고프던 시절, 그날도 도시락을 미리 먹고 싶었던 아이들은 자기 도시락뿐만 아니라 평소 맛있는 반찬을 많이 싸오던 친구들의 도시락 몇 개를 쉬는 시간에 걷어가지고 그만 도망을 갔습니다. 당시야 다 거기가 거기였지만 그래도 조금은 살림이 괜찮던 친구들의 도시락이었을 겁니다.

담임선생님의 눈길을 피해 동산으로 간 아이들은 벚꽃 그늘 아래에서 도시락만 까먹은 게 아니고 수업도 빼먹었습니다. 한 학급 학생 수가 무려 100명에 달하던 그 무렵의 교실은 그야말로 콩나물시루나 다름없었기 때문에, 왔는지 안 왔는지 구별도 잘 안 되는 고만고만한 애들이 한둘 빠진들 그렇게 큰일로 생각되지도 않던 시절이었습니다. 적당히 하고 돌아왔어야 했는데 봄기운이 진해서 그랬는지 그만 하루해를 꼬박 넘겼지요. 물론 다음날 어떻게 되었는지는 말할 필요도 없습니다. 수업 중에 도망간 것까지는 좋은데 무엇 때문에 다른 아이들 도시락까지 훔쳐갔느냐는 대목에서 눈물을 찔끔 뺀 기억이 아직도 삼삼하게 남아 있습니다. 돌이켜보건대 금 밖으로 나간 최초의 사건이었고 일탈이었습니다.

수년 전 한 선배한테서 『방외지사方外之士』라는 책을 받아 읽은 기억이 납니다. 방외지사는 말 그대로 세상의 금 밖으로 나간 사람이며 아웃사이더더입니다. 금 밖으로 나갈 용기가 차마 없어서 그랬는지 그 재미가 남달랐던 것 같습니다. 물론 이런저런 초치고 깨치는 저자의 글 주변이 재미를 더하기는 했지요. 재미가 있었다는 것은 거기 소개된 사람들이 한마디로 부러웠다는 걸 의미합니다. 좀처럼 흉내내거나 도달할 수 없는 피안의 사람들이기에 흥미와 함께 한숨까지 섞어가며 읽었던 것입니다.

나뿐 아니라 주위에는 방외와 일탈을 꿈꾸면서도 정작 방내方內를 벗어나면 죽는 줄만 아는 사람들이 대부분입니다. 그러지 못하는 두려움의 실체를 곰곰이 생각하면 그것은 관계와 생계, 이 둘로 집약된다고 할 수 있습니다. 부대끼는 사회생활이 싫어 어딘가로 벗어나고픈 탈출을 꿈꾸면서도 군집群集에 길들여져서인지 일단 따로 있는 것이 두렵고, 당장 '뭐 해먹고 살지?'가 무슨 족쇄처럼 다가오기에 방내를 벗어날 수가 없는 것입니다. 방외지사 네 식구의 월 생활비가 20만 원이라는 얘기가 마치 장난처럼 느껴지는 우리 같은 보통의 방내지사는 영원히 방외가 될 수 없을 겁니다. 용기 있는 자를 부러워만 하고 스스로는 실행에 못 옮기는 우리 모두의 한계를 이 책은 마치 약이라도 올리듯이 기가 막히고 황당한 삶의 유형을 거침없이 나열해서 짚어주었습니다. 어쩌면 이런 파격의 방외지사는 타고나는 것인지도 모르지만 말입니다.

누구나 살다보면 다람쥐 쳇바퀴 같은 일상에서 벗어나고 싶고 생업에서의 일탈을 꿈꾸기 마련입니다. 마냥 걸어가던 아스팔트에서 옆의 흙길로 한번쯤 새보고 싶은 마음, 그런 겁니다. 직장과 공부, 나아가 그물처럼 짜인 모든 인간관계에서 벗어나고 싶어집니다. 천형天刑처럼 나를 붙들고 있는 먹고사는 일과 주어진 시간의 굴레에서 벗어나 너울너울 춤추는 나비처럼 무궤도를 날고 싶은 욕구는 도시락 훔쳐 도망가던 그 시절이나, 살아온 기간보다 남은 기간이 훨씬 적을 이때나 하나도 달라진 것이 없습니다. 그럼에도 오랜 세월 꿈만 꾸고 현실로 만들지 못했던 것은 무슨 뚜렷한 이유가 있어서라기보다 오직 위인이 못나서라고밖에 할 수 없습니다. 최초의 일탈이었던 그때 이후 언제나 금 밖으로 나가는 것을 꿈꿔왔다는 건 뒤집어보면 내 삶이 그만큼 모범적이었다는 방증이기도 하면서 동시에 여유라는 것과는 거리가 먼 답답하고 소심한 것이었음을 여실히 드러내고 있기 때문입니다. 현실의 옥죔이 견고할수록 욕망도 커져갔고, 꿈을 꿀수록 당장의 고민도 깊어지는 모순과 충돌의 평행선이 살아오는 내내 계속됐던 것입니다.

주역 '택풍대과澤風大過'괘의 괘사 중에 '독립불구獨立不懼 하고 둔세무민遯世無悶 하라'는 말이 나옵니다. 홀로 됐을 때 두려워하지 말고 세상에서 떨어져서도 근심하지 말라는 뜻입니다. 뜻이 뜻인 만큼 과거 조선시대 당파싸움에 밀려 유배당한 선비들이 방안에 붙여놓고 스스로를 지탱한 글귀라고도 합니다. 권력에서 밀려나 외로움과 풍토병과 상실감에 시달리며, 그러면서도 언제 다시 돌아갈 수 있을까 하는 막막한 기대감 속에 두려움과 번민을 극복하려는 노력이 엿보입니다.

군이 정치적 결과가 아니더라도 때가 되면 누구에게나 예외 없이 찾아오는 혼자되어야 하는 삶을 생각하지 않을 수 없습니다. 언젠가는 평생 해온 사회생활과 조직생활에서 멀어져야 합니다. 좋든 싫든 홀로 서고 세상으로부터 멀어져야 할 때가 다가옵니다. 누구든 앞서거니 뒤서거니 월급쟁이 생활을 접고 방외지사가 되어야 합니다. 그러니 방외가 반드시 자기 의지로 금 밖으로 나가야만 방외인 것도 아닙니다. 세월이 지나 저절로 방외지사가 됐을 때 나는 과연 독립불구 하고 둔세무민 할 준비가 되어 있는 걸까, 스스로 물어보지 않을 수 없습니다. 오랜 기간 방내를 벗어나려고 꿈꿔왔지만 이렇게 군이 도모하지 않아도 찾아오는 방외의 현실을 앞두고 마음의 준비를 하지 않을 수 없기에 그렇습니다.

옛날 가난한 선비들은 굳이 귀양까지는 가지 않더라도 권력에서 물러나면 고졸함과 달관의 경지를 통해 방외의 삶을 영위했습니다. 부족하면 부족한 대로, 또 불만이 있으면 있는 대로 나름으로 다 살 만하다는 믿음 속에 방내 이상의 삶을 살았습니다. 한마디로 비워서 충만한 삶이 방외의 삶입니다. 여기 두려워 금 밖으로 못 나가는 현대 사람들에게 방외가 별것 아니라는 걸 모양 좋게 과시하는 사례가 있습니다. 여덟 가지 여유에 관한 일화입니다.

조선조 중종 시대에 김정국이라는 선비는 기묘사화로 축출당해 지금의 일산 근처에 정자를 짓고 아이들을 가르치고 글을 지으며 세월을 보낸 사람입니다. 이 사람은 가난과 불운한 정치역정 속에 일생을 보내면서도 정자 이름을 은휴恩休라고 지을 정도로 불행조차 다행으로 여기고, 임금을 원망하기보다는 고마워했다고 합니다. 은휴는 임금님 덕에 쉬고 있다는 뜻입니다. 벼슬살다가 밀려나 생활이 완전히 달라지자 호까지 '여덟 가지 넉넉한 게 있다'는 뜻의 팔여거사八餘居士로 정하고 안빈의 생활을 했습니다. 진짜 독립불구요 둔세무민의 삶이 아닌가 싶습니다. 하루는 이런 생활을 지켜본 친구 하나가 전에 비하면 부족한 것이 많을 터인데 오히려 여유가 많다는 게 이해할 수 없어 그 호의 의미를 물어봤습니다.

"토란국과 보리밥을 배불리 먹고, 부들자리와 따뜻한 온돌에서 잠을 넉넉하게 자고, 땅에서 솟는 맑은 샘물을 넉넉히 마시고, 서가에 가득한 책을 넉넉하게 보고, 봄날에는 꽃을 가을에는 달빛을 넉넉하게 감상하고, 새들의 지저귐과 솔바람 소리를 넉넉하게 듣고,

눈 속에 핀 매화와 서리 맞은 국화에서는 넉넉하게 향기를 맡는다네. 한 가지 더, 이 일곱 가지를 넉넉하게 즐기기에 팔여라고 했네."

보다시피 팔여는 하나같이 남과 다퉈서 얻을 수 있는 물건이나 생활이 아닙니다. 누가 뺏으려고도 하지 않고 아무리 즐겨도 막는 이가 없어 그야말로 하늘이 준 것입니다. 이런 답을 듣고 난 친구도 간단치 않은 사람이었던가 봅니다.

"세상에는 자네와 반대로 사는 사람이 있더군. 진수성찬을 배불리 먹고도 부족하고, 휘황한 난간에 비단 병풍을 치고 잠을 자면서도 부족하고, 이름 난 술을 실컷 마시고도 부족하다네. 울긋불긋한 그림을 실컷 보고도 부족하고, 아리따운 기생과 실컷 놀고도 부족하고, 좋은 음악을 다 듣고도 부족하고, 희귀한 향을 맡고도 부족하다 여기지. 한 가지 더, 이 일곱 가지 부족한 것이 있다고 그 부족함을 걱정하더군." 알다시피 친구가 말한 이런 즐길 거리들은 하나같이 쟁취해서 얻어야 할 쾌락입니다. 더 가련한 것은 풍족해진 다음에도 도무지 만족할 줄 모른다는 것입니다. 그런가 하면 김정국에게는 또 하나 부자 친구가 있었는데 조금 노탐이 있었다고 합니다.

김정국은 편지를 보냈습니다. "그대는 살림살이가 나보다 백배나 넉넉한데 어째서 그칠 줄 모르고 쓸데없는 물건을 모으는가. 없어서는 안 될 물건이 있기야 있지. 책 한 시렁, 거문고 한 벌, 벗 한 사람, 신 한 켤레, 잠을 청할 베개 하나, 바람 통하는 창문 하나, 햇볕 쬘 툇마루 하나, 차 달일 화로 한 개, 늙은 몸 의지할 지팡이 한 개, 봄 경치 즐길 나귀 한 마리가 그것이라네. 이 열 가지 물건이 많기는 하지만 하나라도 없어서는 안 되네. 늙은 날을 보내는 데 이외에 필요한 게 뭐가 있겠는가."

　과거에 비하면 이러니저러니 해도 요즘의 삶은 그나마 물질적으로는 부족한 게 없습니다. 그런데도 사람들은 일상에서의 탈출과 생업에서의 자유로움을 꿈꾸다가도 막상 방외지사의 삶이 다가오면 두려움을 갖습니다. 현직에 조금이라도 더 머물고 싶어합니다. 방외를 선망하면서도 두려워하고 방내를 지겨워하면서도 집착하는 이중적인 자세를 보입니다. 금 밖으로 나왔다가도 다시 금 안으로 들어가려고 애쓰는 걸 많이 봅니다. 이 모든 게 단순히 먹고사는 일 때문만은 아닙니다. 평생 길들여져서 그럴 것입니다. 이제 원하든 원치 않든 금 밖으로 나가 방외지사가 되면 독립불구 하고 둔세무민 해야 합니다. 도시락 훔쳐 동산으로 도망갔던, 이런저런 근심이 없던 아득한 그 시절이 그립습니다.

국수의 추억

얼마 전인가요? 동료들과 행주산성 근방으로 점심 먹으러 갈 일이 있었습니다. 돌아오는 이면도로가 막혀 무슨 공사라도 하고 있나 생각했는데 다가가보니 그게 아니었습니다. 길가 국숫집에 들어가기 위한 줄이 선거 날 투표하는 줄처럼 늘어서 있었고, 저마다 주차를 하느라고 그렇게 체증이 일어났던 것입니다. 지나가면서 아주 신기하게 쳐다봤습니다. 잔치국수라. 어떤 국수인데 저토록 길이 막힐 만큼 난리인가? 궁금하기 짝이 없었습니다. 게다가 거기는 시내에서 떨어진 외진 장소가 아닙니까? 교외의 그럴싸한 외식업소는 곳곳에 많이 있는데, 단지 잔치국수 파는 집으로 어디서 저렇게들 몰려온단 말인가? 동행하던 동료들에게 저기 꼭 한번 가봐야겠다고 했던 걸 어제 드디어 실행했습니다.

마침 약속도 없던 참이라 몇몇을 이끌고 일부러 갔습니다. 자유로운 직장 분위기가 아닌 한, 단지 점심만 먹으러 가기에는 조금 지나치다 싶은 곳을 업무상 가야 할 일이나 있는 것처럼 굳은 의지를 갖고 갔습니다. 음식점에 사람이 들끓을 때는 맛이든 값이든 양이든, 아니면 무슨 특색이든 분명 이유가 있기 마련입니다. 확신을 갖고 얼마간은 설레는 마음으로 갔더니 아니나 다를까 아주 이색적인 집이었습니다. 지나가면서 보던 것보다도 훨씬 사람이 많았습니다. 식당 안까지 들어와 기다리고 있어 도무지 느긋하게 먹을 상황이 아니었습니다. 그 집의 특색은 예상했던 대로였습니다. 무척 큰 그릇과 양이었습니다. 잔치국수를 멸치국물에 말아내는 게 주 메뉴였는데 가격도 3천 원에 불과했습니다. 오직 양과 가격으로 승부하는 집이었습니다. 양이 그냥 많은 게 아니라 웬만한 사람은 기가 질릴 정도였습니다. 기본적으로 먹는 양이 많은 제가 봐도 너무한다 싶을 정도였습니다. 맛도 그런대로 괜찮았습니다. 그런 양에 그런 가격이면 한번 와본 사람은 반드시 다른 사람을 끌고 오게 되어 있습니다. 충격을 받았으니까요. 그런 체험은 공유하고 싶어하는 게 인지상정 아니겠습니까. 이 정도의 특색이라면 온 사람이 또 오고, 한번 온 사람이 다른 사람을 끌고 오고, 끌려온 사람이 또 끌고 오고 해서 다단계로 기하급수적으로 늘어날 수밖에요. 사람이 너무 많아 통제가 안되다보니 선불이었습니다. 잔치국수와 비빔국수, 그리고 콩국수가 메뉴의 전부였는데 다 똑같은 가격이라 계산서도 전표도 필요 없이 사람 숫자대로 치르면 그만이었습니다.

오픈된 주방을 들여다보니 국수 삶는 모습과 찬물에 헹구는 모습, 그릇에 담아 국물을 붓는 모습이 장관입니다. 자그마한 공장 같은 게 마치 연극무대의 뒤편을 보는 것 같았습니다. 치열한 삶의 현장이 객관화되고 있어 그것도 아주 이채로웠습니다. 보통은 주방을 감추는 게 일반적인데 말입니다. 게다가 남이 먹는 거 구경하는 사람, 왜 빨리 안 일어나나 불만인 사람, 거의 대야만한 그릇을 들고 마시는 사람……. 단순히 저렴하고 양 많은 것 말고도 모든 게 열려 있는 모습이 이 집의 특색이며, 손님들은 하나같이 30분 넘게 차를 타고 멀리서 찾아온 사람들이라는 데 또 이 집의 놀라움이 있습니다. 3천 원짜리 국수 한 그릇 먹자고 말입니다. 외국인이 보면 가히 엽기적이라고 할 만합니다. '여의도 콩국수는 8,500원이나 하는데 오고 가는 기름 값을 빼고도 남네. 도대체 이러고도 남나?' 하는 게 동료들의 조금은 어처구니없어하면서도 즐거워하는 반응이었습니다. 연신 사이클 동호인들이 단체로 들이닥치고, 봉고버스에 트럭에, 멀쩡한 회사원들에, 어떻게들 알고 그렇게 찾아드는지……. 옆 테이블, 뒤 테이블의 처음 온 사람들은 다른 사람들이 먹는 그릇을 힐끗거리며 이구동성 '우와!' 소리를 연발하는 걸 표정에서 읽을 수 있었습니다. 얌전을 빼는 직장 아가씨들이 '이걸 어떡해?' 하면서도 먹을 건 다 먹고 조금은 남겨놓는 게 또 재미있습니다. 그래서 이 집은 식당이라기보다 국수를 매개로 하는 집단 행위예술의 공연장이라는 게 차라리 나을 것 같습니다.

먹어도 먹어도 양이 잘 줄지 않는 상태에서 저는 이미 40여 년 전으로 돌아가고 있었습니다. 색 바랜 흑백사진처럼 다가오는 국수의 추억이 나도 모르게 전개되고 있었던 것이지요. 앞에 같이 앉아 있는 동료들이 제 형제들의 얼굴로 바뀌고 심부름하는 아주머니가 어머니로 돌아와 있었습니다. 어머니가 삶아 내는 국수를 양푼에 담아 먹던, 돌을 삼켜도 소화가 될 만큼 한창 먹성 좋던 시절의 스크린입니다. 먼 친척 중에 인천 부두에 있는 제분공장에 다니던 분이 있었습니다. 심심찮게 월급이 밀가루로 나오곤 했지요. 그 밀가루를 주변에 싸게 팔았고, 우리도 그렇게 사들인 밀가루로 수제비나 칼국수, 찐빵을 만들어 먹었습니다. 아예 밀가루를 국숫집에 맡겨 국수를 밀어다 먹곤 했습니다. 그런 시절이 오래가지는 않았지만 한때나마 지겹도록 국수를 먹던 시절이었습니다. 밀가루나마 넉넉하게 먹기도 어려운 시절이었지만 그때만은 그 아저씨 덕분에 보리밥은 제쳐두고라도 국수 같은 밀가루 음식만은 양껏 먹을 수 있었습니다.

형들이나 저나 한창 자랄 때다보니 먹는 양이 보통이 아니었습니다. 국수를 한번 삶으면 손 큰 어머니는 장난이 아니었습니다. 그 시절 국수에 들어가는 게 무엇이 있었겠습니까. 지금 생각하면 멸치국물보다는 아무래도 갯벌이 가까운 고장이다보니 바지락 삶은 국물에 말아먹은 적이 많았고, 거기다가 양념한 간장 고명, 그리고 기껏해야 애호박을 썰어넣은 정도가 전부였습니다. 우리 형제들은 참으로 무섭게 먹어댔지요. 그래도 조금 있으면 바로 꺼지고 배가 또 고팠던 것은 무슨 일일까요? 아마도 다른 먹을 게 없이 오직 국수로만 배를 채웠기 때문일 겁니다. 잠깐이나마 그렇게 지천으로 국수를 먹던 때가 아니더라도 어머니는 적은 식량을 불려먹기 위해 진작부터 국수를 애용했습니다. 국수를 삶아 건져내고 별도로 국물을 만들어 말아먹는 게 일반적인 국수 먹는 법이지만, 그건 양이 충분할 경우이고 이래저래 부족하다 싶을 때는 제 국물에 그대로 끓여 냅니다.

칼국수 끓이듯이 말이지요. 끓는 그 상태에서 적당히 파나 마늘 정도를 짓이겨 넣으면 조리는 다 됩니다. 국수 자체에 간이 되어 있어 별도로 간장이나 소금을 칠 일도 없습니다. 씻어 건져낸 것과 달리 양이 무척 불어납니다. 소면으로 끓이는 일종의 국수죽이라고 할 수 있지요. 질량불변? 에너지 보존? 그런 물리법칙도 어머니의 식량을 불리는 기술에는 작용하지 않았던 것 같습니다. 먹을 때는 그런대로 든든한 것 같지만 그렇다고 허술한 국수죽이 어디 오래가겠습니까. 이내 배가 꺼질 수밖에 없습니다. 그렇게 한 사발씩 먹고 잠이 들던 밤이 그 시절에는 많았습니다. 이런 국수죽을 위해 저는 심부름을 가곤 했습니다. 국수 가게 마당에는 요즘은 보기 힘든 정경이지만 국숫발을 마치 기저귀 빨아 널듯이 널어놓고 있었습니다. 마른 국수를 툭툭 끊어 신문지에 둘둘 말아주면 저는 그걸 한쪽 옆구리에 끼고 오다가 줄줄 흘립니다. 한참 오다보면 국수 다발이 이상하게 가벼워집니다. 태반을 흘리고 있는 중이며, 어떨 때는 지나가는 어른이 '야야, 국수 다 흘린다'고 하면서 챙겨주곤 하던 기억이 지금도 삼삼합니다.

어느덧 변두리 극장의 재탕 영화 같은 회상도 끝나고 그 많던 제 그릇에는 국물만 남았습니다. 아무래도 이번에 발굴한 국숫집은 음식점을 넘어선다는 생각입니다. 국수가 아니라 추억을 팔고 문화를 팔고 있기 때문이지요. 비슷한 흉내를 인근 음식점들에서도 내는 것 같으나 손님이 별로 없는 것은 국수에 대한 문화 코드가 없어서일 것입니다. 거기까지 차를 타고 일부러 먹으러 오는 사람들이 어디 먹을 게 없어서, 무턱대고 값이 싸다고 해서 오겠습니까? 기성세대는 저와 비슷한 아련한 추억 때문에 오는 것이고, 젊은이들은 일종의 문화충격을 즐기러 오는 것이라고 할 수 있습니다. 가난이나 고난 그 자체는 힘든 것이지만 그런 괴로움도 세월이 지나면 다 이렇게 아름다워지는 것이고, 이 집은 그런 속성을 장사에 활용하고 있는 것입니다. 어쩌다가 그리된 건지, 주도면밀한 계산이 있었던 건지는 모르지만 말입니다.

국수는 장수長壽를 상징하는 상서로운 음식입니다. 면발의 길이만큼이나 오래 살라는 기원이 담겨 있고, 잔칫날에는 빠질 수 없는 음식이 됐습니다. 이 잔치국수라는 이름은 그대로 국수의 조리법과 형태를 담고 있습니다. 잔칫날 먹는 국수는 어떤 국수라는 게 사람들의 뇌리에 전승되어 있는 것입니다. 이 집의 메뉴에도 잔치국수로 되어 있습니다. 비빔국수는 그 이름에 비벼먹는 국수, 콩국수는 콩국에 말아먹는 국수라는 걸 표시하지만, 잔치국수는 그렇지 않습니다. 재료도 방식도 나타나 있지 않지만 사람들은 다 알고 주문하는 것이지요.

금기가 많은 사찰에서도 국수는 출가자들에게 가장 환영받는 음식입니다. 국수 공양이 있는 날이면 스님들은 평소 소식을 하던 습관을 깨고 양껏 먹는다고 합니다. 그래서 배탈이 나기도 하지만 국수를 앞에 두고 아이들처럼 좋아한다고 해서 승소僧笑라고 불리기도 합니다. 승소라! 말들도 참 잘 만듭니다. 그런가 하면 이북 지방에는 '선주후면先酒後麵'이라는 말이 있습니다. 술을 먹고 난 후에는 국수를 먹는다는 것이지요. 술과 국수는, 그 국수가 칼국수든 소면이든 냉면이든 종류에 관계없이 숙취를 해소하는 데 적합한 음식 궁합이라고 할 수 있습니다. 헤어지기 전 포장마차에서 꼭 우동이라도 한 그릇 해야 하는 사람들이 있잖습니까? 그게 다 공연한 술버릇이 아니라 생리구조상 끌려서 그러는 겁니다. 혹시 술 취해 귀가해서 라면 끓여달라고 했다가 혼난 적은 없습니까?

이런 국수지만 국수에는 서글픈 사연도 많이 있습니다. 양반이나 부자들은 일반 국수든 칼국수든 만들어 먹는 방식이 고급스럽지만, 그렇지 않은 경우가 훨씬 많습니다. 조리가 간편하고 값이 싸다보니 무료급식소에서도 국수를 주는 경우가 많고, 장날이나 재래시장의 가장 서민적인 먹을거리도 다름 아닌 국수입니다. 오이냉국에 말아 통깨를 술술 뿌린 국수와 나일론 냉면, 팥 칼국수, 선짓국에 담긴 국수 등 하나같이 1~2천 원이면 허기진 한 끼를 해결할 수 있는 음식입니다. 그러나 국수는 개떡이나 순대, 범벅, 이런 것들과 달리 어디까지나 주식입니다. 일찍 배가 꺼지는 단점이 있다고는 해도 국수는 엄연한 주식으로 가난한 사람들과 오랜 세월을 같이해온 애환의 음식이고 사연 많은 음식입니다.

삼각지 인근에 이북에서 내려온 할머니가 운영하는 허름한 국숫집이 있었습니다. 삶에 지치고 세상에 버림받은 한 남자가 주린 배를 움켜쥐고 들어섰습니다. 마지막으로 부잣집을 털어보기로 작정하고 그전에 배부르거나 한번 먹어보자는 생각에서였습니다. 이번에 동료들과 함께 먹은 행주산성의 그 국수와 별 다를 게 없는 국수를 두 그릇이나 허겁지겁 시켜 먹고 무조건 냅다 튀었습니다. 돈도 없고 희망도 없고, 실패하면 목숨을 끊자는 판에 창피니 자존심이니 하는 것은 사치였습니다. 주인 할머니가 쫓아나오는 것이 얼핏 뒤로 보였습니다. '도둑놈 잡아라. 돈 내고 가라!'는 고함인 줄 알았지만 바람결에 들려오는 건 그게 아니었습니다. '뛰지 마라. 배 꺼진다. 체한다. 천천히 가라!'는 외침이었습니다. 할머니의 이 소리를 듣는 순간 달음박질을 멈추지는 못했어도 울컥하는 눈물이 저 깊은 데서 배어나왔고, 세상을 향한 증오와 원망은 눈 녹듯이 사라져갔습니다. 그 남자에게 국수는 재생의 인연을 준 구원의 음식이었습니다.

우리 일행은 한 배 가득 포만감을 안고 음식점 뒤 행주산성에 올랐습니다. 추억의 국수 한 그릇에 이토록 만족하는데, 무슨 연유로 생업의 고달픔과 번뇌는 갈수록 더해가는지 모르겠습니다. 배부름과 행복은 같은 말입니다. 행복은 만족할 줄 아는 데서 옵니다. 지족知足하면 불욕不辱입니다. 소박하나마 욕 없는 삶이 곧 행복입니다. 이 행복의 출발은 만족이며, 그 근원은 배부름입니다. 그래서 사람들은 배가 고프면 슬퍼지게 되어 있습니다. 상습적인 배고픔을 잊은 지 오래인 사람들에게서는 연민도 사라질 수밖에 없습니다. 연민이나 배려가 실종된 사회, 악다구니 같은 우리들의 직장에도 삼각지 할머니 같은 구원의 말 한마디가 아쉽습니다.

백구두 경비 아저씨

새벽에 나와 밤에야 들어가는 일상이 끊임없이 반복되고 있습니다. 나오는 새벽은 한결같지만 그나마 밤에 들어가는 중에서도 2~3일은 아주 늦은 밤이 된 지도 어언 20년이 돼가는 것 같습니다. 아무리 재미있는 얘기라도 언젠가는 끝이 나야 하는 것처럼, 이러한 나의 출퇴근도 머지않아 결말을 볼 것입니다. 언젠가는 끝날 얘기이지만 나의 이런 들고나는 모습을 지켜보는 사람이 둘 있어 오늘은 그 얘기를 하고 싶습니다. 한 사람은 당연히 아내이고, 또 한 사람은 아파트 현관의 경비 아저씨입니다. 아내는 매일 보고 아저씨는 격일로 봅니다. 이 경비 아저씨를 보는 제 소회가 조금 남다릅니다. 입주민과 경비의 관계는 아파트와 같은 공동주택에 사는 사람은 누구나 아는 뻔한 관계이지만 제 아파트의 경비 아저씨는 그냥 무심하게 지나치기가 어렵습니다.

어느 날 저는 아내를 통해 주민들이 이 아저씨를 백구두 아저씨로 부른다는 걸 알았습니다. 하얀 백구두를 신고 근무하는 모습을 본 주민들이 붙인 별명인 것이지요. 생각해봅시다. 무슨 구두를 신든 본인의 취향이지만, 물론 경비수칙에 백구두를 신지 말라는 것이 있다면 별 문제이겠으나 그렇지 않다면 신지 못할 이유도 전혀 없을 겁니다. 다만 근무복장에 백구두가 어울리지 않고 이례적이다보니 사람들이 주목하고 재미있어한 것일 겁니다. 그 후로 저 또한 흥미가 생겨 그 아저씨를 보게 되면 구두부터 쳐다보는 버릇이 생겼지만, 그 아저씨가 항상 백구두를 신고 있는 건 아니었습니다. 하여간 그때부터 저는 이 아저씨에게 관심을 갖기 시작했습니다.

현재 내가 살고 있는 아파트는 동 라인마다 경비실이 있습니다. 경비 아저씨 두 사람이 2교대를 하고 있지요. 어느 아파트나 그렇지만 여기도 대개 연령층은 50대 중반서부터 60대 후반 정도의 사람들이 경비 업무를 맡고 있습니다. 정확히는 모르겠으나 경비 일에 대한 사회적 상례에 비추어보면 아파트 경비의 처우라는 것이 정부가 정한 사회 최저임금 정도를 겨우 웃도는 수준이 아닐까 싶지만, 들고나며 볼 때 이 업무는 쉬운 듯하면서도 쉬운 일만은 아닌 것 같습니다. 우선 상대하는 주민들의 성향이나 층이 매우 다양해서 개별 세대 입장에서는 사소한 것 같지만 전체를 상대해야 하는 경비 아저씨 입장에서는 결코 그렇지 않을 까다로운 주문이나 요구가 많을 것이기에 그렇습니다.

반상회에 다녀온 아내의 말에 따르면 우리 아파트만 하더라도 직장인, 은퇴자, 실업자, 여유 있어 보이는 집과 그렇지 못한 집, 교육

수준이 높은 집과 그렇지 않은 집, 시끄러운 집, 사는지 안 사는지 알 수 없는 집, 항상 비우다시피 하는 집, 혼자 사는 집, 장애인이 있는 집, 노인부부 세대와 그 부부를 보러오는 사실상 거주민이나 다름없는 아들딸과 손자손녀 등등, 무척이나 다양한 세대 구성을 이루고 있는 것을 알 수 있습니다. 20층에 두 라인이니까 세상이 그대로 축소된 미니어처 정도는 되지 않을까 싶습니다.

아파트 경비는 항상 아저씨인 점도 재미있습니다. 으레 '아저씨'라고 하면 나이 어린 사람이 자기보다 나이 많은 남자를 가리키는 호칭이나 지칭인데도 아파트 경비는 아이들이나 젊은 사람은 말할 것도 없고 더 나이가 많은 입주민들도 아저씨라고 부릅니다. 길에서라면 할아버지가 무슨 젊은 사람보고 아저씨라고 부르겠습니까만, 아파트에서는 그냥 다 통하게 되어 있습니다. '아저씨'가 일종의 직책인 것이지요. 이들에 대해 절대 허투루 대하지 않는 주민들이 있는가 하면 무슨 하인이나 되는 것처럼 민망하게 하대를 하는 사람들도 있습니다. 그럴 때마다 싫은 내색 하나 없이 들어다달라면 들어다주고 이리해달라면 이리해주는 아저씨와, 반면 조금 불편하다 싶을 만큼 일이 적성에 안 맞아 보이는 아저씨도 있습니다. 그러고 보면 주민들과 아파트 경비의 관계도 사람 사는 여느 관계와 하등 다를 것이 없습니다.

하지만 지금 우리 라인의 백구두 경비 아저씨는 이제껏 살아오면서 만난 다른 아저씨들과는 많이 다릅니다. 처음 제 눈에 띈 이 아저씨는 볼 때마다 졸고 있었습니다. '저 양반은 잠자러 왔나?'가 제 첫인상이었습니다. 그러면서 얼마가 지났습니다. 나한테만 그러는가

했는데 아무 때나 기분이 나면 아이들이고 어른이고 가리지 않고 거수경례를 했습니다. 익살맞고 장난기가 있었습니다. 안경에 색을 너무 진하게 넣어서 그런지 그 양반이 쓰고 있는 안경도 거의 선글라스에 가까웠습니다. 생각해보십시오. 아파트 경비가 백구두에 선글라스라. 흥미롭지 않습니까. 한때 노는(?) 양반 아니었나 궁금하지 않습니까. 설령 그렇더라도 아파트 경비를 하면서까지 왕년의 그 티를 낼 이유는 없지 않겠습니까. 게다가 백구두 아저씨는 다른 아저씨와 달리 먼저 말을 붙이는 일도 자주 있었습니다. 어쩌다가 휴일날 집에 있을라치면 '이렇게 날이 좋은데 왜 집에만 계십니까? 외식도 좀 하고 놀러도 가고 그러시지요.' 경비 주제에 남이야 외식을 하든 집에 있든 말든 건방지게 무슨 상관이냐는 식의 마음을 갖게 되면 지금 하는 얘기는 더이상 전개되기 어렵습니다. 하여간 보통의 얌전한 아저씨들하고는 많이 달랐습니다.

또 있습니다. 하루는 일찍 퇴근하는 길인데, 일찍이라고 해야 이미 밤이기는 마찬가지이지만 어디선가 하모니카 소리가 들렸습니다. 이 아저씨가 눈을 지그시 감고 경비실에서 하모니카를 불고 있었던 것입니다. '해는 져서 어두운데 찾아오는 사람 없어⋯⋯', 제목은 잊었습니다만 틀림없는 그 노래였습니다. 청승맞게 잘 부는 솜씨였습니다. 진짜 한가락 하는 솜씨가 아닐 수 없었습니다. 그런가 하면 이제는 낯이 많이 익어서 그런지 멀리서도 나나 아내가 오는 걸 보면 도착하는 때를 맞춰 진입 현관문을 미리 '짠!' 하고 열어주곤 합니다. 아파트 진입문은 각자 소지한 카드로 열거나 아니면 집안의 사람을 호출해서 열어야 하는 시스템이라 간혹 카드도 없고 집에도 사람이 없으면 경비 아저씨한테 열어달라고 부탁해야 합니다. 그런데 다가가서 문 여는 수고를 하기 전에 마치 회사에서 중역이 현관에 들어오는 걸 보고 수위가 미리 엘리베이터를 잡아놓는 것처럼 현관문을 알아서 열어주면 우리 부부는 그게 신기하기도 하고 특별 대우를 받는 것 같아 싫지 않았습니다. 그냥 개구쟁이 같은 장난 심리인지 친근감의 표시인지는 모르지만 말이지요. 물론 우리한테만 그리하지는 않았을 겁니다.

아무리 봐도 이 아저씨는 도무지 거리낌이 없었습니다. 현재의 직업과 위치, 살아온 과거의 흔적이 서로 섞이지가 않았습니다. 보통 사람들과는 어딘가 달라도 한참 달랐습니다. 어쩌면 물색없다고 할 수도 있고, 어쩌면 아무 데도 얽매이지 않는 바람과 같은 사람이라고도 할 수 있지만, 쉽게 판단하기 어려운 건 분명했습니다. 직업에 귀천이 없다고는 해도 아직까지 우리 사회는 아파트 경비 업무를 비하하거나 우습게 아는 경향이 짙습니다. 이유야 어떻든 이런 일에 종사하는 사람들은, 직종의 특성상 나이 든 사람이 대종이기는 하나 어딘가 맥이 없기 마련입니다. 상대적으로 못 배우거나, 단순히 가난하고 힘없는 서민이라서 그렇지는 않습니다. 종업원과 사용자라는 건 명백한 권력관계입니다. 아파트 경비와 입주민들의 관계가 그렇습니다. 비록 집합적 사용자라서 입주민들 개개가 사용자 의식이 희박하기는 해도 예외가 될 수 없습니다. 이런 관계에서는 어쩔 수 없이 수동적이고 맥이 없을 수밖에 없습니다. 그러나 그 백구두 아저씨는 이런 직업적 특성과 인간관계가 부여하는 한계에 개의치 않았습니다.

사람들은 항상 어떤 상황에 익숙해져 있습니다. 상황의 연속이 시간이 흐름이라고 볼 수도 있습니다. 익숙한 것에는 느낌이 없습니다. 그래서 익숙하지 않은 상황이 발생하면 불편하고 다시 익숙해지는 데 시간이 걸립니다. 아파트 경비와 입주민들이 연출하는 보편적 상황이라는 건 이미 사회적으로 굳어져 있습니다. 아파트 경비라고 하면 어떤 사람들이 하는 어떤 직업, 어떤 고용관계, 어떤 근무형태인지 우리들은 설명을 듣지 않아도 이미 다 알고 있습니다. 이런 걸 상식이라고 해야 되는지 모르지만 백구두 아저씨는 이 상식과 통념을 여지없이 부숴버린 것입니다. 사람들의 고착화된 의식과 아파트라는 불변의 공간을 이 아저씨는 전혀 인정하지 않고 오히려 주민들을 길들였던 것입니다. 그 길들이는 힘은 이 아저씨 특유의 자유정신이었고, 거침없는 무애의 자세였습니다. 아파트 경비가 무슨 자유고 무애냐 하겠지만, 적어도 나에게는 그렇게 보였습니다. 눈에 보이는 게 전부는 아니니까요. 드러난 현상이나 보이는 상황만 놓고 본질을 판단할 수는 없습니다. 아파트 경비와 입주민이라고 하는 보이는 관계만을 놓고 볼 때 그냥 좀 튀는 그런 경비 아저씨 정도로 치부할 수도 있습니다. 그러나 이 튀는 행동이라는 것이 일상의 상식과 관념을 결코 초월할 수 없는 사람들에게야 어디 쉬운 일이겠습니까. 왜 튀어야 하는지, 무슨 이익이 있다고 돌출행동을 하는지를 계산하는 일이 거의 상습이 된 사람들에게 튀는 건 미친 짓이거나 아니면 죄악이 될 수밖에 없는데, 어떻게 하고 싶다고 마음대로 튀겠습니까. 튄다는 말 자체가 자기존재에 대한 자유와 상황에 대한 용기 없음을 보여주는 것입니다. 내가 할 수 없으면 남이 하는 걸 폄훼

하는 게 일반적이니까요.

저는 이런 백구두 아저씨에게서 조르바를 연상했습니다. 영화 〈그리스인 조르바〉에서 조르바는 무슨 일인가 하고 망설이는 보스에게 이렇게 얘기합니다. 마실 물에 현미경을 들이대면 세균이 우글거리니까 그러지 말고 그냥 탁 마시라고 말입니다. 그러고 보니 영화에서 조르바로 분한 앤서니 퀸이 이 아저씨를 닮은 것 같기도 합니다. 비슷하게 기골이 장대하고 목소리가 괄괄한 게 말입니다. 조르바는 산투리를 켜고, 백구두 아저씨는 하모니카를 부는 것도 비슷합니다. 흔치는 않지만 무슨 일을 하든 상황을 지배하는 사람을 주변에서 볼 수 있습니다. 이 아저씨가 바로 그렇습니다. 말에 신경쓰고 주어진 조건에 집착하고 관계부터 모색하는 게 대부분의 사람들입니다. 그러면 상황을 지배하기는커녕 거기에 종속되어 진짜 아파트 경비가 됩니다. 아파트 경비는 실재하는 구체적인 직업이라기보다 백구두 아저씨처럼 자유혼을 지니고 살지 못하는 사람들을 구속하는 삶의 조건입니다. 사람들은 아파트 경비를 우습게 알면서 실제로는 자기가 그런 직업을 영위한 지 이미 오래라는 사실을 모르고 있습니다. 그러고 보면 우리 모두가 아파트 경비이고, 진짜 주인은 백구두 아저씨입니다.

그렇다고 이 아저씨가 언제나 즐겁고 낙천적인 것도 아닙니다. 어떤 날은 퇴근하는 나를 봐도 뭔가 잔뜩 찌푸린 채 본척만척합니다. 인사성이 없다고 욕을 하는 주민도 있다고 아내는 귀띔하지만, 아파트 경비를 하면서 이렇게 감정을 마음대로 분출하는 걸 보고 저는 또 이런 생각을 하게 됩니다. '나는 사회생활을 하면서 한번이라도 내 감정대로 행동해본 적이 있는가. 더구나 먹고사는 일에 있음에서랴. 언제나 따지고 계산하고 비교하고 눈치보고⋯⋯.' 고정관념에서 보면 백구두 아저씨의 행동은 분명 이해하기 힘든 면이 있지만 갈수록 왜소해지는 남자들의 삶에서 볼 때 기존 질서와 터부에 도전하는 야성을 느낄 수가 있습니다. 삶의 조건에 결코 길들여지지 않는 야성, 도시의 대규모 아파트 단지, 그 안의 부품 같은 보잘것없는 경비, 그중 한 사람에게서 까마득하게 잊었던 인간의 원초적인 본능과 자유에 대한 본성을 저는 확인했던 것입니다.

하루 날 잡아 소주라도 하며 세상 사는 얘기라도 나눴으면 하지만 대개 만나는 시간이 그 양반한테는 근무시간인데다 퇴근하는 사람을 새벽부터 술이나 한잔 하자고 잡을 수도 없어 여태껏 이러고 있습니다. 어디선가 조르바의 노래 소리가 들립니다. "인생이란 한 잔의 시원한 물이라네⋯⋯. 고삐는 젊음에게나 주어라, 다시 오지 않을 젊음에게⋯⋯."

쥐뿔도 없으면서

부자일수록 사소한 돈에 민감하다고 합니다. 쥐뿔도 없는 사람들이 우수리 돈이나 푼돈을 우습게 아는 것이지요. 주변을 보면 확실히 그렇습니다. 공과금만 하더라도 가진 게 돈밖에 없을 만큼 넉넉하다는 사람은 마지막 날에 납부하는 일이 많습니다. 단 하루라도 일찍 내면 그만큼 이자 손해가 생기기 때문이지요. 나같이 쥐뿔도 없는 사람들은 그저 내는 날 잊을까봐 생각났을 때 얼른 내는데 말입니다. 평소 아무 걱정도 없음을 은근히 과시하는 사람들은 어쩌다 참기름 한 병, 비누 선물세트 하나가 생기더라도 잊지 않고 꼭 집에 가져갑니다. 쥐뿔도 없이 마냥 나중의 일이 불안하고, 누가 집값이 많이 올라 느긋하다고 하면 공연히 팔자타령이나 하면서 쓴 소주잔을 기울이는 사람들은 들고 가는 수고가 귀찮아 청소하는 아줌마나 심부름 하는 여자아이에게 얕은 생색을 내는데 말입니다.

자동차 기름을 넣더라도 여유 있는 사람과 그렇지 못한 사람은 차이가 납니다. 리터당 단돈 십 원이라도 싼 곳을 찾아 넣는 여유로운 사람과 아무 생각 없이 항상 고정적으로 멍청한 단골이 되거나 닥치는 대로 주유하는 여유 없는 사람이 바로 그런 예입니다. 그러고 보면 사람은 디테일에 강해야 합니다. 돈이 대표적인 것이고, 그 돈으로 펼쳐지는 일상이 전부 그렇다고 할 수 있습니다. 전투에 이기고 전쟁에 졌다는 식의 얘기를 흔히 하지만 그건 나같이 속이 비어 있는 사람들이 하는 자기변명이나 이솝의 신 포도 우화 같은 것이지 실상과는 아주 동떨어진 얘기입니다. 작은 것에 이긴 것이 합쳐져 큰 것도 이기는 것이지, 갑자기 하늘에서 큰 것이 뚝 떨어지는 것이 아님에도 무슨 거시적 안목이나 판단 운운하는 건 웃기는 얘기가 아닐 수 없습니다.

이렇게 부자가 되는 사람은 애초부터 쥐뿔도 없는 것들하고는 다릅니다. 집착하는 정도가 다르고 무엇을 소중히 해야 하는가에 대한 관점이 다릅니다. 적당히 만족해서는 절대 안 된다는 걸 알고 있는 겁니다. 그리고 평소 끊임없이 부동산이나 주식을 포함해 돈에 대한 연구를 합니다. 세금이나 관련 법규에는 당연히 해박합니다. 대단히 구체적이고 실질적입니다. 실생활에 영양가가 없는 주장은 개 풀 뜯는 소리 정도로 무시하곤 합니다. 결국 들인 노력만큼 세상사에 밝아지고 부가 생기는 것이라고 할 수 있습니다. 가끔 지나쳐 혐오를 사는 경우가 있기는 하지만 그거야 돈의 위력을 모르는 쥐뿔도 없는 사람들이 하는 시기에 불과할 겁니다. 이런 성격이나 습성들이 교육을 통해 이뤄지는 것인지 천성으로 타고나는 것인지, 아니면 어쩌다가 그렇게 된 것인지는 알 수 없으나 사소한 것이 큰 차이를 빚는 것만은 틀림없다는 것입니다.

그렇지만 나처럼 쥐뿔도 없는 사람들이 지금부터는 달라지자, 부자가 되자, 더이상 이렇게는 살 수 없다는 다짐을 하고 실행에 옮긴다고 해서 과연 원하는 대로 될지는 알 수 없는 문제입니다. 어쩌면 생겨먹은 대로 살다 가는 것이 그나마 있는 쥐뿔이라도 지켜가며 고종명考終命할 수 있지 않겠느냐는 생각을 하게 됩니다. 그런데 나는 이런 생각을 매년 연말정산 때면 더욱 심하게 합니다. 평소와 달리 연말정산 신고를 하게 되면 오직 그때만 무슨 이유에서인지 부자들 못지않게 디테일에 강해지려고 하면서도, 한쪽으로는 여전히 이렇게 세금 몇 푼 더 돌려받는다고 무슨 대세에 지장이 있겠느냐 하는 쥐뿔도 없는 사람의 고질병이 반복되고 있어 하는 말입니다. 기껏 잘하다가도 엉뚱한 데로 샙니다. 정말 타고난 원판은 달라지지 않는가봅니다. 디테일을 중시하면 할수록 돌려받는 게 많아지는 연말정산이야말로 이제는 달라지자는 다짐을 실행에 옮길 수 있는 아주 이상적인 실전연습 기회인데도 말입니다.

전에는 12월에 했는데 얼마 전부턴가는 1월에 하고 있어 신년에 들어서면 월급쟁이들이 제일 먼저 준비하는 게 바로 연말정산입니다. 그렇게 해서 지난 한 해의 세금을 정리하게 됩니다. 시중 언론들도 절세하는 방법을 상세히 전하는 걸 보면 연말정산은 정초의 풍속 아닌 풍속이 된 지 오래입니다. 쥐뿔도 없는 나 또한 옆 사람들을 보면서 저들은 이런저런 명분으로 많이들도 돌려받는데 나만 어째 더 토해내지만 않아도 다행일 정도밖에 안 되나 싶어 이때만은 이것저

것 평소에 아둔하게 제쳐두었던 일을 열심히 챙깁니다. 그런데 영수증을 챙기고 국세청 홈페이지에 들어가고 하면서 세금을 돌려받는 내용을 가만히 들여다보면 한 가정의 한 해 살림살이를 넘어 총체적인 삶의 실상이 투명하게 드러나는 걸 알게 됩니다.

그러면서 그만 본연의 정산 목적에서 벗어나 옆길로 빠져듭니다. 신고서에 기재되는 내용들과 첨부되는 증빙서류들이 하나같이 나는 물론 우리 가정의 한 해 행장기라고 할 정도로 상세하다는 걸 깨닫고는 문득 놀라게 되면서부터입니다. 식구가 몇 명인가부터 시작해 아내가 직업이 있는지, 아이들은 미성년을 벗어났는지, 학교는 어떻게들 다니고 있는지, 아픈 적은 없었는지, 이사는 갔었는지, 저축은 얼마나 했으며 보험은 또 얼마나 들고 있는지, 카드를 많이 쓰는지 현금을 많이 쓰는지, 본인 스스로 면학에 힘쓰고 있는지, 상을 당한 적은 없는지, 교회나 절에 얼마나 기부를 했으며 보약이라도 지어먹었는지, 장애인이나 노인 등 집안에 우환은 없는지 등등. 세상에 이렇게 해당 소득자뿐만 아니라 한 가정 전체를 정밀하게 해부하는 보고서는 또 없을 것입니다. 어느 정보기관의 사찰 보고서가 이렇게까지 시시콜콜 다 적어 보고하겠는가 할 때, 연말정산 신고서는 한 해의 세무신고 차원을 훨씬 뛰어넘는 것입니다.

게다가 돈을 돌려받거나 아낄 수 있다니까 각자가 알아서들 있는 것 없는 것 빠짐없이 챙겨다가 작성을 하고 신고를 하기 때문에 정확하고 솔직하지 않을 수 없습니다. 제삼자가 관찰하거나 파악하여 작성하라고 한다면 도저히 만들어질 수 없는 보고서입니다. 그것도 모든 임금근로자와 그 가정을 대상으로 매년 이루어지고 있으니,

이는 우리가 의식하지 못한 채 정부라는 현대의 빅브라더에게 행하는 거대한 집단 고해성사나 다름이 없을 것입니다. '이렇게 살았습니다. 이런 일이 있었습니다. 우리는 이런 상태에 놓여 있습니다. 잘 봐주십시오.' 신에게는 고해를 말로 하는 것과 달리 정부에 하는 고해는 서면으로 한다는 점이 차이라면 차이일 것입니다. 나는 이런 고해 과정을 통해 설령 돈으로는 남들만치 돌려받지 못한다고 쳐도 한 해의 삶을 다시금 돌아보고 소박하게나마 위안을 얻을 수 있다는 데에서 연말정산의 숨은 의미를 확인하게 됩니다.

'의료비 공제도 장애인 부양도 없으니 무엇보다 집안에 큰 우환은 없었구나. 큰 몫으로 혜택 보는 절세 항목은 대상자가 아니니 나는 그래도 고소득자에 속하는구나. 열심히 영수증 챙겼는데도 이 정도의 카드나 현금 사용액밖에 안 되는 걸 보면 흥청망청 살지는 않았구나. 더해서 내 돈 안 들이고도 술 먹고 밥 먹을 일이 많은 팔자 좋은 놈이구나. 교육비 공제도 해당되지 않으니 아이 대학 학자금까지 지원을 받는 좋은 직장을 다니는구나. 그 흔한 기부금 영수증조차 없는 걸 보면 소소한 시주 정도는 무시할 정도로 내 마누라는 얼굴이 얇고 맑은 사람이구나. 무엇이든 더 악착같이 챙길 수도 있었을 텐데 그러지 않았으니 참 무던히도 살았구나…….'

주변에서 너는 참 맹탕이라고 아무리 놀려대도 나는 이런 엉뚱한 위안을 영수증을 챙기며 어쩔 수 없이 하게 됩니다. 살면서 힘들었던 일을 털어놓으면 마음이 편해지듯이, 연말정산을 통해 나는 세금만 돌려받는 게 아니라 자기 돌아봄과 위안이라는 혜택까지 받고 있는 것입니다. 쥐뿔도 없는 나한테는 연말정산이 세금에 대한 정산이 아니라 한 해 삶의 총체적인 정산이 되는 겁니다. 그 대신 정작 부자들이라면 일고의 가치도 없을, 한마디로 멍청하고 대책 없는 관념과 사변으로 빠져드는 고질병만은 여전히 떨치지 못하고 있습니다. 그래서 아무래도 나는 디테일에 강할 수도 없고, 계속해서 쥐뿔도 없는 사람이 될 수밖에 없을 것 같으니 그저 속이나 편하게 살아야 되지 않을까 싶습니다.

망외의 소득

　망외望外라는 것은 생각지도 않았던, 아니 바라거나 기대도 하지 않았던 일의 통칭입니다. 그 망외의 소득이, 그것도 집에서 모르는 소득이 많든 적든 생기면 남자들은 대개 딴 주머니를 차기 마련입니다. 아마 반대의 경우도 마찬가지일 겁니다. 부부간에도 공적 영역과 사적 영역은 엄연히 구별되기 때문에 다른 분야와 마찬가지로 사적 동기에 유혹을 느끼는 건 자연스럽고 또 인간적일 수밖에 없습니다. 여기서 공적 영역이라 함은 가족 공동으로 투명하게 쓰여야 하고 피차 명시적 혹은 묵시적으로라도, 아니면 관행적으로 인정하는 경우의 살림살이를 의미합니다. 한마디로 서로가 파악이 되는 경우를 말합니다. 당연히 아내로부터 인정받은 남편의 용돈 또한 공적 영역에 속하는 공적 자금이 됩니다.

　반면 이런 공적인 가사 회계 기준에서 벗어나 수입이 기장記帳될 필요가 없는 경우가 사적 영역으로 넘어오게 됩니다. 기장을 할 필요가 없다는 건 어떤 이유에서든 비공식적인 수입이 생긴 경우를 말합니다. 여기서 부정한 경우는 연상하지 않았으면 합니다. 물론 이런 돈도 외형 탈루(?)가 되지 않기 위해서는 정확한 신고가 이루어져야 하겠지만 그러기는 쉽지 않습니다. 이렇게 해서 일종의 가정 내 비자금이 조성되는 것입니다. 그러나 가정 내의 이런 사적 영역은 집안 재정이 새는 지하경제가 아니라 공적 영역을 보조하는 윤활유의 기능을 한다는 점에서 그렇게 나쁘게만 볼 필요는 없을 것 같습니다. 결과적으로 조삼모사나 다름없지만 같은 돈도 통장에 들어 있는 돈보다는 까맣게 잊었던 옛날 양복 주머니에서 나온 돈이 훨씬 기분 좋은 것처럼, 공적 회계와 관련이 없는 돈으로 옷도 사고 외식도 하면 가정 내 평화는 더욱 굳건해질 수밖에 없는 법입니다. 이런 기능을 굳이 마다할 이유는 없지 않겠습니까. 정도가 지나쳐 역외(가정 외)로 유출되거나 아예 범죄(?) 자금원이 되지만 않는다면 말입니다.

그러나 이런 기분 좋은 일에 번번이 차질이 생기면 어떻겠습니까. 영 실망스러운 일이 되고 맙니다. 처음부터 그런 소득은 없는 것이 차라리 나을 수도 있을 겁니다. 간단히 공교롭다고 치부하면 그만이 겠지만, 이런 일과 관련해서 좀처럼 이해하기 어려운 현상을 일상적으로 겪고 있기에 하는 말입니다. 다름 아니고 생각하지 않았던 돈이 생기면 이상하게 예상 밖으로 지출할 일도 같이 생겨 맥이 빠지는 일이 왕왕 있다는 것입니다. 잔뜩 기대하고 쓸 곳도 정해놓고 있었는데 도대체 왜 그럴까? 그것도 하나의 생활법칙이라고 할 수 있을까? 살아가면서 심심찮게 맞닥뜨리는 것을 보면 나름의 뭔가가 있는 것이 분명합니다. 머피의 법칙이라는 게 있다는데 그건지도 모르겠습니다. 나아가 망외의 소득으로 망외의 비용을 지불하다가 자칫 소득의 정체가 발각되는 불편하고 당혹스러운 일까지 생기기도 합니다. 그렇다고 시치미 딱 떼고 모른 척하자니 집안 살림에 공백이 생기는데 그것도 가장으로서는 마음이 편치 않습니다.

그래서 징크스라면 징크스이겠고 그냥 내 팔자가 그래 하면 그런 대로 넘어갈 일이기는 하지만 이렇게 받아들이고 싶습니다. 세상 모든 현상은 단지 모르고 있을 뿐이지 예정되어 있다고 말입니다. 망외의 소득도 그렇고 망외의 지출도 그렇습니다. 망외라고 하는 것 자체가 원인도 근거도 없는 일이 생겼다는 것이 아니라 단지 몰랐다는 것을 의미하는 것 아니겠습니까. 다만 예상하지 못했던 것이 현실화되었을 때 더 즐거워하기도 하고 속상해하기도 하는 것이겠지요. 이 대목에서 가정 내 공적 영역의 돈은 익히 알고 있는 일에 속하고, 사적 영역의 돈은 자기도 모르는 일에 해당됩니다. 예상 밖이기 때문에, 망외이기 때문에 좀더 행복할 수 있는 것이고, 반대의 경우 더 화가 나고 실망스러울 뿐입니다.

하지만 뜬금없이 이런 생각이 듭니다. 투명한 사회는 건강한 사회이기도 하지만 그만큼 박제화된 사회, 꿈이 박탈된 무서운 사회가 될 수도 있다는 생각 말입니다. 어쩌면 불확실하고 불투명할수록 사회는 역동적이고, 개인의 신분상승과 계층의 이동도 쉬워지지 않을까 싶어 그렇습니다. 앞길을 투명하게 다 알 수 있다면 희망도 없고 불안도 없을 겁니다. 희망과 불안은 불확실성 속에서 잉태되는 같은 말의 다른 표현이라고 할 수 있습니다. 모르니까 희망하는 것이고 불안한 거 아니겠습니까. 점을 치든 예측을 하든 확실하게 다 알고 있으면 그냥 기다리면 되지 희망할 건 무엇이고 불안해할 건 또 어디 있겠습니까. 이것이 상식적인 이치인데도 지금 세상은 투명해지면서 동시에 불안해지고, 집은 커져도 가족은 줄어들고, 멀리 달나라는 다녀와도 앞집에는 누가 사는지조차 모르는 실정입니다. 투명하고 정리되고 깨끗하고 주어진 대오에서 이탈하지 않는 질서정연한 사회가 반드시 좋기만 한 것인지 모르겠습니다.

올더스 헉슬리의 『멋진 신세계』는 유토피아를 그리고 있지만 실제로는 디스토피아를 역설적으로 설정하고 있습니다. 그 유토피아는 철저하게 사전 세팅되어 있는 '기획 사회'입니다. 모든 것이 안락하게 프로그래밍되어 있고, 그러니 불확실하거나 불투명한 미래 같은 게 있을 수 없습니다. 그럼에도 저항하는 사람들이 나옵니다. 가난과 질병, 고통이 없는 완벽하게 행복하고 아무런 고민도 불안도 없는 세상을 거부합니다. 아무리 좋아도 내 자유의지와 상관없는 기계적인 삶의 조건에는 숨이 막힐 수밖에 없습니다. 심지어 불행해질 권리, 병에 걸릴 권리, 늙을 권리, 추해질 권리, 불안해질 권리 등등을 요구합니다. 이런 부정적인 단어들에 권리라는 말을 붙입니다. 인간이 진정 희망하는 삶의 조건이 무엇인지는 참으로 설명하기 어렵습니다.

따라서 투명사회, 예측 가능한 사회의 이면에는 결코 멋질 수 없는 '멋진 신세계'가 도사리고 있는 건 아닌지 자문하게 합니다. 우리도 모르게 '기존의 모든 것'을 지키려는 의도가 숨겨져 있는 것은 아닌지 의심이 들기 때문입니다. 기존의 모든 것은 기득권과 기성의 질서를 의미합니다. 여기서의 일탈은 당연히 죄악이 됩니다. 하지만 투명하면 그만큼 변화의 가능성도 없어집니다. 철저하게 주어진 순서대로, 시간이 흘러가는 대로 따를 수밖에 없습니다. 이 과정의 모든 것은 모니터링되고 감시됩니다. 범죄를 우려해 감시카메라를 설치해서 투명하고 안전해졌지만 그로 인해 사람들은 어딜 가나 노출되는 대가를 치러야 하듯이, 얻어서 잃는 게 있으면 잃어서 얻는 게 있기 마련입니다. 투명성과 안전, 그리고 질서를 얻기 위해 치러야 하는 대가는 결코 적지 않습니다. 모든 존재는 모순되는 기능과 역할이 서로 절묘하게 조합을 이뤄 살아가게 되어 있습니다. 누구에게도 이롭지 않은 바람이 없듯이 누구에게도 해로운 불편이나 불안도 없는 것이지요. 그게 사물의 존재법칙 아니겠습니까.

나아가 사람에 따라 누구에게는 망외인데 누구에게는 그렇지 않다면 또 어떨까요. 개인의 지적 능력에 따른 것이 아니라 신분이나 사는 곳에 따라 이런 일이 구조적으로 진행된다면 그것도 곤란한 일이 아니겠습니까. 그것도 대를 이어서 말입니다. 이와 관련해 흔히 '정보의 비대칭'이라는 말을 합니다. 정보의 빈부격차입니다. 쉽게 말하면 어떤 일에 대해 누구는 알고 있고 누구는 모른다는 겁니다. 그게 개인의 능력차든 신분 때문이든 말입니다. 이렇게 정보력 차이로 망외와 망외 아닌 것이 가려집니다. 정보력이 있으면 이미 알고 있던 당연한 소득이 되고 정보력이 없으면 예상하지 못했던 망외의 소득이 되는 겁니다. 그러고 보면 투명한 사회가 덜 투명한 사회보다 훨씬 계급적인 사회라는 걸 알 수 있습니다.

따라서 투명사회는 언뜻 혼란스러워 보이는 망외의 사회보다 훨씬 불안하고 불만이 가득 찬 사회가 될지도 모릅니다. 투명성이 차별적이지 않아야 하듯이 망외 역시 모두에게 똑같이 망외여야 공정한 사회, 정의로운 사회가 아닐까 싶어서 그럽니다. 투명한 가정사역시 남자든 여자든 주도권을 쥔 쪽의 힘이 계속되는 것이고, 딴 주머니를 차는 일은 이런 역학관계에 대한 반발일 것입니다. 가정경제의 주도권을 쥔 쪽은 계속해서 투명성을 강조하고 강화시켜나갈 것입니다. 제도권으로 수렴되지 않는 망외는 철저하게 단속할 것입니다. 그러다가 언젠가는 우리도 투명하지 않을 권리를 주장하는 웃지 못할 일이 생길지 모릅니다. 어쨌거나 망외의 소득은 생기고 망외의쓸 일만 안 생겼으면 좋겠습니다.

대필유감 代筆遺憾

대개 단위 조직의 장이 되면 취임식을 하게 되고 그에 따라 취임사가 필요해지는 게 일반적입니다. 주로 큰 회사의 사장이나 기관장, 장관, 이런 사람들에게 해당되는 일입니다. 듣기에 대통령의 경우 취임사는 그 자체로 역사에 남을 뿐 아니라 임기 중의 청사진을 펼쳐 보이는 대단히 중요한 기록이기 때문에 취임사를 쓰기 위한 팀이나 위원회가 별도로 구성된다고 합니다. 그러나 대부분의 경우는 문장력이 좀 있다는 측근이 쓰거나 해당 부서 담당자가 쓰기 마련이며, 당사자가 일부 의견을 내고 퇴고하는 정도가 아닐까 싶습니다.

살아오면서 어찌어찌하다보니 취임사는 물론 크고 작은 목적성 글을 써주는 일종의 비공식적인 글 심부름을 하는 일이 왕왕 있어왔습니다. 개인적인 친분으로 부탁을 해오면 초고 정도의 글을 보내주곤 하지만, 글이라는 것이 다른 어떤 일보다 마음이 흔쾌히 동하지 않으면 잘 써지지 않는다는 점에서 입장이 난처할 때가 있습니다. 부탁하는 사람 쪽에서는 딴엔 가깝다는 이유에서 설마 거절하지는 않겠지 하는 기대를 갖고 부탁해오지만, 부탁받는 사람은 그때그때 상황이 매우 다양할 수밖에 없기 때문입니다. 단순히 실무자일 경우에는 미묘하고 복합적인 감정에 젖을 일이 없으나, 머리가 커지고 스스로 일정한 지위에 구속받을 때는 이런 글 청탁이 때로는 곤혹스럽고 무척 부담스럽기 마련입니다. 더욱이 스스로의 기대가 어긋나고 열패감에 젖어 있을 때는 그런 상황을 모른 체하는 상대방의 부탁 앞에 아주 난감해지면서 거절이 불가피해집니다. 이쯤 되면 본인만 생각하고 글 쓸 사람의 입장을 배려하지 않는 부탁이 야속하게 느껴지기까지 합니다. 대개 커다란 행운이나 영예가 주어지지 않으면 글을 청탁할 일도 없는 법이기에 그렇습니다.

꼭 그런 상황이 벌어진 적이 있습니다. 가까운 선배 한 분이 소속 회사를 옮기며 취임사를 부탁해왔습니다. 당연히 본인에게는 행운이고 축하할 일이었습니다. 평소 같으면 그런 품앗이야 의당 해야 할 일이었지만 당시 주변 상황이 매우 안 좋았습니다. 나 또한 이런저런 상실감과 위축감에 젖어 있는 심리에서 내킬 리 만무했지요. '제가 정말 글 쓸 입장이 아닙니다. 어떻게 하면 좋지요?' 오히려 이쪽에서 사정을 했습니다. '그래, 내가 내 생각만 했나? 미안해.' '선배 일이라면 어떻게든 해드려야 하는데, 요즘은 통 쓰지를 않다보니. 정말 죄송합니다.' 대충 이렇게 거절했습니다. 그러면서도 마음이 무척 불편한 건 어쩔 수 없었습니다. 그래도 나를 인정해 찾았는데, 더구나 본인은 지금 얼마나 기쁘고 행복하겠는가 생각할 때, 아무리 속이 상해도 이 정도도 들어줄 그릇이 안 된다는 건가 하고 스스로 생각하니 더 괴로워졌습니다. 이왕 거절했는데 내 사정을 이해해주겠지 하는 마음과 그래도 쓰자는 마음이 잠시 오락가락했습니다.

그러면서 갑자기 아버지 생각이 났습니다. 아버지는 신식교육을 제대로 받지 못한 분이었습니다. 한학 위주로 글을 깨친 분이라 유독 글씨를 잘 썼습니다. 그러다보니 동네 경조사 봉투 쓰기 전문이었습니다. 전에는 학기 초가 되면 새로 받은 교과서를 낡은 달력으로 포장하는 게 흔히 있는 일이었습니다. 당연 쉬 해지지 않도록 하기 위해서였습니다. 아버지는 동네 아이들 교과서 제목 써주는 게 또 전문이었습니다. 국어, 산수, 자연……. 나는 그런 아버지가 싫은 것까지는 아니더라도 별로 좋아 보이지 않았습니다. 다른 일에는 무능하면서 맨날 영양가 없는 그런 일이나 해주고 있는 게 어린 마음에도 갑갑하게 느껴졌던 것입니다. 세월이 지나 나한테 그런 아버지의 모습이 겹쳐 오면서 아련히 서글픈 생각이 들었습니다. 모르긴 몰라도 아버지는 당시 글 부탁을 받으면 무언가 인정받는 기분이었을 테고 으레 내 일이거니 여겼을 것입니다. 그러나 나처럼 쓰고 싶지 않을 때도 있었을까요. 아마도 없었을 것입니다. 못마땅해도 결국 그 아버지에 그 아들이었습니다.

다시 선배한테 전화를 했습니다. '쓰겠습니다. 이메일 주소나 불러주시지요.' 반색을 했습니다. '정말 괜찮아? 이거 너무 미안한데…….' 어차피 잘된 당신은 당신이고 맥 빠져 있는 나는 나 아니겠습니까. 당신의 행복에 내가 기꺼이 동참하지 않으면 내 아픔을 당신이라고 나누려 하겠습니까. 누구나 밝은 곳에 있으면 그늘에는 쉽게 눈길이 가지 않습니다. 마찬가지로 어둠 속에 있으면 밝은 곳의 사람에게 공연히 인색해지기 마련이지만, 아버지가 그랬던 것처럼 나도 살아오는 내내 그러고 싶지는 않았습니다.

그런가 하면 소위 성명서라는 것도 썼던 기억이 납니다. 개인이 성명을 낼 일은 없으니 이 글도 당연히 대필일 수밖에 없습니다. 88 올림픽이 있던 해니까 세월이 많이 지난 일입니다. 그때만 해도 젊은 기분에, 글 좀 쓴다는 우쭐함에, 그리고 종용을 못 이기는 체하면서 성명서를 썼던 겁니다. 무슨 독점기관의 폐지를 주장하는 성명서였습니다. 지금 보면 구한말의 국한문 혼용체 같은 유치찬란한 문장에 터무니없는 주장이었음에도 당시는 누가 썼느냐는 질문을 받을 만큼 화제를 일으킨 성명이었습니다. 그걸 계기로 각종 목적성 글을 쓰는 익명의 대필자 노릇을 한동안 하게 됐습니다. 공식적인 업무로서 그랬습니다.

그로부터 지금까지 사회 전반적으로도 그렇거니와 특히 내 삶의 주변은 온통 성명으로 점철돼 있었다고 해도 과언이 아닙니다. 그전은 별다른 인식이 없었기에 잘 모르겠지만 그 세월은 이른바 산업화 시대를 끝내고 민주화 시대로 접어든 기간으로, 정권이 몇 번씩 바뀌고 그 과정에서 수많은 성명이 횡행했습니다. 본시 민주주의라는 것이 말로 일어나 말로 수렴되는 것이라서 그런지 정치권은 물론 각종 이해집단이 수가 틀리면 전부 성명부터 내고 봤습니다. 유별나게 갈등이 많은 세상이다보니 더욱 그랬던 것 같습니다. 여기서 성명이라 함은 어떤 주의주장뿐 아니라 담화, 회견, 논평, 반박, 해명, 발표, 경고 등등을 다 포함하는 글입니다.

직접 손으로 써서 가져다 붙이는 대자보 형태부터 팩스와 전자메일까지, 성명을 내는 방법도 세월이 지나면서 다양하게 진화했습니다. 성명은 우리의 기질과 너무나 잘 맞았습니다. 우선 때리고 보자는 성급함과 '아니면 말고' 식의 무책임과 목소리 큰 놈이 이긴다는 무모함이 적당히 조화를 이룬 소통방법으로 성명만한 것이 없었던 것이지요. 언제나 명분과 원칙을 전차처럼 앞세우면서 속셈은 보병처럼 숨어 따라가려고 했습니다. 그러나 전차를 엄호물로 삼는다고 해서 뒤의 병력들이 보이지 않는 게 아니듯이, 포장을 아무리 잘한다고 해도 읽는 이는 무엇 때문에 그러는지 속속들이 알고 있는 게 또 성명의 특징이었습니다.

이러한 성명서에는 당연히 자기 고유의 문체가 있습니다. 강건한 문장이어야 하며, 적절한 수사와 비유, 그리고 과장이 어우러져야 합니다. 가급적 겨냥한 상대편이 아프도록 모질게 써야 합니다. 그러다보니 들어주지 않을 때의 모든 책임은 전적으로 상대 쪽에 있다는 식의 근거도 없고 협박도 아닌 이상한 논법으로 매듭짓거나, 혹은 좌시하지 않겠다는 식으로 결론을 내는 상투적이고 정형화된 문장이 될 수밖에 없습니다. 때로는 이 사람 저 사람 간섭하다 이도저도 아닌 문장이 되기도 합니다. 글 쓰는 사람으로서는 참으로 할 일이 아니지요.

생업의 일환이기는 하지만 나는 오랜 세월 그렇게 써왔습니다. 그러는 동안에 사적인 글 청탁도 받게 되었는데, 앞의 선배 부탁도 그런 것의 하나였습니다. 이제 와서 하는 얘기이지만 나는 그동안 각종 목적성 글이 갖추어야 할 요건을 충족시켜 납품을 하면서 큰 탈은 없었습니다. 그러나 솔직히 조금은 부끄러웠던 게 사실입니다. 남을 비판하는 글이나 어려운 입장을 합리화하는 글은 생각보다 쉬 진척되지 않았고, 아무래도 스스로를 속일 수밖에 없는 경우가 많았 던 것이지요. 대필을 맡긴 조직의 전략과 목표에 부응하려면 과장과 윤색, 얼마간의 견강부회는 어쩔 수 없었던 것입니다.

좌우지간 이런저런 다양한 글을 대필해오는 동안 세상은 갈수록 팍팍해지기만 했습니다. 공적이든 사적이든 그래도 취임사나 신년 사 같은 글은 낫습니다. 희망과 다짐, 청사진이 있으니까요. 그러니 전에 있었다던 연애편지 대필이나 군대 간 아들 편지 대필, 이런 글 은 얼마나 아름답고 훈훈할지 모르겠습니다. 돌이켜보면 성명이나 담화와 같이 본질적으로 갈등을 다루는 글은 결국 더 큰 갈등만 초 래했지 누구에게 기억도 되지 않고 도움도 되지 않았습니다. 게다가 썼으면서도 내 글이 아니고 내 책임이 아니면서도 책임감을 느끼는 글, 내가 썼다고 나설 이유도 없고 그래서도 안 되는 글은 결코 편한 일이 아니었습니다. 그래도 세월이 많이 흐르고 나니 아버지 생각이 나는 것처럼 글 심부름을 했던 여러 이름들이 떠오릅니다.

당신이나 잘해!

집사람이 아픕니다. 평소 건강한 편은 아니었으나 그렇다고 큰 병이 있지도 않았던 사람이 얼마 전부터 목에 무엇이 걸린 것 같다며 계속 기침을 하고 있어 신경이 쓰입니다. 병원에 다녀온 결과 역류성후두염이라고 합니다. 좀처럼 낫지 않는 병이라고 합니다. 인터넷으로 찾아보니 비슷한 증상 중에 편도결석이라는 것도 있어 확실히 어느 것인지는 정밀검사를 해봐야 알 것 같지만, 아내가 기침을 가라앉힌다고 맥없이 소파에 잠들어 있는 걸 보니 차라리 내가 아픈 게 낫겠다 싶습니다.

아내는 제가 흔들릴 때면 기이할 만큼 담대한 모습을 보여왔습니다. 짜증을 내거나 불안해하면 저를 나무라곤 했습니다. 무엇 때문에 앞질러 걱정하느냐고, 닥치면 닥치는 대로 살면 된다며 오히려 저를 달랬습니다. 오래전부터 제가 이런저런 상실감과 열패감에 시

168

달리고 있을 때 아내는 커다란 힘이 돼주었습니다. 아내는 왜소하고 연약한 여자입니다. 많이 배우지도 못했고, 현실에서 그렇게 똑똑하지도 못합니다. 딱히 무슨 직업을 가져보지도 않았습니다. 남편과 자식만 보고 살아왔기에 세상 경험도 일천하기 이를 데 없습니다. 때로는 강짜도 놓고 바가지도 잘 긁습니다. 지극히 평범한 보통 여자입니다. 흔히 여자 팔자 뒤웅박 팔자라고 하듯이 제가 그런대로 안정된 직장에 있었던 관계로 그동안 아내는 호강은 못해도 큰 경제적 어려움은 모르고 살아왔습니다. 그러나 앞으로의 삶은 어떨지 자신이 없습니다. 객관적인 조건이 그렇게 되어 있습니다. 우선 저부터가 그렇게 생각되니 아내가 갖는 불안함은 어떻겠습니까.

그러나 아내는 근심을 하지 않았습니다. 어떨 때는 야속할 정도입니다. 나 혼자만 고민하고 힘들어하는가 싶을 정도로, 아니면 전혀 현실감 없이 사는 게 아닌가 싶을 정도로 무신경했습니다. 얼마나 더 다닐지 모르겠다는 말을 들어도, 예상치 않게 상여금이 지급되지 않아도, 저축해둔 게 없어 막상 그만두면 살 길이 막막한데도, 살고 있는 집마저 값이 떨어져 기댈 곳이 전혀 없음에도, 아들의 취직이 점점 어려워지고 있음에도…… 아내는 담담했습니다. 그래도 월급이 나오는데, 아직은 다니고 있잖아, 아들도 이제 정신 차리겠지, 당신 관두더라도 어떻게 또 살 수 있는 방법이 있을 거야, 너무 조바심내지 마, 건강이나 신경써…… 그러고는 항상 밝은 모습입니다. 저로 인해 문득 어두운 얼굴을 지었다가도 이내 돌아옵니다. 그러면 그럴수록 저는 한편으로 위안이 되면서도 미안하고 두려워집니다. 대개는 집안이 기울기 시작하면 여자가 먼저 흔들려 이중의 고통을 받는다는데 저는 전혀 그렇지 않으니 얼마나 다행입니까. 그런 아내에게 현실인식을 심어준다고, 아니 사전에 조금씩 알려줘 한꺼번에 오는 충격을 줄이자는 얄팍한 계산에서 자꾸만 불안감을 심어주는 내가 한없이 못났구나 싶고 미안하기도 합니다. 또 두려운 건 만약 이런 아내가 없는 날이 생기면 무엇으로 어떻게 살아갈까 하는 뜬금없는 생각이 들기도 합니다. 그런 아내가 아픕니다. 이제 50대 중반이 되다보니 저도 그렇지만 아내도 여기저기 고장 나는 곳이 생기는가 봅니다. 아내는 가뜩이나 잔병치레가 많은 사람입니다. 그런데 이번에 아픈 것에 대해서는 여러모로 제가 취약한 상태에 있어서 그런지 좋지 않은 생각이 자꾸 듭니다. 이 또한 아내한테 혼날 일일 겁니다.

아내가 저보다 오래 살아야 합니다. 그리될 것입니다. 여자보다 남자가 먼저 떠나야 하는 건 일종의 자연법칙이 아닌가 합니다. 평균수명이 그런 것도 다 그래서라고 믿습니다. 젊었을 때 마누라가 죽으면 남자는 화장실에서 웃는다는 실없는 얘기가 있지만, 정말 당치도 않은 말입니다. 나이 들어 가만히 생각해보십시오. 과연 감당할 수 있는지 말입니다. 늙어서도 마찬가지입니다. 제게는 어머니가 먼저 가시고 아버지가 일 년여 혼자 남으셨던 기억이 있지만, 가정적으로도 그렇고 본인에게도 그리 좋아 보이지 않았습니다. 대부분 마찬가지일 겁니다. 여자는 늙어 혼자 살아가는 모습이 남자만큼 흉하지를 않습니다. 여자와 남자는 그 존재양식이 다른 겁니다. 더구나 노년에는 말입니다. 그래서 아내가 저보다 오래 살아야 한다는 것은 자연스러운 일이기도 하거니와 당위임과 동시에 제 이기심의 소산이기도 합니다. 여자 앞에서 편안히 가고 싶다는 욕심입니다. 그러고는 나 모르겠다는 심보이겠지요. 이 모든 생물학적·사회적·인간적인 이유가 겹쳐서 여자가 남자보다 평균적으로 더 오래 사는 것일 겁니다.

그렇지만, 그렇지만 말입니다. 근래 들어 저는 생각이 바뀌고 있습니다. 아니다. 내가 더 오래 살아야겠다고 말입니다. 새삼 다시 수명에 대한 집착이 생겨 그러겠습니까. 아마 제가 아니더라도 그런 남자는 거의 없을 것입니다. 오래 살겠다는 일반적인 생각과, 아내보다는 내가 더 오래 살아야겠다는 생각은 전혀 다른 것일 겁니다. 이렇게 생각이 바뀐 건 내가 먼저 가야 한다는 이치를 몰라서가 아니라, 그러면 남은 아내는 어떻게 하나 하는 걱정이 생겼기 때문입니다. 죽은 다음에 무슨 상관이냐, 그리고 상관한들 어떻게 할 거냐 하겠지만, 어디 그렇습니까. 평생 나만 보고 살아온 사람을 말입니다. 혼자 살아갈 아내 모습이 이상하게 눈에 밟힙니다. 요즘 TV를 보면 혼자 쓸쓸히 살아가는 독거노인들의 모습이 자주 비칩니다. 경제적인 어려움은 둘째 치고 그 외로움이 자꾸 가슴에 와서 박힙니다. 옛날과 달리 자식과 떨어져 혼자 살다 가야 하는 것은 이미 피할 수 없는 사회현상이 되었지만, 그래도 경제적으로 여유가 있으면 조금 나을 것입니다. 지금 처한 나의 객관적인 조건도 그렇고, 긍정적으로 생각해 앞으로 조금은 나아질 것이라고 해도 별 차이가 없을 우리 부부의 노후 삶은 아무래도 윤택과는 거리가 멀 것 같습니다. 제 엄마야 아들 녀석이 어떻게 챙기겠지 하는 기대가 없는 건 아니지만, 세태가 세태인지라 얼마나 기대할 수 있겠습니까. 남들처럼 넉넉히 남겨줄 것 같으면 이런 생각도 들지 않겠지요. 늙고 병들어 외로운 것도 힘든데 경제적 부담까지 있을 정도면 그 힘듦이 오죽하겠습니까. 이런 생각이 떠나지를 않으니 차라리 아내를 먼저 보내고, 아내가 겪을 어려움을 내가 대신 안고 가겠다는 생각을 하게 된 것입니다. 그러고 보면 꽤나 궁상맞은 생각입니다.

그런데 아내가 막상 아프다고 하니 이런 생각이 다시 두려워집니다. 혼자되어 얼마나 갈지 모르지만 살아갈 일이 말입니다. 가만히 생각해봅니다. 요즘 내가 살아가는 일상을. 거실의 행운목 화분이 환한 모습으로 다가옵니다. 보통 때는 아무런 존재감도 없던 화분처럼 아내는 혼자 잘난 줄만 알고 살아온 내게 특별히 의식이 되는 존재가 아니었습니다. 그러나 이제 아내가 커다란 바위처럼 우뚝 서 있는 모습으로 다가옵니다. 바위가 사라지면 나도 사라질 것 같습니다. 나는 그대로 아내와 더불어 바위가 되고 싶습니다. 갑자기 아내가 없으면, 아니 나중에라도 아내가 먼저 가고 나 혼자 남으면 이 적적한 공간을 무엇으로 견디며 살까 하는 진한 불안감이 거실을 휘감습니다. 세상 모든 것이 그렇다지만 특히 부부는 연기緣起하는 관계임을 실감하게 됩니다. 아내가 있어 내가 있고, 내가 있어 아내가 있기에 하는 말입니다. 혼자서는 존재할 수 없는 게 연기적 존재 아니겠습니까. 이런 각성이 드는 걸 보면 이제 겨우 철이 드는 것 같기도 합니다.

하루쯤 휴가를 내고 같이 병원에 갈 생각입니다. 맨날 병원에 가라고 말로만 소리칠 뿐, 한 번도 직접 동행을 해보지 못했습니다. 더 늦기 전에 해봐야겠습니다. 혼자서 검사결과를 기다리는 일이 얼마나 쓸쓸하고 겁나겠습니까. 하지만 이런 속내를 아는지 아내의 말이 들려옵니다. '내 걱정 말고 당신이나 잘하라'는…….

맛있고 값싸고 양 많고

나는 맛있는 것을 좋아합니다. 맛있는 거 싫어하는 사람도 있느냐구요? 나는 유독 좋아합니다. 점심 한 끼를 먹더라도 특별히 번거로운 일이 아니면 맛있는 집을 찾아 나서곤 합니다. 이른바 맛집, 또는 별미집입니다. 그런 빈도가 남들보다 잦습니다. 어디가 맛있다, 무엇을 잘한다는 얘기를 들으면 기억해뒀다가 일부러 찾아갑니다. 찾아갔다가 옳거니 이거다 싶으면 그날 하루가 그렇게 뿌듯할 수가 없습니다. 진짜 한 건 건진 듯한 득의감에 젖습니다. 맛의 희열과 훈훈한 분위기, 묘한 성취감이 버무려져 내적으로도 충만해지는 듯한 느낌이지요. 당연히 제 휴대폰에 저장이 됩니다. 얼마 뒤 반드시 주변 사람들을 데리고 가는 것도 제 버릇입니다. 그들이 맛있게 먹는 모습을 보면 마치 어머니가 자식들 먹성 좋은 모습에 흐뭇해하듯 나 또한 그 못지않게 기분이 좋습니다.

'어쩜 이런 집을 그렇게 많이 알아?' 이런 평가를 듣는 게 일상의 잔잔한 즐거움입니다. 사람 만날 일이 있다면서 적당한 집 하나 소개시켜달라고 하면 거기에 나는 또 으쓱해집니다. 남들에게 인정받을 것도 없는 나 하나만의 보잘것없는 보람입니다. 그렇다고 내가 무슨 미식가의 반열에 든다는 건 아닙니다. 그렇게 생각한다면 터무니없는 일입니다. 세상의 미식가들을 전부 욕보이는 일일 수도 있을 겁니다. 그저 맛있는 걸 남보다 조금 더 탐하는 것까지 미식가라고 할 수는 없는 일 아니겠습니까. 미식가 소리를 듣기에는 맛에 대한 경험이 보잘것없고, 그 탐닉하는 정도에서 떨어지고, 무엇보다 전문가적 자질이 부족하기 때문입니다. 또 가격을 따지기 때문입니다. 미식을 운위하는 것 자체가 부끄러운 일입니다. 그냥 맛집을 많이 찾고 돌아다닌다고 보면 될 겁니다. 조금 많이 알 뿐입니다. 그래도 그걸 두고 주변에서는 미식가라고 하지만, 좋게 말해 그러는 것일 겁니다.

나 정도의 사람은 부지기수입니다. 맛있는 거 싫어하는 사람 없듯이 말입니다. 게다가 나는 많이 먹기도 합니다. 기본적으로 남보다 양이 많습니다. 친구들은 나보고 맛없는 것은 참아도 양 적은 것은 못 참는다고 놀리기까지 합니다. 절식을 해야겠다고 평소 생각하면서도 잘되지 않습니다. 한마디로 맛있는 걸 찾아 많이 먹는 것입니다. 맛있는 걸 두고 많이 먹지 않는 사람도 있을지는 모르겠습니다만……. 따라서 내가 양이 많은 이유는 맛을 좋아해서 양이 많아진 것이지, 양이 많은데다 맛까지 즐기는 건 아니라는 걸 알 수 있습니다. 그건 좀 아니라구요? 그럼 할 수 없지요.

하여간 나는 미식과 대식을 겸하는 경우는 별로 들어본 적이 없습니다. 아무래도 질과 양은 어울리지 않지요. 하지만 나는 값싸고 맛있고 양 많은 집을 주로 찾습니다. 내가 별미집이라고 하는 집은 하나같이 그런 집들입니다. 한 가지 조건만 빠져도 누구에게 흔쾌히 권하지도 않고, 나 또한 자주 가게 되지 않습니다. 생각해보십시오. 값싸고 맛있는데 양이 적다? 그러면 값이 싼 게 아니지 않습니까. 우리 정서에 양은 그냥 양이 아니라 정입니다. 심지어 양이 질을 결정하는 경우도 있습니다. 맛이라고 함은 먹는 분위기까지 포함하는 것이기에 여기서 양은 빠질 수 없는 것입니다. 분위기가 단순히 음식점 내부의 장식이나 소품을 말하는 건 아니라고 봅니다. 음식점 분위기는 후덕함과 편안함과 아련한 추억이 배어 있어야 합니다. 인간적이어야 한다는 것입니다. 한번 주면 정떨어진다는 말이 왜 있겠습니까. 이 말은 아마 먹을 것을 앞에 두고 우리나라에만 있는, 우리 민족성과 정서를 가장 잘 드러내는 말이 아닐까 싶습니다.

그리고 맛있고 양은 많은데 값이 만만치 않다? 그러면 권하기가 부담스럽지요. 소시민들이 아무리 맛이 있기로서니 선뜻 큰돈 내고 외식을 한다는 건 쉽지 않은 일입니다. 더구나 값이 비싸면서 맛있고 양이 많은 건 그리 어려운 일이 아닙니다. 제값을 하는 거 아닙니까. 하긴 값만 비싸고 맛도 양도 영 아닌 경우도 심심치 않게 있습니다. 맛도 별로인데다 뭐 하나 더 달라고 하면 이리 빼고 저리 빼고, 차라리 돈을 더 받는다고 하면 낫겠는데, 정말 짜증나지요. 누구나 한번쯤 겪어본 일일 겁니다. 그런가 하면 값도 싸고 양도 많은데 맛은 그렇고 그런 집이 있습니다. 다른 게 다 좋아도 맛이 없으면 기본이 안 된 것이니 더 논할 이유가 없습니다. 지금 우리는 맛에 대해 얘기하는 것이기 때문이지요. 맛은 없으면서 양만 들입다 많은 것도 고역일 겁니다.

하지만 이렇게 맛도 좋고 양도 많고 값도 부담 없는 집은 유감스럽게도 흔치 않습니다. 우리 사회에서, 아니 우리 사회가 아니더라도 그런 집이 있다면 음식 장사로 성공을 할 수밖에 없을 겁니다. 그러나 그런 집은 미식의 고급스러움과는 아무래도 거리가 있습니다. 미식을 연상시키기보다는 어디까지나 서민들 먹을거리의 희망사항을 대변한다고 보는 것이 옳을 겁니다. 본래적 의미의 미식가는 값이나 양, 그런 건 따지지 않습니다. 이것저것 따지지 않고 오직 맛의 오묘한 세계를 추구할 뿐입니다. 맛을 찾아 세상 어디든 가겠다는 열정까지 아울러 지니고 있어야 할 것입니다. 그래서 세 가지 조건을 다 충족해야 맛집으로 여기는 나는 미식가로 불릴 수 없습니다. 미식은 왠지 나로서는 넘볼 수 없는 아득한 경지같이 여겨집니다. 주변의 맛집 혹은 별미집을 찾아다니는 취향은 미각의 영역이라기보다 생활의 문제입니다. 값이나 양은 엄밀히 말해 맛과는 전혀 다른 차원의 문제입니다. 값과 양은 미각보다는 삶의 조건에 더 가깝습니다. 따라서 양과 값을 맛집을 판단하는 전제로 삼는 것은 미식가가 할 일이 아닌 것이지요. 진정한 미식가는 삶의 조건을 초월하는 게 아니겠습니까.

맛은 상대적입니다. 아름다움과 같습니다. 맛과 멋은 통하는 겁니다. 미美는 양대식야羊大食也라. 아름다움이라는 게 본래 양이 커 먹음직스럽다고 해서 나온 말 아닙니까. 아무튼 맛만큼 상대적이고 주관적인 것도 그리 많지 않을 것입니다. 내가 맛있다고, 혹은 내가 멋있다고 남들도 그러리라고 볼 수는 없습니다. 하지만 철저하게 그렇다고 말할 수도 또 없습니다. 맛은 상대적이면서도 절대적이고, 주관적이면서도 객관적이며, 일방적이면서도 보편성을 지니고 있습니다. 내가 맛있으면 대개는 남들도 맛있어하는 걸 우리는 일상에서 경험하기 때문입니다. 전혀 딴소리를 하는 경우는 드뭅니다. 마찬가지로 내가 좋아하는 작품을 다른 사람도 좋아하리라는 보장은 없으나 비슷한 안목의 사람들끼리는 대개 그렇습니다. 명작이나 명품이 다 그래서 성립되는 것일 겁니다. 배운 사람들이 흔히 상징을 먹느니 문화를 사느니 하지만 다 말의 성찬이거나 지적 희롱일 경우가 많습니다. 나는 명백한 실체가 있어야 한다고 봅니다. 생활용품이든 예술이든 뭐든 효용은 사용가치가 으뜸이라는 겁니다.

먹는 것에 이르러서야 오죽하겠습니까. 맛없는 걸 신분의 상징이라고 해서 억지로 먹어본들 얼마나 가겠으며, 맛있어 죽겠는데 없는 사람들이나 먹는 거라고 한들 제대로 참아지겠습니까. 맛에는 계급이 없습니다. 경제적·사회적·종교적인 이유로 먹을 수 없어 문제일 수는 있어도 먹는 맛이 다르지는 않습니다. 맛있는 것은 맛있는 것이고 맛없는 것은 맛없는 것이라는 점에서 맛만큼 평등한 것도 없습니다. 맛은 맛입니다. 내가 맛있으면 남도 맛있는 게 맛입니다. 사람들은 맛의 자유를 추구하지만 끝내 평등으로 수렴되는 것입니다. 음식 자체가 특별하지 않는 한, 벗어나는 경우는 아주 드뭅니다. 적어도 한 국가, 한 민족 내에서는 그렇습니다. 따라서 맛은 우리가 살아 있음을 확인시켜주는 보편적인 실재實在입니다. 맛의 미학이 있다면 그것에 대한 이론일 것입니다.

그러나 맛은 또 한편 색色입니다. 색은 물질세계이며, 무상無常을 그 특징으로 하고 있습니다. 색에 대립되는 세계가 법法의 세계, 곧 진리의 세계입니다. 동시에 색은 본성이며, 관능이며, 실존의 근거입니다. 맛 이상의 색이 없습니다. 언제나 일정하지 않은 것의 전형이 색이고 맛입니다. 끊임없이 변하기 때문에 무상의 세계라는 것입니다. 어릴 때의 맛, 어머니의 맛, 고향의 맛 등등, 사람의 기억에 아무리 깊이 각인되어 있는 맛이라도 그 맛은 항상 다릅니다. 불변의 맛은 없습니다. 일찍이 먹는 것만 단순해도 도道의 절반을 이룬다고 했습니다. 허망한 맛에 흔들리지 않는 것이 수행의 출발입니다. 내가 거듭거듭 미식가가 아니라고 부인해도 맛에 탐닉하는 것은 분명합니다. 맛에 길들여지는 것은 무상한 것에 집착한다는 것입니다. 다른 사람들보다 색에 깊이 머물고 있다는 걸 의미합니다. 일상에서는 맛집을 찾고 즐기고 소개시켜주는 것이 소박한 즐거움일 수 있지만, 이러는 나의 좀더 깊은 내면으로 들어가면 어쩔 수 없는 삶의 공허함을 맛으로 드러내는 것임을 알 수 있습니다.

모든 존재는 변합니다. 변하는 건 당연하지만 공허합니다. 나 또한 맛에 대한 취향을 통해 변해가는 것을 수시로 확인하고 있습니다. 세월이 지나고, 나이가 들어가고, 자식이 커가고, 떠날 때가 다가오고, 어느 순간 아내의 쇠약을 실감하고, 나나 친구들이나 앞으로의 일보다는 지난 일을 더 많이 얘기하고, 읽는 책의 저자들은 갈수록 나보다 젊어지고……. 변하는 것은 색입니다. 그래서 맛과 색은 둘이 아닙니다. '색즉시미色卽是味, 미즉시색味卽是色'이라고 할 수 있겠지요.

나는 '맛있는 것을 좋아하는 걸' 좋아합니다. 천성이 그런지, 사회생활을 하면서 얻어진 취향인지는 분명치 않으나, 남들보다 맛있는 걸 많이 찾는다는 사실을 은근히 자랑스러워합니다. 그래서 맛있는 걸 좋아하는 취향이 나를 형성하는 여러 면모 중 빼놓을 수 없는 특징이 됐습니다. 사람마다 여러 좋아하는 일이 많겠지만 왜 하필 나는 맛있는 걸 좋아하게 됐는지는 알고 싶지 않습니다. 맛있는 건 그냥 맛있어하면 됩니다. 그런 기질을 또 좋아하면 됩니다. 자랑스러워하기 때문에 나는 이러한 취향을 바꿀 생각도 없습니다. 경제적으로 큰 부담이 되는 일이라면 피할 일이요, 인간관계에 부정적이라면 고려해볼 일이지만, 그런 일은 조금도 없습니다. 맛과 건강의 상관관계에 대해 구체적으로 생각해본 적은 없지만, 맛은 곧 이롭다는 나 혼자만의 근거 없는 신념을 갖고 살아가기 때문에 이 또한 별 문제가 되지 않습니다.

다만 맛을 좋아함으로써 노년에 추하게 비칠까봐 염려가 되기는 하지만, 나는 맛있는 것을 통해 오히려 정신세계가 풍요로워질 수 있다고 믿고 있습니다. 내가 좋아하는 맛은 비싼 맛이 아니기에 남에게 구차스럽지 않을 것이며, 양이 많은 인간적인 맛이기에 남은 한살이를 내 나름으로 외롭지 않게 살 것이며, 알려주고 나눠주면서 여럿이 공유하는 맛이기에 노년의 독선과 아집을 완화시켜줄 거라고 확신하고 있습니다. 그래서 내가 맛있는 집의 기준으로 삼는 '맛있고, 값싸고, 양 많고'는 결코 뻔뻔한 허욕이 아니며, 천박한 취향은 더더욱 되지 않을 거라고 믿습니다. 자유로운 만큼 평등한 맛이며, 더불어 같이하는 맛입니다. 특정한 상황에, 특정한 계층만 즐기는 저 높은 곳의 별난 맛이 아니라 낮은 데로 임하는 겸허한 맛입니다. '맛있고, 값싸고, 양 많고'는 세월이 아무리 지나도, 소득이 아무리 높아져도 달라지지 않을 보통 사람들의 먹을거리에 대한 로망입니다.

맛있어서 즐겁고, 값이 싸서 뿌듯하고, 양이 많아 슬프지 않으면 일상에서 더 무엇을 바라겠습니까. 강조하거니와 어릴 때 배가 고프면 공연히 슬퍼지던 내 기억으로 볼 때, 양은 맛집을 선택하는 데 절대 빠져서는 안 되는 기준입니다. 슬퍼지면 맛도 값도 필요가 없어지기에 하는 말입니다. 그런 점에서 내가 맛있는 것을 좋아하는 데에는 무슨 거창한 철학이 요구되고 심장한 의미가 부여돼야 하는 게 아닙니다. 나는 그저 맛있는 것을 좋아할 뿐이지 미식가는 될 수 없다는 게 그래서입니다. 단지 맛있는 거 좋아하는 여러 사람 중의 하나일 뿐입니다. 그런 여럿끼리 맛을 통해 어울리는 그 순간만큼은 삶의 신산함도 덜어질 거라고 믿고 있을 뿐입니다. 말 나온 김에 오늘 맛있는 거 한번 드십시다. 날도 궂은데.

주말 세계일주

요즘 저는 유독 다큐 프로그램을 많이 봅니다. 그중에서도 여행 다큐멘터리를 즐겨 봅니다. 일요일 저녁이면 교육방송에서 한 주일치(4부작)를 거의 세 시간에 걸쳐 재방송하는데, 그걸 한꺼번에 봅니다. 〈○○기행〉이라는 프로그램으로, 여행자 한 사람을 내세워 특정 나라나 지역을 집중해서 보여줍니다. 일반적으로는 갈 수 없는 곳이 대부분입니다. 간다고 하더라도 주요 관광지만 보게 되지 그렇게 사람 사는 모습이나 환경을 자세히 체험할 수는 없습니다. 아무래도 방송을 전제한 촬영이라 가능할 겁니다. 유사한 프로그램으로 〈○○○ 세계 속으로〉라는 것도 있습니다. 이것도 즐겨보는 프로그램입니다. 아내는 주말 저녁의 다채로운 예능 프로나 드라마를 못 보는 게 싫어 저와 한동안 채널 다툼을 하곤 했지만, 이내 여행 다큐에 빠져들어 요즘은 아무런 불만도 갖지 않을뿐더러 오히려 더 즐기는 편입니다. 매주 부부가 같이 세계여행을 떠나는 것이지요.

지난주는 남미의 볼리비아 편이었습니다. 천편일률적인 코스가 아니라 남미 내륙을 가로지르는 아슬아슬하고 위험천만한 여정이 었습니다. 안데스산맥을 넘어 아마존 밀림으로 가는 과정에서 숨막히게 멋들어진 자연환경뿐만 아니라 다양한 인간 군상을 볼 수 있었습니다. 볼리비아 산악지대라고 하니 체 게바라가 생각났습니다. 체 게바라가 볼리비아에서 게릴라 활동을 하다가 죽지 않았습니까. 성공한 혁명의 영예를 다 놔두고 다시 혁명의 길로 나선 체 게바라. 가슴에 불가능한 꿈을 안고 우리 모두 리얼리스트가 되자고 했던 체 게바라. 그래서 그는 세상의 좌파들에게 신화가 되었는지 모릅니다. 하지만 그의 염원과 달리 그가 사랑하던 민중은 여전히 못살고 있었습니다. 부자와 빈자는 거주지의 고도부터 달랐습니다. 해발 2천 미터에서 4천 미터 사이의 제일 높은 곳에 빈민촌이 있었습니다. 높은 곳에 살수록 평균수명이 낮다고 하니 결국 수명까지도 차별받는 셈이었습니다.

또 얼마 전에는 그리스를 모 시인이 주인공이 되어 샅샅이 훑은 적이 있습니다. 일반적으로는 이스탄불과 아테네를 엮어 주마간산격으로 다녀오는 그리스이지만, 이번에는 신들의 고향 올림포스 산등반은 물론이요, 미노스와 크레타까지 희랍 문명의 원형을 구경할수 있었습니다. 올림포스 산의 분위기와 생김새가 우리 지리산이나설악산과 너무 흡사한 것에 놀랐습니다. 그리고 크레타 섬에 니코스 카잔차키스의 무덤이 있다는 얘기는 들어 알고 있었지만 실제 모습은 그때 처음 보았습니다. 교회로부터 축출되어 외롭게 살아서 그런지 묘소는 초라했습니다. 다만 에게 해를 일망무제로 내려다보는 거침없는 곳이었습니다. 작은 나무 십자가가 인상적이었습니다. "나는 아무것도 원하지 않는다. 나는 아무것도 두려워하지 않는다. 나는 자유다." 그의 묘비명도 카메라에 비쳤습니다. 니코스의 절대 자유혼을 확인할 수 있었습니다. 보기에도 흡족한 여정이었습니다.

이런 여행 다큐에서 저는 에트랑제의 외로움과 삽상함을 그대로 느낄 수가 있습니다. 초월의 위치에서 세상을 관조할 수 있다고 한다면 프로그램의 감동에서 오는 과장일지 모르지만, 그런 기분이 드는 건 사실입니다. 누구나 현재 머물고 있는 시공간에서 자유로울 수 있는 건 여행을 통해 타인이 될 때뿐입니다. 가만히 화면으로 몰입해보십시오. 내레이터와 감정을 일치시켜보십시오. 그러면 나 또한 여행객이 되어 동일한 감정에 사로잡히게 됩니다. 오히려 실제의 여행객보다 몸이 피로하지 않아 좀더 깊은 사색이 가능해질 수도 있습니다.

왜 그런 적 없습니까? 한동안 해외 출장이나 여행을 마치고 귀국길에 오르려면 이제 다시 현실로 돌아가야 하나 하는 아쉬움 반 갑갑함 반의 기분에 젖는 경우 말입니다. 그런 생각이 드는 것은 여행이 기본적으로 자기로부터의 해방이기 때문입니다. 자기가 머물고 있는 시공간으로부터의 탈출이기 때문입니다. 세상에 시공간으로부터 자유로운 사람은 없습니다. 동일 시공간은 거기 머무는 사람들의 동일한 삶의 기반이며, 이해의 터전입니다. 여행은 동일 시공간의 구성원을 달리합니다. 다른 차원에 머물게 하는 것이지요. 그래서 여행자는 자유롭기도 하고 외롭기도 한 겁니다. 삶의 무게를 느끼지 않는다는 것입니다. 삶의 무중력 상태가 있다면 그건 아마 여행 중에 벌어지는 일일 것입니다.

이렇게 삶의 기반이 다르고 무중력 상태에 놓일 때 사람들은 초월적인 관점이 가능해지는 것입니다. 미국의 빈민 철학자 에릭 호퍼는 자기는 평생을 관광객처럼 살아왔다고 말한 바 있습니다. 머물지 않는 삶, 집착이 없는 삶이 바로 관광객의 삶 아니겠습니까? 조금 있으면 떠날, 아무런 이해와 상관없는 사람이 무엇에 아등바등하겠습니까? 무엇에 미련을 갖겠습니까? 떠난다는 것, 떠날 수밖에 없다는 것, 그것도 바로 얼마 안 있으면. 여기서 사람은 자유로워지는 것입니다. 설령 연민을 갖는다고 하더라도 말입니다. 여행을 하는 사람은 누구나 관광객입니다. 에릭 호퍼처럼 자기가 사는 세상을 남의 일처럼 보게 되지는 않아도 여행하는 동안만큼은 누구나 에릭 호퍼가 될 수 있습니다. 완전하다고는 못해도 살아가는 일상에서 여행만큼 자아의 소거가 가능한 일은 없기 때문입니다.

자기를 대입시키지 않고 객관적으로 사물과 현상을 바라볼 수 있는 경우는 오직 여행뿐입니다. 특별한 공부나 심리적인 노력이 없어도 말이지요. 자기를 극복하라고 아무리 역설한들 뭡합니까? 여행 이상으로 자기를 비우는 공부가 없습니다. 이런 여행을 저는 매주 하고 있습니다. 돈 들이지 않고 거실 소파에서 편안하게 말입니다. 그것도 부부가 함께 손잡고 말입니다. 어떻습니까? 부럽지 않습니까? 그런데 제가 여행 다큐에 탐닉하는 이유는 이렇게 재미있고 편하고 유익한 것 말고도 또 있을 겁니다. 무엇을 좋아한다는 건 스스로도 그러고 싶다는 것이니까요.

요즘에는 별 까닭 없이 자꾸 어디론가 떠나고 싶어집니다. 떠나는 사람을 보면 부럽습니다. 중요한 건 떠나기 힘든 삶의 조건이 자꾸 전개된다는 것입니다. 그러면서 떠나고픈 욕구는 갈수록 커진다는 것이지요. 요는 단순히 여행이 좋다, 관광이 좋다는 그런 감정이 아니라는 겁니다. 이런저런 이유로 일상의 속박이 심해질수록 떠나고 싶은 마음도 간절해진다는 겁니다. 현실의 장애가 많을수록 그런 욕구는 더 커지는 것입니다. 어쩌면 불가능한 일탈을 꿈꾸는지도 모릅니다. 그런 일탈에 대한 사전 예방, 욕구에 대한 간접 충족을 위해 여행 다큐를 시청하는지도 모릅니다. 대리만족이라고나 할까요. 아니, 그보다는 일상의 아픔에 대한 치유가 더 옳을지도 모르지요.

떠나고 싶다는 건 짐을 내려놓고 싶다는 것입니다. 여행 다큐의 시청은 삶의 무게를 여행을 통해 무중력 상태로 만들고 싶다는 무의식의 표출 아니겠습니까. 불안과 두려움, 집착과 분별, 이런 것을 훌훌 털어버리고 싶은 것입니다. 한마디로 자기를 버리고 싶은 것입니다. 그놈의 자기가 무엇이길래 이렇게 힘들게 하는지에 대해 반발하는 것입니다. 여행이라도 해서, 직접도 아니고 간접 여행을 통해서라도 그놈의 자기를 버리자는 것입니다. 여행만큼 자아를 소거하는 방법도 없다고 하지 않았습니까? 심지어 절대자처럼 초월을 느낄 수도 있다고 하지 않았습니까?

나는 매주말 세 시간 가까이 해외여행을 하다보면 자아가 비워지는 걸 느낄 수 있습니다. 비워지는 가운데 비록 진한 한숨이 배어나오더라도 그 감정이 너무 좋습니다. 그러고 보면 자꾸 떠나고 싶다는 게 단순히 여행을 의미하는 게 아닐지도 모릅니다. 정도의 차이는 있어도 현대인이라면 누구나 지니고 있을 타개되지 않는 현실과 상황에 대한 불만이 여행하고픈 욕구로 나타나는 것일 수도 있습니다. 아마 그럴 겁니다. 자기를 버려서 벗어나자는 것일 겁니다. 다시 다음주가 기다려집니다. 이번엔 어느 나라, 어느 곳일지 궁금합니다.

너무 무거운 약속

얼마 전 뜻하지 않은 선물을 받고 무척 황송했습니다. 내가 기쁘다거나 고맙다고 말하지 않고 황송하다고 한 것은 그 선물이 처음 만난 스님에게서 받은 법공양法供養이기 때문입니다. 알다시피 불가에서는 법法을 보시하는 것을 다른 어떤 선물이나 보시보다 으뜸으로 칩니다. 경전을 전파하고 법을 가르치는 것 이상의 큰 공덕이 없다는 것이지요. 세상을 온통 금은보화로 가득 채우는 것보다도 몇천만 배 훌륭하다고 경전에는 나와 있습니다. 그 스님은 송광사 출신으로, 일정한 거처 없이 평생을 참선수행만 해온 선승입니다. 친구처럼 지내는 회사 동료의 전시회에 갔다가 뒤풀이 자리에서 우리 부부와 우연히 테이블을 함께하게 되었고, 세상 잡사 얘기 끝에 평소 말만 들어오던 유명한 선지식의 얘기가 나왔습니다. 송담 스님입니다. 나는 오다가다 귀동냥해 들은 불교 얘기를 물었고, 스님은 그에 대해 답변하다가 인천 용화사와 송담 스님에게까지 이르렀던 것입니다.

송담 스님은 경허, 만공, 전강으로 이어지는 전법 제자로 현재 생존해 있는 고승 중에서도 출가자나 재가자를 막론하고 그 존경과 위망이 대단하신 분입니다. ○○ 스님에 따르면 송담 스님은 연로하셔서 더이상 일반인 친견이 어렵다고 했습니다. 직접 뵐 인연이 없는 걸 아쉬워했더니 대신 녹음 법문을 들으면 된다고 했습니다. 그러면서 스님은 나중에 테이프를 보내주겠다고 했지만 나는 흘러가는 얘기로 알고 까마득히 잊고 지냈습니다. 스님은 과거 송담 스님한테 배운 인연이 있다고 했고, 그래서 내게 그런 약속을 한 것 같았습니다. 나는 특정한 사찰에 등록된 불교신도가 아닙니다. 단지 불교적 세계관에 흥미가 있어 관련 서책을 잡다하게 접한 정도이며, 그러다 보니 불교에 정서적으로 가깝다는 것 이상도 이하도 아닙니다. 나는 그날 술에 취해 있었고, 그래서 처음 보는 스님 앞에서 적지 않은 과장과 함께 아는 척하는 병통이 발동했는지도 모릅니다. 공자 앞에서 문자 쓰는 것도 아니고 남의 전공 영역에 대해 함부로 아는 척을 했다면 부끄럽기 짝이 없는 노릇이 아닐 수 없습니다. 스님은 내게서 어리석은 중생의 전형을 보았을지도 모릅니다. 한도 끝도 없이 세속에 시달리고 힘들어하는 제 모습과 한심한 언사에서 구제해야 될 필요성을 느꼈는지도 모릅니다. 그런 깊은 속도 모르고 녹음 법문을 보내주겠다는 것을 일상에서 다반사로 이루어지는 의례적인 약속 정도로 치부하고 말았던 것이지요. 그러니 고마움도 고마움이지만 스님의 정성과 진정을 내 수준에서 빈말로 낮추어 잡은 게 더 송구할 수밖에 없지 않겠습니까. 그래서 황송하다고 한 것입니다.

스님은 안거 들어가기 전날 녹음 법문을 USB에 담아 부쳤다고 연락을 주셨습니다. 법문에는 살얼음 딛듯이 다가가야 한다는 당부와 함께 말입니다. 받아보니 무려 20기가가 넘는 내용이었습니다. 멀리 40여 년 전부터 최근 10여 년 전까지의 전강 선사와 송담 스님의 장구한 육성 법문입니다. 파일 하나가 평균 한 시간이 넘습니다. 아날로그 녹음 테이프로 따지면 엄청나게 많은 숫자일 것입니다. 이러니 제가 어찌 부담을 안 가질 수 있고 어찌 황송해하지 않겠습니까. 한번 한 말에 대한 엄정함과 약속에 대한 신중함, 이것도 일종의 집착이 아닌지 모르겠습니다. 왜 그렇게 스스로 엄격하고 자기 단속을 하는지, 수행승은 그래야만 하는 것인지 세간의 중생은 도대체 알 수가 없습니다. 하지만 무엇이든 과하면 좋지 않다고 배운 나로서는 곤혹스럽기는 해도 생업의 주변에서는 좀처럼 겪지 못했던 신선한 충격과 인간적인 감동을 받았고 마냥 기분이 좋았습니다. 아! 승과 속을 떠나 이런 사람도 아직 있구나 하고 말입니다.

하지만 살아가면서 주고받은 무게감 없는 약속이 어디 한두 번이겠습니까. 언제 한번 보자, 밥 한번 먹자, 또 연락합시다……. 수도 없이 습관적으로 흘리는 허황한 약속들과 무의미한 말들. 그 속에서 우리는 하루하루 살아가고 있습니다. 오히려 진정성이 있는 게 더 부담스럽습니다. 부담 없이 주고받는 인사치레를 넘어 지켜야 할 구속력으로 다가오면 사람들은 피하려고 합니다. 전반적으로 무게 있는 것보다는 가벼운 것을 선호합니다. 어느 때부턴가 진지한 사람은 물색없는 사람이 돼버렸습니다. 옳고 그름을 떠나 그렇게 길들여졌습니다. 사람 사는 도리나 덕목이나 상식, 이런 것들은 지켜져도 좋고 아니어도 좋은, 그러다보니 사람 관계는 깊어지기 어렵고 그저 스쳐가는 관계가 주종을 이루게 되었습니다. 친구, 동료, 이웃이 다 그렇게 되었으며, 남녀 관계도 그렇습니다. '꼭'이라든가 '반드시'와 같이 부담스러운 부사는 사람 관계에서 기피 대상이 된 것입니다. 알게 모르게 나 역시 일상에서 약속이든 시간이든 꼭 지켜야 하는 것은 싫어할 뿐 아니라, 남에 대해서도 그런 걸 요구하지 않는 습성이 생겼습니다.

어떤 약속이든 약속이라는 건 사람과 사람이 어떤 목적을 두고 만나는 것입니다. 수단이 아니라 말이지요. 상대의 존재를 목적이 아닌 수단으로 여기게 되면 그 약속은 계산적이고 가벼울 수밖에 없습니다. 이해가 달라지면 순식간에 표변하는 게 다 그래서입니다. 사람이 만나고 헤어지고 약속을 하는 일은 매일 있는 일이지만 이 스님처럼 사소한 인연, 만남, 약속 하나라도 천금같이 무겁게 대하는 건 기본적으로 인간 존재를 그 자체로 존중하는 마음이 전제돼야 가능한 일일 겁니다. 약속은 말에 대한 준수가 아니라 존재에 대한 존중이기 때문입니다. 그러나 요즘은 사람이든 약속이든 자기 필요에 따라 쉽게 저버리는 걸 너무나 자주 볼 수 있습니다. 모든 인간관계는 약속입니다. 모든 관계와 인연 속에는 어떠어떠해야 한다는 믿음과 공유의 코드가 포함되어 있습니다. 이런 코드는 굳이 말로 하지 않아도 저절로 성립되는 무언의 약속이며 상호 존중입니다. 이걸 외면하는 건 상대를 버리는 순간 나도 버림을 받는다는 평범한 진리를 모르는 우매한 일인 것이지요. 더구나 어떤 대의를 위해 맺었던 관계끼리도 그런다면 더 할 말이 없는 것이지요.

너나할 것 없이 삶에는 가벼움이 넘치고 그 부박함을 오히려 긍정이나 밝음이라고 둘러댑니다. 인간 존재 자체가 가벼워졌다고 하는 게 옳을지도 모릅니다. 개별 존재는 가볍고 가벼운 존재가 모인 세상은 갈수록 무겁고 심각해지는 이해할 수 없는 모순에 우리는 처해 있는 것입니다. 모두가 가볍고 고민을 하기 싫어하니 사회 전체의 문제는 당연히 무거워질 수밖에요. 요즘 대중문화의 코드가 그렇지 않습니까. 쉽고 편안하고 단순하게. 어렵고 무거우면 한마디로 장사가 안 되는 것입니다. 이런 세태에 스님처럼 곧이곧대로 자기가 한 말을 지키게 되면 오히려 상대가 당황할 수밖에 없는 겁니다. 출가자가 아니라면 상당히 사귀기 어려운 사람이라고 생각될 수도 있습니다. 요즘 사람들에게 천금과 같은 무거운 약속, 이런 건 없는 겁니다. 오다가다 우연찮게 밥 먹는 자리에서 어울려 사람 사는 얘기와 수행하는 얘기 좀 나누었다고 이렇게 무거운 관심과 베풂을 보이면 아마 감당할 사람이 별로 없을 것입니다.

내가 송담 스님의 녹음 법문을 필요로 했던 것은 오고가는 긴 시간에 참선을 공부하고 싶어서였습니다. 참선은 따로 시간을 내지 않아도 언제 어디서든, 행주좌와 行住坐臥, 어묵동정 語默動靜 간에 가능하다고 해서 지하철이나 버스로 이동하든 걷든 그 시간을 활용하여 공부를 하자는 것이었습니다. 일종의 독학입니다. 선지식을 곁에 두고 수시로 점검을 해야 한다고 하지만, 현실이 어디 그렇습니까. 그래서 이런 편법을 생각했던 겁니다. 어쨌거나 이번 일로 새삼 인연의 오묘함과 그것을 묶는 약속의 의미에 대해 다시금 생각하게 됐습니다. ○○ 스님을 알게 해준 분은 국내 유명 선원의 또다른 스님입니다. 그날 전시회에 ○○ 스님과 동행한 것이지요. 두 분은 출가 동기라고 합니다. 친구의 소개로 이 스님과는 이미 인연이 있었습니다. 그러니 친구와의 인연, 소개해준 스님과의 인연, 파일을 보내주신 ○○ 스님과의 인연, 그리고 이런 인연들을 통한 송담·전강 스님과의 시공을 넘은 법연法緣. 세간에서는 네트워크 이론으로 설명하지만 단순히 그런 것만도 아닌 거 같습니다. 알게 모르게 맺어진 참 좋은 인연, 선한 순환, 아름다운 약속입니다.

요즘 힘드냐?

지난 주말은 걸었습니다. 걷다니 무슨 소리냐고요? 그냥 걸은 거지요. 어디를 걸었냐고요? 용인에서 서울까지 걸었습니다. 운동 삼아 걸었냐고요? 맞습니다. 근래 들어 유행하는 걷기가 어떤 맛인지 알고 싶어 꽤 먼 거리를 걸어보았습니다. 매주 광교산 등산만 하다가 똑같은 코스가 따분해 한번 장거리를 걸어보자고 작정했던 것이지요. 개천변의 잘 닦인 걷기 전용 포장길을 타고 멀리 서울까지 걸었던 것이지요. 벌써 오래전부터 생각은 있었지만 게을러서 그런지, 다른 일상처럼 생각과 몸이 따로 노는 습성 때문인지 실행에 못 옮기다가 지난 토요일에 저질렀던 겁니다.

아파트 단지를 벗어나면 바로 길이 시작됩니다. 생각보다 만만치 않더군요. 등산하는 것과는 아주 달랐습니다. 뛰는 것과도 또 달랐습니다. 마냥 걷는 것이 뭐 힘들 게 있을까 했는데 서너 시간이 넘어가니까 그동안 등산으로 단련되고, 오고가며 꽤 걷는 훈련이 되어 있다고 자신했는데도 영 딴판이었습니다. 사용하는 근육이 달라서 그런 것 같습니다. 등산을 해도 웬만해서는 그때뿐이지 알이 배거나 근육통이 생기지 않았는데 이번에는 며칠 동안 다리가 불편했습니다. 통상 허벅지나 장딴지, 아니면 무릎관절이나 발목이 아파야 하는데 특이하게도 무릎 뒤의 오금에 알이 박혔습니다. 과거 장거리 행군을 할 때는 발바닥에 물집이 잡혀 고생했는데, 이제는 신발이 좋아져서 그런지 그런 현상은 생기지 않더군요.

본래는 수지에서 양재까지 갈 생각이었으나 서울 경계선을 넘자마자 포기하고 차를 탔습니다. 이미 일곱 시간 가까이 되었고, 다리는 아프고 허기도 졌습니다. 날도 아주 스산했습니다. 기온은 별로 낮지 않은 것 같은데도 쌀쌀함이 은근히 옷 속을 파고들었습니다. 운동하기 딱 좋은 날일 수도 있지만, 그건 뛰거나 등산할 때처럼 땀이 나는 경우고 걷기에는 아무래도 화창한 날만 못했습니다. 그래도 사람들은 적지 않았습니다. 걷는 사람도 많았고, 자전거 타는 사람도 많았습니다. 나와 달리 대개는 사는 동네 인근 구간을 왔다갔다하는 것이겠지요. 나처럼 무지막지하게 개천길을 백두대간 종주하듯 주파하려는 사람이 얼마나 되겠습니까. 중도에 그만둔 게 이런 이유 때문만은 아닙니다. 무엇보다 가도 가도 끝이 없는 길에 처음과 달리 질려서 그랬습니다.

죽전과 분당 구간은 아주 좋았습니다. 진작 이렇게 편히 걸어볼 걸 하는 생각을 했지요. 자동차 신경쓸 일 없고, 누구와 부딪칠 일 없고, 바닥은 폭신하고, 마냥 딴 생각에 몰입해도 아무런 문제될 게 없었습니다. 양쪽 모습은 거의 전부가 아파트 숲이었습니다. 개천은 넓어졌다 좁아졌다를 거듭하면서도 갈수록 수량이 많아졌습니다. 인공적으로 꾸며놓은 조경은 하나같이 거기가 거기였지만 나름대로 공들인 흔적이 역력했습니다. 하지만 사람을 질리게 했습니다. 처음 해보는 장거리 걷기인데도 신선하지 않고 음식에 물리듯 질리고 만 것은 처음부터 끝까지 인위의 연속 때문인지 모릅니다. 그러니 체력에서 뒤졌다기보다는 심적으로 포기, 아니 그보다는 흥미가 없어졌다는 게 더 정확하겠지요. 다른 일과 마찬가지로 좋은 것도 오래 하니 너무 지겨웠습니다. 걷는 거라고 다를 건 하나도 없었습니다. 저는 너무나 당연한 걸 일부러 사서 다시 한번 확인한 겁니다. 앞으로 다시 걷게 될 때도 관건은 다리가 아니라 마음일 것 같습니다. 가도 가도 끝이 없을 것처럼 오직 앞으로 앞으로만 전개되는 일직선의 유사한 풍경이 있는 곳은 사전에 마음의 준비를 따로 해야 할 것입니다.

혹시 사람 사는 것도 결국 이렇게 진부함을 걷는 게 아닐까요? 지겹고 지겨운 반복을 거듭하는 게 사는 거 아닙니까? 하루의 반복과 일주일의 반복, 한 달, 분기, 반기, 일 년이 전부 반복의 연속이고, 진부의 재포장 아닌가요? 누구는 살아도 살아도 새롭다고요? 모르지요. 알 수 있나요. 이렇게 진부한 길을 걷고 걷고 또 걷다가, 자전거를 세워놓고 쉬는 사람에게 남은 길을 물었더니 고개를 갸웃했습니다. 왜 그들은 하나같이 나잇살이나 먹은 것 같은데도 민망하게 앞이 툭 튀어나온 쫄쫄이 바지를 입고 타는지 모르겠습니다. 그걸 안 입으면 자전거를 탈 수 없는 건지……. '어디까지 간다고요? 양

196

재역을 가려거든 위로 올라가서 대로로 가시지요. 그래도 한 20킬로 가야 될 겁니다. 이 길로 계속 가면 잠실운동장이 나오는데…… 중간에 탄천하고 양재천하고 갈라지고…… 양재역은 거기서 또 한참 걸어가야 돼요.'

그는 무척 안쓰럽다는 표정이었습니다. 운동 삼아 걷는 거라며 수지에서 출발했다는 내 말에 놀란 듯한 표정을 지은 그 사람은 여전히 내가 안돼 보였던 모양입니다. 물어본 결과 아무래도 목표지점까지는 그때부터도 최소 두 시간 이상은 더 걸어야 할 것 같았습니다. 목표에 특별한 의미가 있는 게 아니라 집으로 돌아가는 버스정류장이 양재역 네거리에 있기 때문입니다. 안 되겠다 싶어 나중에 또 걸으면 되지, 이렇게 악착같이 걸을 이유가 있나 하는 생각이 들더군요. 그만 접었지요. 다음을 기약하면서 말입니다. 사람 사는 것도 이렇게 살아보다가 여의치 않으면 그만 접고 다음을 기약하면 어떨까요. 그러면 아무리 반복이 돼도 진부하거나 식상하지 않을 것 같습니다.

그런데 왜 걸어볼 생각을 하게 됐냐고요? 주변에서 하는 얘기를 들었지요. 걷기와 자전거 전용도로가 수지, 분당, 성남, 서울까지 전부 연결되어 있다는 겁니다. 탄천과 양재천, 한강, 그리고 끝까지 가면 김포가 나오는 것이지요. 하지만 어디까지나 인프라가 그렇다는 것이지, 단지 그 때문에 걷기에 나섰겠습니까. 느닷없이 걷자고 든 이유는 따로 있습니다. 걷다보면 가라앉지 않을까 싶은 기대가 있었습니다. 그게 뭐든지 말입니다. 하지만 저를 둘러싸고 그림자처럼 따라다니는 부정적인 온갖 상념들이라는 게 맞을 겁니다. 한마디로 떨치고 싶은 삶의 조건들일 겁니다. 운동이 되는 효과는 그저 따라오는 거겠지요.

그러고 보면 '운동 삼아'라는 말이 참 재미있습니다. '운동 삼아'는 운동이 목적인지, 아니면 곁다리로 붙는 다른 게 목적인지 아리송합니다. 운동 삼아 걷는다거나 운동 삼아 대중교통을 이용한다, 또 운동 삼아 무얼 한다고 할 때 운동이라는 말은 갑자기 모호해지면서 회색으로 바뀌게 됩니다. 그날 저는 운동 삼아 걸어갔지만 진짜 운동을 했는지, 생각을 했는지, 운동 때문에 당연히 따라붙는 생각이었는지, 생각을 위한 운동이었는지 역시 분명치가 않습니다. 시작은 갑갑한 마음에 했지만 걷다보니 그 생각과 걸음이 막 엇갈렸고, 나중에는 생각이 사라지고 걸음만 남더군요. 생각은 그냥 온데간데없고 걸음걸음만 계속되더군요. 그런데도 온 세상이 다 생각 속의 일이라고요? 일체 만유가 전부 마음의 조화라고요? 마음 밖에 부처가 없다고요? 해보니 그렇지도 않던데요. 그날 걸어보니 발단은 생각이었지만 고달픔이 어느 정도에 이르니 몸만 남기에 하는 말입니다.

생각도 마음도 처음에는 몸과 어울리다가 때가 되니 슬그머니 사라졌습니다. 편할 때는 온갖 생각이 창궐하고 몸을 지배하지만 조금 힘들어지니 바로 자리를 비켜주었습니다. 그럼 걷다가 지겨워진 건 마음인가요, 몸인가요? 마음이라면 마음 혼자 그리됐나요? 몸이 시켜 마음이 그리된 건 아닌가요? 현실의 고달픔이 순전히 마음만 다스린다고 없어지나요? '운동 삼아'는 몸인가요, 마음인가요? 모르겠습니다. 걸을 때는 무언가 가라앉혔는지 몰라도 그러고 나서 집에 돌아오니 이래저래 해가 질 무렵이었습니다. 다시금 우울함이 땅 그림자처럼 길게 몸을 늘이고 있었습니다. 전날 저녁의 해소되지 않은 숙취를 안고 걸어나온 아파트 단지를 숙취보다 더 독한 흐릿함을 안고 걸어들어갔습니다. 오금이 당기는 작열감만 장시간 걸은 뒤에 얻은 전리품마냥 남아 있었습니다. '운동 삼아'의 운동 효과가 톡톡히 나타난 것이지요. 보다 중요할 것 같은 다른 효과는 있었는지 없었는지 자신 있게 말할 수 없습니다.

분당 정자동쯤이었나 봅니다. 옆으로 위압적인 주상복합건물들이 이스터 섬의 모아이 석상처럼 서 있었습니다. 모아이들은 탄천을 걷고 뛰는 개미 같은 인간들의 속사정을 묵묵히 내려다보고 있었습니다. 저 역시 이미 다리가 뻣뻣해지면서 그 시선을 받는데 전화가 울렸습니다. 여러 해 전 퇴직한 선배 한 분이었습니다. 오랜만의 그냥 안부전화였습니다. 뭐하냐고 해서 걷고 있다고 했습니다. 집에서 양재까지 걸을 작정으로 지금 분당을 지나고 있다고 하니까, 이랬습니다. '요즘 많이 힘드냐?' 그날 내가 어디 이상했습니까? 걷는다고 하니까 대뜸 힘드냐고 하는 겁니다. 걷는 게 힘드냐는 말이 아니라 사는 게 힘드냐는 거였습니다. 허물없는 사이라서 별 생각 없이 하는 얘기였겠지만 재미가 있더군요. 맞기는 맞습니다. 단박에 상황을 진단하고 있으니 선배는 역시 선배입니다.

단지 건강만을 위한 일상의 반복운동이라면 그렇게 종주 걷기를 무슨 맺힌 거라도 있는 것처럼 하지는 않았겠지요. 내가 봐도 그렇습니다. 둘러싸고 있는 삶의 벽이 영 돌파되지 않으니 일종의 몸부림을 그런 행위로 나타낸 것일 수도 있습니다. 그렇지 않으면 무엇 때문에 그 단조로운 포장길을 아무리 개천변이라고는 하지만 공기 좋은 자연의 강변도 아닌데 일곱 시간씩이나 기를 쓰고 걷겠습니까. 걷고 또 걷다보니 지겨워지고, 그 지겨움이 나를 더 힘들게 하고, 힘들어서 아무 생각도 안 나고, 그래서 무언가 비우고 지우고, 내려놓은 게 되고……. 이 모든 걸 싸잡아 선배는 '요즘 힘드냐'고 했던 것입니다. 내가 너무 복잡하고 심각하게 사는 게 아닌가 싶습니다. 아니, 그보다 솔직하지 않았다고 하는 편이 나을 것 같습니다.

이 시대를 사는 사람 중에 힘들지 않은 사람이 어디 있겠습니까. 나보다 훨씬 열악한 환경에 처한 사람도 이 사회에 얼마나 많습니까. 그런데 말이죠. 힘드냐는 그 말을 듣는 순간 저는 찔끔했습니다. 얼버무리면서 딴 얘기를 했습니다. 삶에도 솔직하지 않고 맞는 얘기에도 솔직하지 못했습니다. '좀 힘드네요' 하면 될 걸 가지고 말입니다. 설령 힘들더라도 그걸 이기겠다고 그렇게 걸을 수 있다는 게 얼마나 다행이고 축복입니까? 진짜 비워지는지, 마음이 풍요로워지는지, 이런 건 그리 중요한 게 아닙니다. 나는 그 순간 왜 그런 생각을 못했을까요. 그 장시간을 걸을 수 있는 건강한 몸이 있다는 것은 외면하고 마냥 힘들다고만 생각했고, 꼭 걸어서 위안을 받으려고만 했으니 말입니다. 사실 힘들다는 것의 정체도 불분명합니다. 상습적인 불안감인지 우울함인지 돈인지 뭔지 말입니다.

그러고 보면 걸은 효과가 있긴 있는가 봅니다. 생각으로 꽉 차 마음만 앞서가다가 걸음과 마음이 엇박자를 내고, 나란히 동행하다가 나중에는 걸음 혼자만 남는, 몸과 마음의 무려 일곱 시간짜리 동행이 건강이 받쳐주지 않으면 어떻게 가능하겠습니까. 이런 몸이 있는데 가라앉힐 것은 무엇이며, 내려놓고 비워야 할 것은 또 무엇이 겠습니까. 나는 가지고 있는 것은 계산하지 않고 없는 것만 계속해서 탓을 하는 바보인가 봅니다. 단순한 걸 필요 이상으로 심각하게 만드는지도 모릅니다. 앞으로는 아닌 척하지 말고 '예, 조금 힘듭니다', 그래야 되겠습니다. 내가 무어라고 하든, 어떻게 처신하든 선배가 그랬던 것처럼 남들은 나를 속속들이 들여다보고 있을 겁니다. 내가 주변 사람들을 나름대로 그렇게 보고 있듯이 말입니다. 그러니 굳이 무슨무슨 척할 필요는 없겠지요. 있는 그대로 아프면 아프고, 힘들면 힘들고, 좋으면 좋고……. 뭐, 그렇게 살아야겠습니다.

그것이 지난 주말처럼 억지로 작심하고 먼 거리를 걷지 않아도 내 삶을 가라앉히고 비우고 덜어내는 방법 아니겠습니까. 그러고 보면 정자동 주상복합건물들이 위압적으로 날 내려다본 것도 다 이유가 있었던 것 같습니다. 탄천길을 걸어가는 많은 인간들 중에 유독 못나 보였던 거겠지요. 봄도 다가오는데 날 잡아 한번 운동 삼아 걸어보길 권합니다. 하지만 꼭 '운동 삼아' 해야 되는 겁니다. 그리고 어디선가 요즘 힘드냐고 물어보면 반드시 그렇다고 해야 오금에 알이 배는 의미가 있을 겁니다.

허리 아픈 날

허리가 아파 긴 휴가를 내고 모처럼 집에 있으려니 무척 갑갑합니다. 몇 년에 한 번씩 허리 병으로 고생하곤 하는데 지난주에는 쓰레기 분리수거를 하다가 그만 삐끗한 것 같습니다. 전에는 사나흘 정도면 털고 일어났는데 이번에는 근 열흘이나 갑니다. 연휴도 겹쳤겠다, 중간 중간 휴가를 끼워넣었더니 여름휴가 이상으로 오래 놀게 됐습니다. 아프다는 핑계로 어디 멀리 나갈 일도 없으니 하는 일 없이 먹고 노는 걸 좋아하는 평소의 제 취향을 만끽할 수 있어 좋았습니다. 하지만 처음 하루 이틀과 달리 이내 무료해지기 시작했습니다. 이런 경험이 없는 건 아니지만 노는 일에 너무 쉽게 싫증을 내고 말았습니다. 노는 일에는 남들보다 경쟁력이 있다고 자신했지만 반드시 그렇지도 않은 것 같습니다.

아내도 외출하고 텅 빈 집에서 소파에 드러누워 있으니까 걸핏하면 잠이 쏟아집니다. 손에 든 책의 진도는 마냥 헛돌아 출퇴근길 지하철 안의 30분보다 오전 내내의 효율이 훨씬 못합니다. 시간은 참 잘도 갑니다. 사무실 같았으면 벌써 점심 먹고 들어와 앉아 있을 시간인데, 아직 세수도 안 한 얼굴을 하고 있습니다. 무엇에 몰입하면 시간이 순식간에 지나가지만, 이렇게 마냥 한가해도 그 못지않은 걸 알 수 있습니다. 고요한 공간, 익숙한 집안 정물이지만 까닭 없이 낯설게 느껴집니다. 이 무심한 공간에서도 시간은 쏜살같이 흘러갑니다. 동일한 시간이지만 아무것도 하지 않는 무위의 시간일 경우 시간을 허비했다는 생각이 듭니다. 사람들은 무엇이든 매달려야 의미가 있다고 여깁니다. 아무것도 하지 않으면 불안해집니다. 먹고 놀았다고 말입니다. 그렇게 오랜 기간 학습하고 길들여져 있습니다. 그러나 과연 시간이 흘러가는 것을 두고 무의미하거나 허비했다는 말이 맞는 것인지 모르겠습니다. 시간은 다만 시간일진대 말입니다. 그러다보니 불과 며칠이나마 무리들로부터 홀로 떨어져 있는 데 따른 불안감과, 이렇게 지내도 되나 하는 자책과, 그냥 출근할까 하는 미련이 텅 빈 거실 공간을 맴돌게 됩니다. 불안, 자책, 미련⋯⋯. 아마도 이런 감정들 역시 그냥 이루어지는 정신작용이 아니라 길들여진 것일 겁니다.

허리 아픈 것에 대해 의사는 이렇게 말했습니다. 일정한 시간이 경과하면 자연스럽게 아프게끔 되어 있다고 말입니다. 허리를 둘러싼 근육이 오랜 시간의 과부하와 혹사와 무리 등을 전부 기억하고 있다가 특정 계기를 만나 표출되는 지극히 정상적인 신체활동이라는 것이었습니다. 말하자면 허리가 몸살을 앓는 것이겠지만, 의사는 부득부득 그렇게 설명했습니다. 그러니 아픈 걸 나쁘다고만 여기지 말고 잘 다스리라는 것이었습니다. 그럴 거 같으면서도, 그러면 어떻게 해야 하는지 모호한 그런 말이었습니다. 시간이 지나면 아프다는 점에서 허리 아픈 것과 시간의 사이에도 분명 상관관계가 있습니다. 시간이 지나 아픈 건지 아파야 시간이 지난 건지 분명치 않기는 하지만, 허리 아픔은 그때마다 라운드 걸의 팻말처럼 제 삶의 한 매듭이 지났음을 성실하게 알려줍니다. 그래서 이렇게 긴 휴식기간을 갖는 것도 공이 울리면 다시 튀어나가려는 준비라고 할 수 있습니다. 하지만 라운드를 거듭할수록 투지가 점점 사위어가는 것을 느낄 수 있습니다. 불안과 후회가 그 자리를 대신하고 있는 걸 알아차리고는 허리 아픈 것보다 쓸쓸함이 더 앞섭니다.

언젠가는 놀아야 합니다. 지금 일하는 것은 무위도식으로 가는 준비입니다. 어쩌면 우리가 지금 부딪치고 갈등하고 고뇌하는 일상은 무위도식을 잘하기 위한 경쟁일지도 모릅니다. 사는 게 죽는 과정이라고 하듯이 결국 놀기 위해 일하는 것이라고 할 것입니다. 그러니 노는 건 나쁜 게 아닙니다. 선악이나 시비로 따질 수 없습니다. 오직 노는 연습이 필요할 뿐입니다. 그동안 나는 이렇게 노는 연습을 한다고 했습니다. 주변의 누구보다 많이 했다고 생각하는데, 이번 경우처럼 힘든 경우는 처음 겪습니다. 전에는 잘 놀아졌는데 왜 이제는 그렇지 않은가, 이상하지 않습니까? 하는 일 없이 빈둥빈둥하기는 마찬가지인데 말입니다. 단지 허리가 아파서 그렇다? 허리가 아파서 아무 일 없이 노는 거나, 멀쩡해도 하는 일 없이 노는 거나 노는 건 노는 거지 다를 게 있겠습니까. 그런데도 많이 힘듭니다. 노는 게 쉽고 편한 게 아니라 힘들고 어렵다는 걸 실감할 수 있습니다. 이전의 노는 것과 지금의 노는 여건이 달라서 그렇지 않나 싶습니다. 작년만 하더라도 일주일 이상의 휴가를 별 어려움 없이 보냈지만 올해 들어 그렇지 않은 건 모르긴 몰라도 삶의 여건 때문일 것입니다. 미미한 것 같지만 일 년 동안 그만큼 열악해졌음을 반영하는 것입니다. 줄어든 희망의 몫만큼 포기의 몫이 커졌다는 것일 겁니다. 불과 일 년 사이에 희망과 포기의 비중이 포기 쪽으로 급속히 기운 것이 그 원인일 것입니다.

희망과 포기는 하나만 얘기하면 됩니다. 동전의 양면과 같은 것일 테니까요. 희망은 욕망입니다. 욕망의 충족이 뜻대로 되지 않으면 포기하는 겁니다. 누구나 욕망의 충족을 위해 삽니다. 욕망은 꿈일 수 있고, 기대일 수 있고, 현실의 소박한 바람일 수도 있습니다. 그런 욕망의 실현이 별 가능성이 없어 보일 때, 반반일 때, 보다 분명해졌을 때 삶의 심리적 조건은 확연히 다를 수밖에 없을 겁니다. 그에 따라 노는 것도 달라집니다. 희망이 넘치면 노는 게 꿀맛 같습니다. 희망이 별로 없거나 상실감이 커 회복이 불가능하다고 판단될 때 노는 것은 힘이 들 수밖에 없습니다. 최종적으로는 놀 수밖에 없음에도 놀아야 하는 것이 부담스럽고 두려움으로 다가오는 것입니다. 언제든 놀아야 되는 일에 대비하기 위해 일하고자 하지만, 일이 잘 되지 않으면 노는 것이 노는 게 아닌 게 되는 겁니다. 올해 그걸 절절히 느끼고 있습니다. 단지 시간의 탓도 아니고, 그렇다고 허리의 탓도 아닙니다.

그동안 끊임없이 욕망을 하면서도 욕망이 실현되지 않았을 때의 상실감을 이겨내기 위해 욕망을 비우려는 노력을 해왔습니다. 이런 것은 진정한 의미의 욕망 비우기가 아닐 것입니다. 어쩌면 욕망을 이루기 위해 노력하기보다는 욕망이 좌절할 것을 미리 예측해 그걸 이겨낼 훈련을 하고 있었다는 게 보다 솔직한 말일 것입니다. 예측한 만큼 쉽게 참을 수 있을 테니까 말입니다. 패배주의적 사고이거나 부정적이고 비관적이라고 비판을 받아도 할 말이 없습니다. 게다가 욕망은 영원히 채워지지도 않고 비워지지도 않는 속성을 지니고 있습니다. 욕망이 채워진다고 하는 것은 허구이며, 비운다고 하는 것은 오만입니다. 이런 점에서 볼 때 그동안 되지도 않을 것에 대해 허망한 노력을 했음을 알 수 있습니다. 아니면 비움이 철저하지 못해 변명을 늘어놓는 것일 수도 있습니다.

따라서 낯설기까지 한 텅 빈 집안에서 허리가 불편한 것 못지않게 마음이 불안한 건 하나도 이상하지 않습니다. 불안은 완벽히 내려놓지도 못하고 채우지도 못하는 욕망에서 기인한 것이니까요. 앞으로 특별히 욕망할 것도 없는 상태에 놓여 어쩔 수 없이 놀아야만 할 때도 같은 감정에 젖을까 두렵습니다. 할 일을 찾지 못해 두렵고, 어느 정도가 최소한의 삶의 조건이 될지 두렵고, 마침내 찾아들 이별이 두렵고, 외로움이 두렵고, 사회적 체면이 두렵고, 그래서 노는 게 노는 것이 아니게 되는 것이 두렵습니다. 미리 준비를 하려고 노는 연습을 꾸준히 해왔음에도 작년의 그것과 올해의 그것이 현격히 다르다는 점에서 더욱 두렵습니다. 정신적인 준비만으로는 아무래도 한계가 있나 봅니다. 갈수록 노는 내공에 더해 물적 조건이 중요해집니다. 단순히 노는 것이 아니라 노는 일을 하는 것, 그러기 위한 현실적인 조건들, 쉽지 않을 것 같습니다. 그러나 아직도 휴가는 닷새나 남았고, 그때까지는 허리도 좋아질 것이며, 그것이 설령 허망할지언정 나는 다시 새로운 삶의 조건을 욕망할 것입니다. 그 무엇이든 아직은 끝나지 않고 남아 있다는 점에서 현실 삶의 새로운 물적 조건들도 찾아질 것입니다.

산사의 잠자리

여기는 운문암입니다. 백양사에서도 가파르고 위태로운 길로 한참을 올라가 깊은 산중에 포옥 묻혀 있는 운문암은 탈속 그 자체입니다. 멀리 아스라이 무등산이 보이고 그 옆인지 앞인지 구분되지 않는 곳에 조계산이 보입니다. 첩첩이 겹겹이 자리잡은 산줄기가 전망이라면, 양쪽의 산등성이는 운문암의 좌청룡 우백호입니다. 하얀거가 끝난 암자에는 수행자들은 떠나고 물소리와 새소리, 간간이 들리는 매미소리가 전부입니다. 흘러가는 구름도 소리를 낸다면 마치 물소리 같지 않을까 생각해봅니다. 졸졸졸 흘러가는 흰 구름, 우당탕탕 흘러가는 먹구름, 코발트 빛 투명한 하늘은 소리 없는 개울. 아주 아주 적막한 곳입니다.

운문암에도 태풍이 물러가니 더위가 몰려옵니다. 세상을 결딴낼 듯한 거센 폭풍우와 끈끈하게 휘감는 습기가 가시는 대신 숨이 턱턱

막히는 폭염이 물밀듯이 닥칩니다. 하지만 더울 일은 더워야 하고, 비오고 바람 불 일은 또 그래야 끝이 납니다. 자연의 흐름에는 무엇 하나 건너뛰는 법이 없습니다. 등장할 것은 반드시 등장하고 사라질 것은 반드시 사라집니다.

인적이 드문 암자에도 먹구름 사이로 간간이 비치는 햇살을 틈타 여지없이 등장하는 생명이 있습니다. 잠자리입니다. 잠자리가 나타 나는 걸 보면 여름의 끝자락도 얼마 남지 않았다는 걸 알 수 있습니 다. 잠자리는 급한 법이 없습니다. 산사의 시간만큼이나 느긋합니 다. 나는지 조는지, 참으로 무심합니다. 잠자리는 여기저기 기웃거 립니다. 상사초에도, 백일홍에도, 남보다 일찍 나온 코스모스에도, 텃밭의 고추에도 잠깐씩 시간을 할애합니다. 법당 앞 돌계단에도, 마당의 잡석에도, 공양간 문설주에도, 빨아 널은 승복에도 골고루 머뭅니다. 참으로 평화롭습니다. 누가 절간의 잠자리가 아니랄까봐 하늘하늘 삼매에 젖어 있습니다. 가까이 다가가도 멀리 달아나지 않 습니다. 잡힐 듯 만져질 듯 살랑살랑 그렇게 비껴서는 맵시가 곱습 니다. 선글라스를 낀 커다란 두 눈에는 맑디맑은 하늘 그림자가 어 려 있습니다. 문득문득 허공에 정지하는 순간에는 시간도 멈춰 있습 니다. 마땅히 잠자리에게는 사람이 힘겨워하는 더위가 없습니다. 하 늘이 높아지는지, 더위가 사람을 괴롭히는지 아랑곳하지 않습니다. 가을이 다가오면 다른 잠자리와 자리를 교대하겠지만, 이 잠자리에 게는 오직 지금 이 순간밖에 없습니다.

세상에 온갖 생명이 다 있지만 잠자리처럼 순하고 평화로운 것이 있을까요. 생명체든 생명이 없는 사물이든 존재에는 역기능과 순기능이 겹쳐 있기 마련이지만, 잠자리만은 예외인 것 같습니다. 잠자리 그 어디에서도 자연과 순리에 역행하는 모습을 발견할 수 없습니다. 울지도 않고, 해치지도 않고, 번거롭게 하지도 않습니다. 아무도 모르게 조용히 나타났다가 조용히 사라져갑니다. 결코 존재를 과시하지 않습니다. 이런 잠자리는 아이들의 친구가 됩니다. 아이들은 유독 잠자리를 만만하게 여깁니다. 다른 놀잇감들은 무섭다고도 하고 징그럽다고도 하지만 잠자리에게 그러는 아이들은 없습니다. 만만하게 보는 이유는 착하기 때문이며, 비무장이기 때문이며, 바라는 것이 아무것도 없기 때문입니다. 잠자리는 괴롭힘을 당해도 그냥 잠자리일 뿐입니다. 이 더위가 한풀 꺾이고 하늘이 좀더 높아지면 잠자리의 달관은 더욱 깊어질 것입니다. 안거 끝낸 수행승들이 한결 깊어진 불심으로 훌훌히 저 아래 세상 속으로 들어가듯이 잠자리도 자기들의 세상 속으로 들어갈 것입니다.

선방 툇마루에 앉아 이렇게 망연히 잠자리를 보고 있자니 산속에 들어와서도 내려놓지 못하는 무거운 마음이 돌연 부끄러워집니다. 아! 잠자리는 알고 있겠구나. 모처럼의 여유도 세상의 분투를 위한 충전으로 여기고, 간만에 맛보는 정적도 얼마 못 견뎌 무료하게만 생각하는 것을. 그래서 백 마디의 법문이나 설법보다도 잠자리의 몸짓이 더 의미 있게 다가옵니다. 너도 나처럼 날아봐. 너도 나처럼 가벼워져봐. 너도 나처럼 버려봐. 너도 나처럼 머물지 말아봐……. 그렇지만 강요하지 않습니다. 잠자리는 아무 말도 하지 않습니다. 잠자리는 그저 담담합니다. 잠자리는 저처럼 먼 산도 쳐다보지 않습니다. 공허한 눈빛을 짓지 않습니다. 그냥 있는 듯 없는 듯, 나는 듯 안 나는 듯, 작게 작게, 낮게 낮게 그렇게 살아가야 하는 의미를 던져줍니다. 잠자리는 제 앞에 있는 것만으로 충분합니다. 저는 숨죽여 쳐다봅니다.

삶이 갈수록 무뎌지는 것 같습니다. 절망도 무뎌지고 상실도 무뎌집니다. 그만큼 희망도 무뎌집니다. 저는 그동안 반복되는 자극에 길들여지는 것을 초월이나 하심으로 생각하지 않았는지 모르겠습니다. 무심한 것과 무뎌지는 것은 엄연히 다를 겁니다. 세상은 알면 알수록 막막해집니다. 명료해지면 명료해질수록 혼란스럽습니다. 나이가 들어갈수록, 선배가 되어갈수록 사람과의 대화에서 자꾸 벽을 느끼게 됩니다. 마음껏 할 수 있는 말이 갈수록 줄어듭니다. 근래 들어 소통의 한계, 관계의 한계를 절실하게 느낍니다. 그런 상태에서 짬을 내어 산사로 떠나왔습니다. 거기서 스님과 이런저런 대화를 나누었습니다. 아니나 다를까, 세상에서 도피해온 사람에게 그는 세상을 얘기했습니다. 저는 산을 얘기하고 싶었고, 스님은 세상을 얘기하고 싶었습니다. 어쩌다가 온 사람은 산사의 비일상을 즐기지만, 비일상이 일상인 사람은 가급적 벗어나고 싶은지도 모릅니다. 안거가 해제되면 스님들은 그날로 부랴부랴 산을 내려간다고 합니다. 세상이 그리운 겁니다. 출가자 역시 세상과 절연할 수는 없는 겁니다. 세상을 바탕으로 세상 밖에 있는 것입니다.

산이 그리운 사람과 세상이 그리운 사람. 주된 그리움이 어떤 것이냐 하는 차이는 있어도 그리워하며 사는 것은 마찬가지입니다. 땅에서 넘어진 자, 땅 짚고 일어서야 한다고 합니다. 세상에서 입은 상처, 세상에서 치유할 수밖에 없습니다. 세상의 절망이나 갈등은 세

211

상의 일일 뿐 산사의 일은 아닙니다. 무뎌지는 일상을 가다듬자고 찾아든 산사는 무심한 잠자리만큼이나 제 일상에 무심했습니다. 잠자리도 어느덧 사라지고 하얀 뭉게구름이 산기슭을 타고 넘을 무렵, 아래 절에서 올라온 여학생들의 웃음소리가 까르르 까르르 무너지며 산사의 적막을 흔듭니다. 무엇이 저리 즐거운지, 무엇이 저리 우스운지. 흰 구름이 즐겁고, 새소리가 재미있고, 스님의 우스갯소리가 기쁩니다. 하지만 나를 쳐다보는 눈빛에서는 두려움과 연민이 묻어납니다. 공연히 무섭고 어렵고 부담스러울지 모르며, 정체를 알 수 없는 어른의 쓸쓸하고 괴괴한 분위기가 이해되지 않을지도 모릅니다. 그러고 보면 소녀들에게 아래 세상에서 올라온 나는 어른이지만, 산 위의 스님은 어른이 아닌가 봅니다. 어른이 잠깐이나마 아이가 되자고 찾은 산사이지만 아이들 눈에는 내가 여전히 어른으로 비치는가 봅니다. 하기야 머릿속에서는 계산이 떠나지 않는데, 올라와서도 내려가서의 일을 생각하는데, 어른이 아닐 수 있겠습니까.

스님은 모처럼 왔으니 푹 쉬다 가라고 합니다. 도무지 나는 푹 쉬는 것을 모르겠습니다. 몸이 쉬어본 적은 많아도 머리가 쉬어본 적은 없습니다. 어떻게 하는 것이 쉬는 것인지 알 수가 없습니다. 학창 시절 전혀 배운 적이 없는 데에서 나온 문제를 앞에 두었을 때의 막막함, 그런 기분이 듭니다. 마당을 거닐기도 하고, 툇마루에서 멀리 전망을 헤아리기도 하고, 짐짓 생각을 멈추려고도 하고, 멍청히 있어보기도 하고, 낮잠을 청해보기도 하지만 그것이 푹 쉬는 것인지는 모르겠습니다. 쉬고 나면 어딘가 개운하고 뿌듯해야 하는데 그런 기분은 조금도 들지 않고, 대신 아련한 우울함과 가슴 한구석 먹먹함이 제 몸을 운무처럼 휘감습니다.

저녁 공양 이후 다시 잠자리가 나타났습니다. 해질 무렵이면 세상에서나 산 위에서나 잠자리는 석양을 물들이게 되어 있습니다. 석양의 잠자리는 통상 하늘 높이 나는 법인데, 산사의 잠자리는 그저 한낮의 여유로운 모습 그대로인 게 다를 뿐입니다. 좋은 인연, 좋은 여름입니다.

그리운 것들

1960년대 중반의 일이니 벌써 50년이 다 돼가는 얘기입니다. 온종일 기찻길에서 뛰어놀던 한 아이가 있었습니다. 그 기찻길은 인천 항에서 하역된 악수하는 손이 그려진 면화나 밀가루 구호품을, 때로는 시커먼 석탄을 실은 화물차와 객차가 섞여 지나가던 철길입니다. 아이는 침목을 하나씩 깨금발로 뛰거나, 간격이 고르지 않으면 한꺼번에 두 개, 간격이 커서 발걸음이 못 미치면 두 번에 걸쳐 철길을 뛰며 놀았습니다. 그런가 하면 선로를 타고 중심을 잡으며 얼마나 오래갈까를 두고 혼자서 내기를 하곤 했습니다. 아이의 눈에 기찻길은 한도 끝도 없이 뻗어 있었습니다. 앞으로 계속 가면 어디가 나올까 궁금했으며 뒤쪽으로는 또 어딜까 궁금했습니다. 해질 무렵이면 기찻길로 커다란 매가 저녁거리를 찾으러 선회하고 있었고, 때맞춰 엄마는 아무개야 밥 먹어라 하며 부르고는 했습니다.

어린아이에게 기찻길은 세상의 전부였습니다. 세상 어디를 가나 철길이 있고 기차가 다니는 줄 알았습니다. 조금 커 학교를 가면서부터 아이는 그 기찻길을 따라 통학을 했습니다. 아이로서는 그 구간이 꽤 긴 거리였지만 어른들 발걸음으로는 아마 10분 남짓이었을 것이며, 그다음부터는 주택가 골목길을 지나 큰 신작로로 나서야 하는 통학길이었습니다. 아이는 학교 가던 중에도 심심하면 가지고 있던 못을 기차 오는 시간에 맞춰 선로 위에 올려놓고 귀를 대곤 했습니다. 은은히 들려오는 진동으로 기차가 멀지 않은 데서 다가오고 있음을 알았습니다. 잠시 후 빠-앙 소리가 들리면 얼른 선로 옆으로 비켜섭니다. 옆이라고 해봐야 막자갈이 깔린, 곁에는 잡풀이 듬성듬성 난 오솔길입니다. 또 그 옆으로는 한달음에 뛰어넘을 수 있는 도랑이 있었고, 도랑 건너 언덕배기에는 다닥다닥 판잣집과 도당집, 그리고 조금 잘사는 슬레이트집들이 들어서 있었습니다. 도당집은 드럼통을 두들겨 펴서 지붕을 올리거나 울타리를 친 집을 말합니다. 지나가는 기차에서 손을 내뻗으면 지붕 처마에 닿을 수도 있었을지 모릅니다. 아이는 기차가 지나간 후 납작해진 못대가리를 돌에 갈아 썰매 꼬챙이로 쓰거나 형들이 그러듯 용도가 분명치 않은 주머니칼을 만들었습니다. 거기가 아이가 살았던 기찻길 옆 오막살이 동네입니다.

그곳 집들은 주로 선로변 쪽으로, 그러니까 동네 바깥쪽으로 거적이나 가마니를 씌운 변소를 내놓고 있었으며, 너절한 빨래들이 지나가는 기차를 환영이나 하듯 손을 흔들고 있었습니다. 포장이라는 건 애초부터 없어서 녹슨 울타리와 변소 옆으로도, 한 사람이나 간신히

지날 수 있을까 싶은 골목길에도 나팔꽃, 명아주, 패랭이, 코스모스, 억센 잡풀 같은 것들이 피었다기보다는 그냥 섞여 비집고 나와 있었습니다. 그 동네는 또래 아이들이 무척이나 많았습니다. 집집마다 최소 서너 명씩은 있었으며, 대부분 부모들은 낮에는 먹고사느라 보이지 않았고, 위 아이가 아래 아이를 돌보며 놀았습니다. 지금은 기찻길 옆 오막살이가 낭만적으로 들리지만, 당시 그들에게는 치열하고 신산함이 밴 서글픈 삶의 터전이었습니다.

천천히 지나가는 화물차에 뛰어올라 앞의 그 악수하는 그림이 그려진 부대를 밖으로 내던지는 청년들이 있었고, 그걸 기다려 들고뛰는 그보다 작은 형들이 있었으며, 화물의 경비는 도둑 잡으라고 쫓아가고, 여자들은 형들이 옮겨온 부대를 집집으로 빼돌렸고…… . 아이는 그런 걸 보면서 커갔습니다. 서부영화의 열차강도가 일찍부터 일상화된 동네였으며, 그걸 무슨 죄라고 여기지도 않았던 시절이 아이의 어린 시절이었습니다. 철길 옆 동네는 기차 경적소리 때문에 아이가 많다고 하지만 아이네 집은 그렇지도 않았습니다. 아이를 빼고는 이북에서, 섬에서, 그렇게 낳아가지고 왔던 것이지요. 지금은 아파트와 연립주택들이 들어서서 동네의 흔적을 찾기 어렵지만 경인선이 있는 한, 그 일대 자체는 없어지지 않을 것입니다. 지금의 인천역과 동인천역 사이라고 보면 될 것이며, 전철이 생기기 훨씬 이전의 일입니다.

그리고 이사를 간 곳이 또 기찻길 옆이었습니다. 이번 집은 루핑을 씌운 판잣집이 아니라 낡은 재생기와를 올린 집이었습니다. 명색이 기와집이면서도 마루가 없었으며, 역시 울타리도 없었고, 변소를 옆집과 같이 쓰는 것도 이사 오기 전의 집과 마찬가지였습니다. 차이가 있다면 집에서 얼마 떨어지지 않은 곳에 염전이 있었다는 것이며, 어른들은 밀물 때 하수구를 겸한 개울을 따라 바닷물이 들어오면 집 앞에서 투망을 쳐 망둥이나 숭어를 건어올렸습니다. 그게 아이한테는 신기했습니다. 염전에는 당연히 소금창고가 있었고 아이는 또래 아이들과 어울려 그곳을 아지트 삼아 여자애들 고무줄도 끊고 딱지도 빼앗는 등 악동 짓을 일삼았습니다. 염전도, 제방 옆의 갯벌도 얼마 안 있어 다 매립되고 나중에 그곳이 그 유명한 연안부두가 된 것이지요.

참 웃기는 게 연탄공장도 집 뒤에 있었다는 겁니다. 서로 담을 등진 공장 마당에는 시커먼 석탄이 가산假山을 이루고 있었고, 바람 부는 날이면 탄가루가 꽃가루처럼 날아다녔습니다. 엄마가 어떻게 빨래를 하고 널었는지 아이는 지금도 알지 못합니다. 염전과 투망, 연탄공장……. 도무지 어울리지가 않습니다. 게다가 집과 공장 옆으로 기찻길이 쭈욱 나 있었는데, 기차가 들어오는 쪽이 시골이었고 시내 방향이 종점이었습니다. 염전은 염전대로 소금을 실어나르던 아주 좁은 철길을 가지고 있어서 이래저래 기찻길과 아이는 떼려야 뗄 수가 없었습니다. 지금도 지명이 남아 있는 수인역 일대입니다. 이제는 없어진, 요즘 다시 송도 어디부턴가 복원한다는 수인선 협궤열차의 인천 쪽 출발지입니다.

거기는 기찻길 양쪽으로 시장이 섰습니다. 시장이면서 역이고 역이면서 시장이었습니다. 이 수인선을 타고 군자, 소래, 남동 등 아스라한 어촌마을에서 이고 지고 온 묵은 김치나 장아찌, 젓갈류, 마른 생선들……. 깨, 고추, 콩, 녹두, 수수……. 이런 것들로 시장이 섰던 것이지요. 할머니, 아줌마, 아저씨 들 모두 가지고 온 물건을 다 팔면 생필품을 사가지고 다시 그 기차를 타고 돌아갔기 때문에 기찻길 옆으로는 고정된 상권이 형성되기도 했습니다. 전형적인 재래식 상가로 옷가게, 기름집, 떡집, 미곡상, 잡화점, 식육점, 이발소가 들어섰고……. 아이들 주전부리를 파는 노점상들도 많았습니다. 강아지나 병아리, 어떤 때는 염소까지 데리고 와 팔았습니다. 도시도 아니고 농촌도 아니고 어촌도 아닌 그런 동네가 아이 생애 두번째로 이사를 간 동네였습니다.

김장철이 되면 임시로 파시가 서기도 했지요. 그러면 아이의 형은 리어카로 배추나 무를 배달해주는 운송업(?)을 시작했습니다. 형제가 전부 달라붙어 끌고 밀고 그랬습니다. 한 푼이라도 벌어야 살 수 있는 형편이었기 때문이지요. 그러다가 추위가 오고 시장에 서리가 내리면 팔다 남은 김장거리의 잔재가 여기저기 패잔병처럼 뒹굴었습니다. 그걸 주워다가 시래기도 만들고 무말랭이도 만들던 곳이 아이가 철들기 전에 살던 동네였습니다. 염전과 연탄공장, 수인선 철길, 바다, 김장시장……. 어째 동네그림이 잘 그려지는지 모르겠습니다.

이 일대는 갯벌과 염전만 일찌감치 없어졌지 나머지는 그다지 변하지 않았습니다. 얼마 전에 가보니 인천의 옛 도심에 속하는 이곳은 시간이 멈춘 듯, 덜 흐른 듯 여전히 흑백으로 남아 있었습니다. 50년 가까운 세월이 흘러 그동안 몇 번의 개축은 있었어도 촌스런 페인트 간판, 미닫이 유리문 앞의 나무 덧문, 나지막하게 쇠락한 시멘트 담벼락은 살림집과 가게를 겸한 채 그대로들 다 있었습니다. 팔다 남은 물건을 덮어두던 야적장에서 국산품 애용을 내세워 푼돈을 뜯어가던 야바위 장사꾼만 어디로들 갔는지 보이지 않았습니다. 오가는 사람도 별로 없는데 여전히 몇몇 구멍가게와 미곡상, 잡화점이 세월을 무릅쓰고 장사를 하고 있을 뿐이었습니다. 가게 앞의 녹슨 수인선 협궤 선로가 예전의 전성기를 뽐내려고 하지만 쓸쓸함만 더해주고 있었습니다. 선로 위에 선반을 올리고 연탄을 쌓아놓은 걸 보면 기찻길로 인정받지 못하는 것이지요. 앞으로 수인선이 복원된다고 해도 이곳까지는 기차가 들어오지 않는다고 해서 더 섭섭한 곳입니다. 그러나 조만간 여기도 재개발이 이뤄진다고 합니다.

섣달그믐이 되면 우리 형제들 간에 치르는 행사가 있습니다. 대개 이런 모임은 부부 동반이기 마련이지만 그 행사에 여자들은 참석하지 않습니다. 아마도 참석을 안 시킨다는 게 더 맞는 얘기겠지요. 우리는 딸이 없는 삼형제이고 그중 내가 막내입니다. 평소에는 허겁지겁 사느라고 전화연락 한번 없다가 명절 전날 저녁이면 삼형제가 모입니다. 그래서 옛날 살던 곳 근처의 추억 아련한 식당을 찾아갑니다. 어느 집으로 갈지는 큰형이 미리 물색해놓습니다. 형제들이 부모님의 손맛과 고향의 분위기를 느낄 수 있는, 과연 장사가 될까 싶을 정도로 요즘은 도무지 찾아보기 힘든 그런 음식점입니다. 수십 년 동안 살을 맞대고 살아온 며느리들이지만 아무래도 여자들은 체험을 공유하기 어렵다고 생각돼 못마땅해하는 큰형수의 눈길을 무시하고 수년째 계속 남자들만의 행사를 하는 것이지요.

그렇다고 뭐 특별한 건 없습니다. 황해도 해안가, 연백이나 옹진을 기반으로 하는 물텀벙이 집이나 마른 복어 매운탕집, 그도 저도 아니면 못살던 시절의 기억이 살아나는 국밥집 같은 곳에서 밥 한 끼 먹는 것이니 말이지요. 국숫집도 좋고, 밴댕이집도 좋고, 건어물 구이나 찜이 나오고 짭짤한 밑반찬이 나오는 곳이면 됩니다. 인천이 다보니 내공이 있는 옛날 중국집도 그만입니다. 거기서 술잔을 나누는 것이지요. 나는 술을 웬만큼 하지만, 형들은 한두 잔이면 왔다갔다합니다. 그래도 말들이 많아지는 건 비슷합니다. 취하는 건 흐뭇한 일입니다. 이제는 초로의 형제들이지만 평소에는 할 말 안 할 말이 엄연합니다. 그런 걸 무시할 수 있는 게 한잔 술이며, 살아온 시절을 더듬을 수 있는 섣달 그믐날의 행사입니다. 그래서 형들도 나 못지않게 그 모임이 기다려지는 것 같습니다.

그 시절에 우리 형제는 참 많은 일을 했습니다. 그믐날 밤 복조리를 돌리고 설날 아침이면 일찍이 수금을 하러 다녔습니다. 메밀묵 찹쌀떡은 밤이 깊어져 사람들이 출출할 만해지면 시장통은 물론이고 그보다 먼 시내까지 들고 나가 팔았습니다. 풀빵 장사, 뽑기 장사, 여름에는 아이스케키, 냉차……. 그 시절 아이와 그 아이의 형들이 할 수 있는 건 거의 다 한 것 같습니다. 돌이켜보면 아버지의 한숨과 어머니의 눈물이 유독 많았던 시절입니다. 그렇지만 이 모든 것도 한잔 술이 걸쳐지면 다 아름답게 채색이 됩니다. 서러움이면 어떻고 애환이면 어떻습니까. 시간이 베푸는 축복이 이런 거겠지요.

지난번에 우리가 모인 집은 박대 매운탕을 하는 집이었습니다. 옹진집. 수인역 녹슨 철길 옆 스러져가는 기와집 대문에 손으로 쓴 간판이 달려 있었습니다. 보신탕과 생선매운탕을 같이 하는 집입니다.

잘 이해가 되지 않는 메뉴 조합이지요. 하지만 어떻습니까. 그믐날이라 그런지 우리 형제들만 있는 한산한 식당의 주인 할머니는 맛도 맛이거니와 양도 넉넉하게 끓여 냈습니다. 딱 우리 형제들의 취향입니다. 어쩌면 우리 형제나 이 할머니나 덧없이 사라져가는 것들과 갈수록 각박하게 돌아가는 세상에 대해 무언가 반발하는 것인지도 모릅니다. 아이의 형제들은 지금 각자 살아가는 모습은 대화에 올리지 않습니다. 말하지 않아도 다 알기에 묵묵히 소주잔을 나누고 맙니다. 그저 어머니가 우리 먹이려고 양푼으로 내던 국수 얘기, 무지막지하게 큰 만두와 녹두부침개, 그런 얘기만 나눕니다.

한파가 몰려오는지 추운 기운이 식당 안으로 스며듭니다. 바깥에서는 바람소리가 거세지만 장판 바닥은 절절 끓고 박대 매운탕 김이 안경에 서립니다. 반닫이 위의 TV에서는 아랫녘에 눈이 많이 온다면서 귀성객 걱정을 하고 있습니다. 고생이 되든 어떻든 우리는 돌아갈 곳이 없습니다. 그리고 지금은 명절이 되어도 찾아뵐 어른이 없습니다. 이렇게 언제부턴가 아이와 그 형제들이 모이는 것으로 한 해살이의 매듭을 대신하지만, 그마저도 얼마나 계속될지는 모르겠습니다.

3

깨
달
음
이

불
편
할

때

경쟁해선 안 될 경쟁

박범신 작가의 근작을 보면 히말라야를 배경으로 한 것이 많습니다. 한때 절필하는 동안 삶의 새로운 정신 영역에 눈을 뜨지 않았나 하는 추측이 됩니다. 굳이 작가여서라기보다 누구에게나 나이가 들면 찾아오는 일반 현상이라고 하겠으나, 박범신의 경우는 히말라야 여행 경험이 사고 전환의 결정적 계기가 된 것이 아닌가 싶습니다. 히말라야가 현실의 삶과 영적 삶을 연결해주는 일종의 영매가 된 것이라고도 볼 수 있겠지요. 근래 들어 지식인 사회에서 그런 사람들을 왕왕 볼 수 있는 걸 보면 역시 히말라야는 모든 종교와 신성의 근원이며 발원지라는 생각이 듭니다.

이런 그의 작품 중에서 우선 소설 『나마스테』를 들 수 있습니다. '나마스테'는 본래 절대자에게 귀의한다는 뜻의 산스크리트어 인사말로 인도와 네팔, 티베트 등 히말라야 주변에서 쓰인다고 합니다.

일상에서는 '안녕하십니까', '건강하십니까' 정도의 평범한 의미를 갖고 있습니다. 이 소설은 신들이 산다는 티베트 북부의 성산 카일라스에서 온 남자와 한국인 여자의 슬픈 사랑을 다루면서 외국인노동자 문제를 부각시키는 사회성 짙은 작품입니다. 그리고 소설『촐라체』도 있습니다. 촐라체 봉을 등정하고 내려오다가 실종된 형제가 극적으로 생환하는 얘기입니다. 그런가 하면 『비우니 향기롭다』라는 여행 산문도 있습니다. 박범신이 히말라야 트레킹을 하며 띄우는 사색의 편지입니다. 작가가 일상을 멈추고 히말라야에 갈 수밖에 없는 실존적 이유가 불교적 사유와 함께 전개되고 있습니다.

오늘은 이상하게 박범신의 작품들을 소개하는 날이 된 것 같습니다만, 이유가 있습니다. 저는 지금까지 다큐멘터리나 책을 통해 히말라야의 풍정을 숱하게 접해왔지만 직접 가볼 기회는 아직 없었습니다. 대신 노르웨이와 캐나다, 뉴질랜드의 만년설과 빙하는 구경한 적이 있기에 8천 미터가 넘는 설산들의 장엄함과 숨막힘이 어느 정도인지는 충분히 짐작할 수 있습니다. 그러나 어디 직접 겪어보는 것만이야 하겠습니까. 하지만 박범신과 또 한 사람 류시화가 전하는 티베트나 네팔의 자연, 그리고 그 땅과 한몸이 되어 살아가는 사람들 얘기를 듣다보면 마치 현장에 있는 것처럼 가슴이 떨리고 아려오는 것도 사실입니다. 그들은 대개 이렇게 얘기합니다. 그들뿐 아니라 히말라야 지역을 여행하고 예찬하는 동서양의 순례자들은 하나같이 이렇게 얘기합니다.

숨이 막힐 듯이 다가오는 산들의 아름다움과 신비로움을 대하다 보면 평소 신을 믿지 않던 사람도 신을 믿게 되고, 영적인 존재나 초월적인 그 무엇에 몸을 떨게 된다고 말입니다. 조상 대대로 그런 신비로운 산에 믿음이든 삶이든 존재의 그 무엇이든 맡겨버리고 그 산과 하나가 되어 살아가는 사람들을 보면 공연히 옷깃이 여며진다는 것입니다. 그러면서 동시에 무엇인가 가슴 저 깊은 데서부터 까닭 없는 눈물이 솟고, 이제껏 살아오면서 부대끼고 갈등하며 문명의 미미한 파편으로 존재하던 내가 마냥 더 왜소해지는 것을 느낄 수 있다고 합니다. 존재가 작아진다는 것은 겸허해진다는 걸 의미합니다. 겸허해지면 다시 존재가 커집니다. 거대함에서 보잘것없음을 자각하고 자아를 내려놓으면 존재는 다시 커지게 되어 있습니다. 거대함과 장엄함 앞에서 자아가 작아짐으로써 커지는 현상을 겪게 되는 것입니다. 그렇습니다. 이게 바로 깨달음일 것입니다.

저는 이렇게 간접적인 체험을 통해 히말라야의 영성을 접해오고 있습니다. 언젠가는 나도 한번 가보겠지. 마침내 잡다한 일상을 떨치고, 무의미한 삶의 조건들에 대한 집착에서 벗어나 저 장엄함을 직접 체험할 날이 오겠지. 깨달음의 지적 충격과 신성에 대한 영적 자각의 순간이 과연 어떤 것인지 나도 느껴볼 수 있겠지. 이러면서 저는 지난 일요일 아침에도 〈산〉이라는 다큐 프로그램에서 거대한 백색 준봉이 아침 햇살을 받아 영롱한 황금색으로 물드는 광경을 지켜보았습니다. 얼마 전에 호평을 받았던 〈차마고도〉 같은 다큐 프로그램이나 국내외 영적 스승들의 가르침을 통해서도 현지인들의 실존 양식과 종교적 지향점을 알게 되고, 그러면서 저는 사람이 저렇게도 살아가는구나 하며 잠깐이나마 스스로를 내려놓는 시간을 갖곤 했습니다.

반면에 산악인들이 히말라야 영봉들을 오르는 등정 다큐를 보게 되면 사람들은 왜 또 저렇게 끊임없이 올라가려고만 하는가에 대해 근원적인 의문을 갖기도 합니다. 셰르파를 앞세우고 첨단 장비에 알록달록한 복장을 갖추고 오직 경배의 대상으로만 알았던 저 장대한 설산을 정복하기 위해 외부에서 들어간 사람들을 보면 왠지 잉카나 마야, 아즈테카에 진군한 스페인 군인들이 연상됐습니다. 그들의 가슴과 모자에는 계급장 대신 예외 없이 광고주 이름이 붙어 있는 게 다를 뿐입니다. 히말라야 주민들은 이들을 무심한 눈으로 지켜보고 있습니다. 수백 년 전 안데스 인디오들의 눈빛도 그러했겠지요. 신성이 상업성으로 대치되고, 외경은 정복욕으로, 믿음은 경쟁심으로 바뀌는 모습이 HD화면에 가득 찹니다. 순수했던 산악인들은 어느덧 군인이 되고 오지에 파견된 상사원이 되었습니다. 언론은 이들을 인간의지의 표상으로 그려냅니다. 죽음을 무릅쓰고 세계 최고봉을 무산소 등정했다, 새로운 루트를 개척했다, 최초의 동절기 등정이다, 단독 등반이다……, 뭐 이런 식으로 그 용기와 의지에 헌사를 보냅니다.

　그런가 하면 언제부턴가 8천 미터 이상의 고봉들을 완등한 것이 국내에 자랑스러운 뉴스로 등장하곤 했습니다. 최초로 등정에 성공한 기록은 다른 나라에 뒤졌지만, 그리고 어쩌다 뒤늦게 히말라야 등정사에 뛰어들었지만, 한국같이 조그마한 나라에서 14좌를 완등한 사람을 몇씩이나 배출한 건 국가의 저력을 말해주는 것이기 때문일 겁니다. 우리 산악인들은 자라나는 세대에게 불굴의 정신을 보여줌으로써 그에 상응한 명예와 대우를 받았으며, 어떤 사람들은 연예인 못지않은 유명인이 되기도 했습니다. 충분히 존경받을 만합니다. 전에는 복싱 세계 챔피언이 되거나 동남아시아 축구대회에서 우승만 해도 카퍼레이드가 벌어지곤 했습니다. 그런 걸 생각하면 말이 쉽지 하나도 아니고 히말라야 고봉 14좌를 전부 오른다는 건 국민적 축하를 받기에 충분합니다. 그런 도전은 아무리 장비와 지원 시스템이 좋아졌다고 해도 하늘이 낸 명운이 없으면 불가능할 것입니다. 그러나, 그러나 말입니다. 그 산들이 과연 어떤 산입니까. 택지개발로 깎여 없어질 근교의 흔한 야산은 아니지 않습니까.

우리 조상들은 미미한 사물에도 생명을 부여했고, 정령이 있다고 믿었습니다. 동네 느티나무에도 빌었고, 변소의 몽당 빗자루도 함부로 하지 않았습니다. 하물며 고장의 주산主山이나 대대로 내려오는 선산은 말할 것도 없습니다. 그러던 조상들의 후손은 언제부턴가 전설을 망각하고, 신화를 버리기 시작했습니다. 그러더니 기어이 일을 냈습니다. 기억하실 겁니다. 바로 고미영이라는 여성 산악인이 시도한 불굴의 도전, 그것도 그냥 한 것이 아니라 치열하게 경쟁적으로 하다가 추락하는 변을 당했던 사건입니다. 그렇게 되기까지 세상은 계속 부추겼습니다. 또 한 사람의 여성 산악인 오은선과 14좌 정복 게임을 시켰습니다. 두 사람은 히말라야의 '스트리트 파이터'나 다름없었습니다. 평생 하나만 올라도 축복이요 영예인 것을, 일 년에 너덧 개씩 오르는 전무후무한 시소를 벌이게 했습니다. 세상은 히말라야의 신이 내려다보는 가운데 인간을 귀뚜라미로 만들어 경주시켰습니다. 세상이라고는 하지만 그게 바로 우리 언론이었습니다. 비극이 전해지자 해선 안 될 일을 시킨 것에 대한 반성은 추호도 없이 그저 안타깝다. 정복이 끝난 뒤 결혼할 예정이었는데, 그 도전 정신은 길이길이 빛나리라 등등의 허망한 아쉬움으로 일관했습니다. 참으로 기가 막힌 일입니다.

모여 살아야 하는 인간은 어차피 경쟁하며 살 수밖에 없습니다. 그러나 경쟁해선 안 될 영역도 있음을 우리는 알아야 합니다. 신을 믿고 안 믿고를 떠나 남겨둬야 하는 영역은 분명 있다는 것입니다. 사회에 제도로서의 종교가 반드시 필요한 것인지는 알 수 없으나, 인간이 종교적 속성을 지닌 것만은 분명합니다. 그래서 인간은 사회적 동물이고 경제적 동물이며 유희적 동물인 동시에 종교적 동물이기도 한 것입니다. 우리 언론은 등산에까지 게임논리나 시장논리를 대입시켰고, 그것을 교묘히 인간의지의 위대성으로 포장했습니다. 그 결과가 고미영의 참사입니다. 고미영은 어쩌면 우리 사회가 지닌 근원적 병리의 대속자라고 해도 지나치지 않습니다. 이제껏 저는 국내외를 불문하고 히말라야 등정을 경쟁거리로 삼은 예를 들은 바가 없습니다. 바라다만 봐도 신성이 생긴다는 산에 오르는 일을 장대높이뛰기 바를 올리듯 흥미의 대상으로 전락시킨 건 지나쳐도 너무 지나쳤습니다. 그렇다고 신성모독이나 불신, 불경 때문이라는 식으로 종교적 재단을 일삼고 싶지는 않습니다. 어디까지나 겸허하지 않은 것에 대한 교훈이며, 효율과 승패의 대상을 잘못 고른 어리석음이 치르는 비용이라고 하겠습니다. 다만 교훈을 교훈으로, 비용을 비용으로 인식하지 않고 계속해서 본질에서 벗어난 자기 합리화와 엉뚱한 찬양만 하는 언론이 안타까울 뿐입니다.

사고가 나기 얼마 전부터 저는 고미영과 오은선을 묘한 경쟁구도

로 몰고 가는 뉴스를 접할 때마다 '저건 아닌데……' 하는 알 수 없
는 느낌에 사로잡히곤 했습니다. 세계 최초의 여성 14좌 완등, 아름
다운 경쟁, 선의의 경쟁……. 급기야 사고 당일에는 두 사람이 낭가
파르바트 봉을 4시간 간격으로 등정했다는 것입니다. 우리 언론이
선정적이라는 비판을 많이 받습니다만 이 이상이 또 어디 있을까 싶
습니다. 물론 당사자들의 의욕이 과했다고 볼 수도 있으나, 가령 두
아이를 싸우게 해놓고 어른들이 잘한다, 잘한다 하면 어느 쪽의 잘
못이 더 크다고 하겠습니까. 설령 두 산악인이 자연스럽게 그런 등
정 계획에 놓여 있었다고 하더라도 산이 산인 만큼, 그리고 매사 과
하면 부족함만 못한 만큼 조금이라도 제대로 된 의식이 있다면 일부
러라도 그런 기사 편집은 하지 말았어야 했던 겁니다. 그 정도의 판
단은 언론으로서 어려운 일이 아니라고 봅니다. 등산 기술이나 메커
니즘에 대한 몰이해로 이런 주장을 한다고 할지 모르지만, 저는 동
의하지 않습니다. 위업을 달성할수록 조신하게 낮추어야 하는 건 만
유 공통의 진리라고 믿기 때문입니다. 결국 치열한 경쟁 끝에 고미
영은 히말라야의 영적 세계에 안겼습니다. 인간세계는 물론 우주 만
물의 생성과 작용 법칙을 담고 있는 히말라야의 깨달음을 한줌 죽음
으로 얻은 것이니, 그것도 주변의 격려 아닌 격려로 그리됐으니 축
하해야 할지 슬퍼해야 할지 참으로 알 수 없습니다. 언론은 공허하
기 이를 데 없는 추도 기사 몇 줄로 모든 걸 매듭짓고 말았습니다.
그리고 우리 모두에게 이 사고는 덧없이 잊히고 말았습니다.

　등산은 행선行禪의 으뜸이라고 했습니다. 산에 가는 것 자체가 경
건한 일이며, 대지의 여신에 안기는 행위입니다. 그렇지만 아주 높

은 산은 등산이 아니라 등정이라고 합니다. 14개의 고봉을 14좌라고 합니다. 어딘가 함부로 범할 수 없기에 말부터 다릅니다. 박범신은 비록 만년 설산을 옆으로 보며 산록을 가로지르는 트레킹이지만 여인숙의 딱딱한 나무 침대에서 미국의 전 대통령도 묵어갔다는 얘기를 듣기도 하면서 심적인 평안을 느낍니다. 히말라야에서는 모두가 똑같다는 절대 평등을 느끼고 안식을 갖습니다. 그렇습니다. 산은 성취감을 구하거나 성공의지를 발현하는 곳이 아니라 궁극의 평안과 안식을 얻는 곳입니다. 정복을 경쟁시킨 우리 의식의 폭력성에 전율을 느끼지 않을 수 없습니다. 고미영, 나마스테!

슬 푸는 세상

"국가가 내게 해준 게 뭐 있어. 일등만 기억하는 더러운 세상." 이런 유행어를 들어본 적이 있습니까. 몇 년 전 일요일 밤마다 모 방송에서 내보낸 개그 프로그램의 한 꼭지입니다. 꼭지 이름이 '술 푸는 세상'이었던가요? 술에 취해 경찰 지구대에 끌려온 개그맨은 얼토당토않은 대목에서 이 멘트를 꺼내곤 했습니다. 얼토당토않다기보다 '걸핏하면'이라고 하는 것이 맞을 겁니다. 하여간 되는 상황 안되는 상황 가리지 않고 마구잡이로 이 멘트를 들이대 사람들을 웃겼습니다. 그러나 웃는 맛이 씁쓸했습니다. 씁쓸하다는 건 세태를 절묘하게 꼬집고 있어서 그랬을 겁니다. 채플린의 웃음이 비애가 깔린웃음이듯이 이 개그맨의 술 취한 헛소리도 그와 비슷했습니다. 세상의 불합리에 대한 외침이 웃음을 매개로 한 헛소리이기 때문에 공소하면서도 씁쓸했던 겁니다.

그때나 지금이나 방청객의 대부분은 학생들을 비롯한 젊은 사람들입니다. 아마도 그들이 하고 싶은 말을 대신 해주어서 웃지 않았을까 싶습니다만, 이제 우리도 그냥 웃지만 말고 이 웃음의 현실에 대해 찬찬히 한번 생각해봅시다. 국가가 해준 것에 대해서 말입니다. 어떻게 생각하십니까. 그 멘트는 단지 패배자의 변명일 뿐입니까, 낙오자의 자기 합리화입니까, 아니면 아무것도 할 수 없는 사람의 막다른 절규입니까. 그 말을 할 수 있는 사람은 적어도 자기는 잘못한 것이 없다는 것을 전제로 합니다. 내 잘못이 없는데도 일이 뜻대로 안 될 때, 또 내가 노력한 것만큼 돌려받지 못할 때, 즉 게임이 불공정하거나 결과가 왜곡되어 나타날 때 이런 원망을 갖게 됩니다. 어느 한 개인이 그렇다면 과연 그럴 만한지 개별 사정을 따져보아야 하지만, 이런 외침에 다수가 웃음을 터뜨리고 뒤끝이 불편하다면 생각해볼 구석이 있는 겁니다.

사실 국가가 해준 게 뭐 있느냐는 푸념은 일찍부터 있었으며, 새삼스러운 얘기가 아닙니다. 아시다시피 국가가 변변치 못해 그런 말을 들을 만한 시절이 있었습니다. 제도든 사회 시스템이든 개인에게 고통만 안겨주고 분투만 촉구했지 돌아오는 것은 없었던 시절이 오랜 기간 있었음을 우리는 부인할 수 없습니다. 그 말의 범위가 축소되면 '집에서 해준 게 뭐가 있어'가 되기도 합니다. 부모에 대한 원망. 사람에 따라 다르겠으나 어렵던 시절 많이들 가져봤던 생각입니다. 그런데 세월이 흘러 경제 규모가 세계 10위권에 들었다는 지금에 와서 그 말이 또 등장해 사람들을 웃기고 있는 겁니다. 공연한 삶의 엄살이요 터무니없는 너스레일까요. 그렇지 않습니다. 한마디로 말해 공표되는 여러 지표와 달리 우리 사회에 결정적인 뭔가가 결여되어 있음을 드러내는 겁니다.

과거와 달리 지금은 가난하다고 해서 굶어죽는 사람은 없으며, 겨울철 동사자도 나오지 않고, 연탄가스 중독으로 죽었다는 얘기도 없습니다. 그때는 심지어 대학생을 사칭해 무얼 어떻게 했다는 기사가 심심치 않게 사회면을 장식하곤 했습니다. 이제는 모두가 대학생이 되어 그때의 일이 믿을 수 없는 전설로 여겨지는 세상이지만 TV에서는 여전히 '이 더러운 세상'을 말하고 있습니다. 찻집에서 정치 얘기라도 할라치면 먼저 주위부터 살펴야 하는 암울한 시절이 사라진 지 이미 오래인데도 국가가 대체 뭘 해주었냐고 원망하고 있습니다. 물질적인 절대 빈곤도 사라졌고 정치적 한계상황도 분명 사라졌습니다. 다만 그때는 각자의 학력과 희망에 맞게 일자리가 있었을 뿐입니다. 그런데도 아직 이런 개그가 성립되는 이유는 무엇이겠습니까. 저는 희망의 결핍, 나눔의 결핍, 그리고 차별과 배제를 극대화하는 것을 성장과 발전으로 여기는, 즉 철학의 결핍 때문이 아닌가 생각하고 있습니다.

일부 계층을 제외하고 많은 사람들은 갈수록 불안하게 쫓기고 허덕허덕 지내고 있으며, 이런 상황은 나아질 기미가 보이지 않습니다. 현실이 아무리 고생스러워도 '학교만 졸업하면, 혹은 자식만 취직하면 이 고생 끝이야' 했던 예전의 그런 희망이 지금은 안 보이는 겁니다. 대학만 가면 다 되는 줄 알았는데 그게 아니라는 겁니다. 모두가 배곯지 않는 세상만 되면 다 되는 줄 알았는데 그게 아니라는 겁니다. 하코방이라도 내 집만 있으면 좋겠다고 했는데 그것도 역시 아니라는 겁니다. 저는 지금 사람들의 욕심이 끝이 없다는 것을 말하는 것도 아니고, 역사의 끊임없는 진보성을 말하는 것도 아닙니다. 국가가 해준 게 뭐 있느냐는 푸념이나 더러운 세상이라는 원망은 그저 나약한 자들의 불만이라는 걸 역설하고 싶지도 않습니다. 다만 현재 어떤 상태, 어떤 위치에 있든 대체로 지금보다 나아지지는 않으리라는 것을 말하고 싶습니다. 희망이라고 해도 좋고 기대라고 해도 좋습니다. 지금 잘나가고 있든 어떻든, 사람들은 누구나 그 상태에서 좀더 나아지고 싶어합니다. 그럴 가능성이 희박할 때, 희망이 절벽일 때 사람들은 불안해하고 현실을 부인하고 싶어집니다.

  말해봅시다. 국가가 내게 뭘 꼭 해줘야 할 이유가 어디에 있습니까. 구체적으로 말하면 그게 뭡니까. 국민의 안위? 사회의 질서? 이만하면 괜찮은 편 아닙니까. 자본주의 사회인 이상, 그 밖의 것은 각자의 몫입니다. 그래서 국가가 해준 게 뭐 있느냐는 건 실제 해준 게 없다는 게 아니라 이 나라에서는 도무지 개별적인 삶의 조건이 나아질 가능성이 없다는 것을 거칠게 털어놓는 언사입니다. 희망의 축소 지향과 절망의 확대재생산이 바로 '이 더러운 세상'이 되는 겁니다. 하물며 절대로 필요한 물적 기반조차 갖추지 못한 사람들에게는 어떻겠습니까. 불합리와 모순의 완화는커녕 갈수록 악화될 것으로 전망되는 상황에서 이 개그는 먹혀들고 있는 겁니다. 근래 들어 많이 봅니다. 휴대폰이 해외시장에서 어떻다, 한국의 자동차 점유율이 어떻다 하면 전에는 뿌듯했습니다. 나와는 직접적 관계가 없어도 세계 시장에서 한국의 위상이 높아지는 것을 자랑스러워했습니다. 그것이 평균적으로 돌고 돌아 나의 삶에도 도움이 될 거라는, 경제학적으로 옳은 믿음을 갖고 있었습니다. 그러나 그 평균적인 기대를 더이상 믿지 않게 됐다는 학생들과 직장을 잃은 사람들을 보게 됐습니다. 도대체 그게 내 삶과 무슨 상관이 있느냐는 것입니다. 사실상 일등만 기억하는 이 더러운 세상에서 그들의 일등과 잘나가는 것이 나와 무슨 관계가 있느냐는 것입니다. 그들이 바라보는 방향과 내가 바라보는 방향은 어차피 다르다는 것입니다.

언제부턴가 한국에서는 고용이 기업이 베푸는 시혜가 되었습니다. 어느 재벌 기업이 예정에 없이 몇 백 명을 더 뽑는다고 하면, 모든 언론이 찬사를 보내며 광고라도 하나 더 받을 수 있을까 눈치를 봅니다. 상당수가 취업을 못하고, 그나마 한다고 해도 이른바 '88만 원 세대'에 머뭅니다. 취업하지 못한 대다수 사람들은 재벌 기업의 연말 휴가나 성과급 잔치에 대한 사회적 시기심도 함부로 표출하지 못합니다. 못난이들의 못난 모습으로 비칠까봐 세상의 먼발치에서 그저 외로워하는 걸로 대신합니다. 이 외로움은 혼자 있어 생기는 감정이 아니라 특별한 사정이 없는 한, 당연히 같이 누려야 할 기본적인 가치조차 나이 서른이 넘어서까지 나누지 못하는 데서 오는 절망의 소외감입니다. 당연히 일해야 되고 일할 수 있는 가치로부터의 소외입니다. 마르크스는 노동자가 자기 생산물에서 유리되는 것을 소외라고 했지만, 이들은 생산물은커녕 노동 자체에서 배제되고 있습니다. 무슨 대단한 입신양명을 원하는 것도 아니고 그저 정규직으로 채용만 됐으면 하는데도 그것이 인생의 성공이고 선택받은 자의 환희가 되어야 하는 세상이 도래한 것입니다. 그래서 국가가 해준게 뭐 있느냐는 건 이런 상황에서조차 국가가 제 역할을 못하는 것을 비난하는 말이며, 거기서 더 나아가 오히려 부추기고 고착화시키는 데 따른 반발입니다. 이런 세상이 바로 '이 더러운 세상'이며, 우리를 웃게 하는 세상인 것입니다.

신자유주의니 세계화의 그늘이니 승자독식이니 하는 어려운 얘기는 다시 할 필요가 없습니다. 그저 졸업하면 제 능력에 맞게 취직하고 결혼하여 아이 낳고 저축해 집 장만하고, 그렇게 살아가고 싶은 것입니다. 나의 은퇴와 자식의 취업이 교대를 하고, 제 나이에 결혼시켜 더이상 늙은 부모에게 기대지 않도록 하는 것이 남은 삶의 소박한 꿈인 것입니다. 이런 소박한 꿈을 지닌 대다수 보통 사람들에게 국가는 해준 게 아무것도 없을 뿐 아니라 세상을 더럽게 만들었으며, 개그맨은 개그의 소재로 들고 나와 보는 이의 웃음에 뼈가 들게 한 것입니다. 경제성장, 일인당 국민소득, 국가경쟁력, OECD, G20, IT강국 등등의 개념이나 용어들은 이런 사람들의 일이 아닌 다른 먼 세계의 일일 뿐입니다. 이를 알리고 키우는 언론 역시 사회를 짜증스럽게 하고, 세상을 술 푸게 만들 뿐입니다. 정치적 이해를 두고 죽자사자 싸우다가도 누군가 먼저 일자리 창출을 손오공의 여의봉처럼 꺼내들면 그만 전의를 상실하는 정파들을 보면서, 실제로 일자리가 창출되는지와 관계없이 그 심각성과 폭발력이 어느 정도인지를 실감할 수 있습니다. 그래서 이제는 평균적 진보로 기만하고 전체의 성장으로 은폐하고 일부의 성공으로 마쳐시키는 일은 더이상 없어야 합니다. 아주 작은 가능성을 열어놓고 소수의 사례를 들어 '너도 할 수 있다'는 기대를 노래하는 것은 이 사회를 더더욱 '국가가 해준 게 뭐 있느냐'는 사람들로 채울 것이기에 그렇습니다. 신분상승은커녕 존재의 기반조차 위협받는 현대판 봉건사회는 아버지와 아들이 손에 손을 잡고 '이 더러운 세상'을 입에 올릴 수밖에 없게 하는 것입니다.

사람의 희망은 고정되어 있습니다. 욕심이라고 해도 좋습니다만, 천년 전의 그것이나 백년 전의 그것이나 오늘날의 그것이나, 생산량의 증대나 문명의 진보와 관계없이 한 인간이 가져야 하는 희망의 질과 양은 다르지 않습니다. 각 시대는 동일한 기반 위에서 동일한 수준의 희망과 욕심을 갖습니다. 과거 사람들이 현대인보다 희망이나 욕심이 더 많았다거나, 혹은 그 반대인 경우는 없습니다. 등 따스하고 배부르면 되던 시절의 희망의 양과, 삶의 질을 중시하는 시절의 희망의 양은 동일하다는 겁니다. 반대로 불안도 그렇습니다. 중세 봉건사회 사람들이 지닌 불안의 양과 후기자본주의 시대 사람들이 지니는 불안의 양에 차이가 있는 게 아닙니다. 단지 차원이 다를 뿐입니다. 절대치는 똑같습니다. 그렇다면 '국가가 해준 게 뭐 있어'에 대한 답은 벌써 나와 있습니다. 나눌 수 없는 100원의 성장과 나눌 수 있는 10원의 성장이 있다면, 나눌 수 있는 10원을 우선시하라는 것입니다. 나눌 수 없는 100원은 설령 나눌 수 없더라도 10원에 비해 10배의 득이 아니냐고 할 수 있겠지만, 10배의 독이 될 수도 있는 겁니다. 사람들은 차이를 희망하지만, 한편으로는 그 차이에 절망도 하기 때문에 그렇습니다. 이를 사회주의적 발상이라 매도하거나 백안시하면 '이 더러운 세상'이라는 말은 개그 프로그램과 관계없이 계속해서 쓸쓸한 웃음과 함께 인기를 끌 것이고, 어느 시점에는 우리를 더이상 웃지도 못하게 만들지 모릅니다.

유능해서인지 복이 많아서인지는 몰라도, 이런 상황이 나와는 무관하다고 해서 노란 비웃음을 흘려서는 안 됩니다. 일부의 사람들은 다행히도 이 사회가 안고 있는 불안과 탄식의 그물에서 벗어나 있지만 이 불합리한 구조에 관심을 기울이지 않는다면 그들의 안정된 처지 역시 당대의 일시적인 것에 그칠 수도 있습니다. 이른바 베이비붐 세대의 은퇴가 본격화된 지도 벌써 몇 년 지났습니다. 한 해 수십만 명씩 앞으로도 수년간 계속될 텐데, 이들 대부분은 잔여 수명에 비해 쌓아둔 자금이 현저하게 부족하다고 합니다. 50대 중후반에 맞이하는 사회적 은퇴와 생물학적 체력이 불균형을 이루는 가운데 이들은 살기 위해 뭔가 할 일을 찾아 나설 것이고, 이들의 자식 역시 그럴 것입니다. 부모 자식이 같은 빵을 놓고 경쟁해야 하는 '더러운 세상'이 본격적으로 열리는 것입니다. 고용은 나누는 일입니다. 고용 없는 성장은 성장 없는 고용보다 더 나쁠 수 있습니다. 이제 우리는 성장 없이 분배 없다고 말하지 말고 분배 없이 성장 없다고 말해야 합니다. 더이상 시장논리와 산업구조와 글로벌 추세에만 핑계를 댈 수 없는 시점에 이르렀음을 자각해야 합니다.

나눔과 분배 사이

　나눔이 사회적 화두가 된 지 오래입니다. 가히 선풍적이라고 할 만큼 나눔에 관한 슬로건과 실천이 넘쳐나고 있습니다. 너도나도 경쟁적으로 표방하다보니 심지어 나눔 자체를 나누고 있다고 해도 지나치지 않을 정도입니다. 정부는 정부대로, 기업은 기업대로, 언론은 언론대로, 종교계는 종교계대로, 시민사회단체는 또 그들대로 나눔에 몰두할 뿐 아니라 '우리, 이렇게 나누고 있다'는 점을 널리 알리고 있습니다. 공기업과 재벌기업은 물론이고 웬만한 기업의 홈페이지에 들어가보면 거의 예외 없이 사회공헌이나 나눔에 관한 활동과 실적을 올려놓고 있습니다. 결코 만만치 않은 전담조직을 만들어놓고 있는 걸 확인할 수 있습니다. 소외계층과 취약계층을 위한 나눔을 뒷받침하기 위해 범정부 차원의 지원이나 관련 법규도 일일이 예를 들 수 없을 만큼 많이 있습니다. 신문이나 방송 역시 나눔에 대한 캠페인이나 감동적인 프로그램과 수기들로 넘쳐나고 있습니다. 그런가 하면 나눔의 대상층도 무척 다양해졌습니다. 고아원이나 양로원뿐 아니라 장애인, 다문화가정, 독거노인, 조손가정, 소년소녀가장, 장기 질환자, 달동네 등은 물론이고 멀리 해외로까지 확대되고 있습니다. 노숙자 무료급식, 도시락 나눠주기, 연탄 나눠주기, 김장 돌리기, 나아가 재능 나눠주기까지, 나누기 위한 대상층과 방식이 계속해서 개발되고 있습니다. 이런 걸 보면 이제 우리 사회도 경제 규모에 걸맞은 성숙한 사회에 진입하는가 싶어 흐뭇한 게 사실입니다.

그러나, 그러나 말입니다. 뭐든 폭발적으로 단기간에 벌어지는 현상에는 분명 그냥 지나칠 수 없는 무슨 이유가 있는 게 세상의 이치 아니겠습니까. 아무리 좋은 일이라고는 하지만 나눔이라고 예외이겠습니까. 물론 예전부터 불우이웃돕기 차원의 선행이 꾸준히 이어져 온 것도 사실이지만, 지금과 같이 온갖 미디어를 통해 나눔을 촉구하고 민관이 합동으로 팔을 걷고 나서지는 않았기에 하는 말입니다. 과열에는 반드시 부작용이 있기 마련입니다. 넘침에는 또다른 결여가 포함되기 마련입니다. 저는 여기에 주목하고 싶습니다. 폭발적으로 확대되는 이 훈훈하고 인간적인 현상의 그늘 말입니다. 알다시피 나눔에는 명분이 있습니다. 이념도 정파성도 나눔 앞에서는 무장해제될 수밖에 없습니다. 손쉽게 호소할 수 있고 거부감 없이 돈을 낼 수 있습니다. 나누는 일에 딴소리하면 이상한 사람밖에 더 되겠습니까. 나눔의 파괴력이요 위상입니다. 한마디로 나눔은 우리 사회의 시대적 상황과 맞아떨어진 겁니다. 그런데 정도가 너무 심하다는 생각을 지울 수 없습니다.

왜 갑자기 이럴까요. 생각해본 적이 없습니까. 점점 살기 어려워
져서 그런가요, 아니면 반대로 사람들이 도와줄 여유가 많아져서 그
런가요. 나누고 도와줘야 할 대상이 다양해진 건가요. 이도저도 아
니면 그동안 인색했던 사람들에게 돌연 더불어 살아야 한다는 깨달
음이 온 건가요. 정부의 재정 형편이 확연히 나아져서 그런가요, 우
리 기업의 경영 지향점이 달라진 건가요. 도대체 무슨 이유일까요.
그래서 어딘가 석연찮은 대목이 숨겨져 있지 않나, 아니면 지금과
같은 나눔 현상에 일말의 역기능이나 미처 파악하지 못한 문제점이
있는 것은 아닌가 하는 생각이 드는 것입니다. 게다가 이 나눔 현상
이 과연 제대로 된 나눔이기는 한 건지, 혹은 나누어야 할 것을 오히
려 못 나누게 하는 기제로 작용하는 것은 아닌지 하는 의문도 가져
봐야 할 것 같습니다. 너도나도 나서고 있는 나눔 현상의 사회적 맥
락을 다시 한번 살펴봐야 한다는 것입니다. 순수하게 기부하고 헌신
하고 봉사하는 나눔의 진정한 주역들을 위해서도 말입니다. 그리고
나눔의 대상이 되는 계층에게 보다 많은 나눔이 이루어지도록 하기
위해서 말입니다. 나누자는데 무슨 의심이 그리 많고 이유를 다느냐
고 질책해도 별 수 없습니다. 나눔의 명분과 실제의 괴리는 한번 짚
고 넘어가야 합니다.

우리가 편하게 나눔이라는 말을 쓰지만, 이 나눔을 경제학 용어
로 바꾸면 바로 분배입니다. 분배나 배분이라고 하면 너무 거창한가
요. 그렇습니다. 거창하기도 하지만 구조적이고 정책적이고 좀더 근
본적입니다. 나눔은 그 말 자체에 개인의 선의를 담고 있습니다. 사

243

회나 국가 전체 차원이 아니라 개인의 차원에서 이뤄지는 선행인 것이지요. 그래서 거시 정책수단을 갖고 있는 정부는 나눔이라는 말을 써서는 안 되는 겁니다. 나눔은 어디까지나 민간의 용어요, 개인의 용어일 수밖에 없습니다. 정부가, 정치권이 나눔을 운위하는 것 자체가 무책임한 것이며 직무유기입니다. 게다가 나눔은 아무런 구속력이 없는 행위입니다. 나누면 칭찬받는 것이고 나누지 않으면 또 그뿐입니다. 그래서 정부와 사회에 대한 감시가 주된 존재 이유인 언론 역시 이런 문제점을 인식하지 못한 채 나눔을 강조하는 것은 자칫 자기부정이 될 수도 있는 겁니다.

우리 사회에는 최근 수년 동안 유달리 고통을 겪고 있는 문제가 있습니다. 세계 공통의 현상이라고 할 수도 있습니다. 바로 양극화의 문제입니다. 그 원인이 세계화에 있는지, 잘못된 금융시스템에 있는지, 시장 만능주의와 같은 신자유주의에 있는지를 놓고는 논란이 분분하지만, 양극화 현상이 갈수록 심해지고 모두를 고통스럽게 하고 있는 건 분명합니다. 나아가 우리 대기업이 국민경제에 대한 기여 못지않게 여러모로 지탄을 받고 있는 것도 사실입니다. 어느 조사인가를 보니 국민의 대다수(85%)가 재벌의 문제점을 지적하고 있었습니다. 청년실업, 비정규직 문제, 흔들리는 노후 등 사회안전망이 제대로 갖춰지지 않은 우리 사회로서는 양극화야말로 사람들이 곧바로 삶의 벼랑에 서야 하는 심각한 문제입니다. 결국 양극화 해소는 분배의 문제로 귀결합니다. 일자리가 되었든, 복지가 되었든, 이익 공유가 되었든, 모두 분배의 문제입니다. 성장의 몫을 어떻게 나눠야 하는가 하는 문제입니다. 오랫동안 성장 없이 분배 없다는 기조를 유지해온 정부조차 지금은 방향을 틀고 있습니다. 정치권은 여야와 좌우를 떠나 더욱 심각하게 논쟁하고 있습니다. 저소득층이나 취약계층뿐만 아니라 중산층, 그 이상의 계층까지도 심각성을 절감하고 있습니다. 그래서 지금의 상황은 복지확대를 포퓰리즘이라고 마냥 비난만 하기에는 선을 훨씬 넘어서버렸습니다.

수년 전에 있었던 영국의 폭동이 기억납니다. 좌절한 세대, 꿈도 희망도 없고 이대로는 도저히 살 수 없다는 사람들이 들고일어나 방화와 약탈을 저질렀습니다. 당시 정도의 차이는 있어도 세계 곳곳에서 벌어졌던 일입니다. 일부 폭력배나 질 낮은 무리들이 끼어 있었겠지만 여기에는 단순히 실정법상의 단속만으로는 해결할 수 없는 근본적인 사회문제가 있다는 걸 알 수 있습니다. 영국에서 일어난 폭동을 옛날 우리식의 표현을 빌려 말하면 바로 민란이라고 할 수 있습니다. 먹고살기 힘들어 들고일어난 겁니다. 관아를 습격하고 양반을 공격하고 공물을 털고⋯⋯. 여기에다 어떤 이념과 대의를 표방하면 그게 바로 반란이나 혁명이 되는 것이지요. 역사책을 들추면 수도 없이 나오는 일입니다. 이게 어디 영국만의 일이겠습니까.

비정규직 800만의 시대라고 합니다. 공식적인 통계를 떠나 대학을 나와 이게 내 평생직장이라고 여길 만한 제대로 된 취직을 하는 청년이 과연 몇 퍼센트나 되겠습니까. 정식 직업을 가져도 결혼하기 힘듭니다. 부모에게 기대지 않으면 자기 소득만으로는 가정을 꾸미고 자식을 키울 수가 없고, 그래서 부모는 다 큰 자식 뒷바라지 하느라 뼛골이 빠집니다. 이런 고충인들 어디 아무나 겪습니까. 적어도 중산층은 돼야 하고 정규직 취직을 해야 그나마 그런 고충을 겪을 자격이 생깁니다. 백수나 비정규직 취업자의 경우는 결혼 자체가 불가능한 현실이라고 해도 지나치지 않습니다. 나눔의 대상은 단순히 장애인이나 취약계층에만 있지 않습니다. 일부 선택받은 계층을 제외하고는 전부가 취약한 계층인 게 지금의 우리 현실입니다. 아무리 부인하고 싶어도 잊은 지 오래인 계급의식이라는 것이 되살아나는 시대입니다. 프롤레타리아가 무슨 뜻인지 아십니까. 재산이라고는 군대에 보낼 자식밖에 없는 사람을 로마시대에 그렇게 불렀답니다. 한마디로 불알 두 쪽밖에 없는 사람이지요. 경제사회적 상황이 이러한데, 근래 들어 들불처럼 일어나고 있는 나눔 현상이 어찌 이상하지 않겠습니까. 특별히 예민한 사람이 아니더라도 말입니다. 나눔의 활성화는 겉으로만 보면 세상이 어려운 만큼 당연한 일처럼 보일 겁니다. 세상이 갈수록 어려워지니까 소외계층을 돌보자는 것 아니냐고 말입니다. 하지만 그렇게만 보기에는 결코 심상치 않은 기운이 분명 있습니다.

현재 우리에게 필요한 것은 나눔이 아니라 분배입니다. 분배야말로 진정한 나눔이기 때문입니다. 그런데 나눔이 절실하다면 분배를 고민해야 되는데 분배문제만 나오면 왜 서로들 다른 얘기를 하는지 모르겠습니다. 그래서 정상적인 분배를 가로막는 기능을 하는 것이 혹시 요즘의 나눔 현상은 아닌지 의심해보고 또 묻고 싶은 겁니다. 아무리 개인 차원이고 한계가 있다지만 나눔 자체로야 무슨 문제가 있겠습니까. 많으면 많을수록 좋은 것이지요. 기업의 기부, 개인의 자선과 보시, 전문 고소득직의 재능 나눔 등등 하나라도 더 있어 나쁠 건 없겠지요. 하지만 나눔이 아니라 분배라는 관점에서 보면 진정한 나눔은 곧 세금문제라는 걸 쉽게 알 수 있습니다.

　우리 사회에 정작 필요한 것은 개인의 선의를 촉구하는 나눔이 아니라 분배의 정의를 실현하는 수단, 곧 제대로 된 과세정책입니다. 국민은 세금을 내고 분배, 즉 나눔은 국가가 하는 것이 정상인 것입니다. 요즘 들어 전문직 종사자들의 재능 나눔이 언론에서 다뤄지는 걸 자주 봅니다. 자본주의 사회에서 한 사람의 재능은 무엇으로 전환됩니까. 바로 소득입니다. 그렇게 보면 따로 봉사할 것이 아니라 세금 더 내는 것이 바로 재능 나눔임을 알 수 있습니다. 고소득층에 대한 증세는 극구 반대하면서, 심지어 탈세까지 하면서 새삼 재능을 나눈다고 생색내는 게 좀처럼 이해가 되지 않습니다. 물론 이 대목은 저마다 경우가 다르기 때문에 사례를 특정할 수 없는 일반적이고 평균적인 얘기입니다. 그래도 없는 것보다는 있는 게 낫다는 논리를 펼 수 있습니다. 하지만 이런 논리로 좀더 근본적인 접근이 희석되거나 무력화되는 결과를 빚어서는 안 될 것입니다.

　근원적인 문제의식 없이 기업들의 홍보성 나눔이나 각종 사회단체의 이벤트성 나눔, 심지어 나눔을 빙자한 비즈니스까지 일각에서 벌어지고 있다면 그것이야말로 진정 '나눔 사회의 적'이라고 하지 않을 수 없습니다. 고소득층에 더 과세하여 저소득층에 돌아가게 하는 것이 정부가, 이 사회가 해야 할 정상적인 나눔이기 때문입니다. 그런 점에서 조금이라도 이익을 공유하거나 나누자고 하면 사회주의네 뭐네 하며 반발하는 사람들의 기부나 사회공헌을 흔쾌하게 나눔이라고 인정하기는 어렵다는 얘기입니다. 사회적 기업을 만들고, 재단을 만들고, 법적으로 책잡히거나 비난이 생길 때마다 무슨 대속

금처럼 거액을 출연하는 일이 많은데, 그 효과도 의심스럽고 그렇게 달갑지가 않은 겁니다. 어쩌면 진정한 나눔을 덜 하기 위해 선택한 전략적 수단이 그들의 나눔인지도 모릅니다.

정부에 대해 복지를 늘리자고 말하는 것은 나눔을 제도화하자는 것입니다. 나누자면 재원이 필요한 것이고 그 재원은 세금밖에 없다는 걸 알 수 있습니다. 증세 없이 어떻게 복지 증대가 가능하겠습니까. 이렇게 저렇게 절약하고 우선순위를 조정하면 된다고 하는데, 그 방식으로는 한계가 있을 수밖에 없습니다. 심하면 국민을 기만하는 것이라고 볼 수도 있습니다. 따라서 내야 될 사람이 세금을 더 내서 낼 수 없는 사람들을 도와주는 것이 복지 증대이고, 그것이 나눔일 수밖에 없는 겁니다. 이렇게 나오면 투자가 위축돼 성장이 어려워지고 결국 없는 사람이 더 힘들어진다고 합니다. 동의하기 어렵습니다. 세금을 낮춰주면 투자할 것 같습니까. 고용창출이 되겠습니까. 복지, 즉 나눔에 따른 재정상의 문제가 없으려면 선진국 수준의 담세가 불가피합니다.

이런 접근을 외면하고 국민들을 거의 세뇌시킬 정도로 나눔에 대해 감성적으로 홍보하고 포장만 하게 되면 양극화나 빈곤의 문제는 갈수록 심각해질 수밖에 없습니다. 나아가 아직 선진국 수준의 복지나 나눔은 멀었다거나 성장이 돼야 나누지 않느냐 하는 주장도 더이상 설득력이 없습니다. 끝내 나눌 수 없는 성장이라면 도대체 왜 성장해야 하는지 묻지 않을 수 없기 때문입니다. 결국 나누기 위한 성장이고 발전 아니겠습니까. 언제까지 나눔을 정책으로 법으로 제도로 흡수하지 못하고 개별 주체들의 선의나 생색내기에 맡겨두어야 하겠습니까. 쉽게 얘기하면 세금을 통한 소득 재분배에는 10을 내야 하지만 나눔을 통한 분배는 그 100분의 1로도 충분하다는 타산적 생각이 지금과 같은 나눔 현상의 사회적 맥락이나 배경일 수도 있다는 것입니다. 설령 누군가가 주도적으로 시켜서 일어난 일이 아니더라도 서로 이해가 같은 계급끼리 이심전심 통해서 일어난 현상. 즉 '나눔이 결국 남는 장사'라는 계산이 성립된 게 아니겠습니까. 그런 나눔이 국민의 보편적 후생 증대에 무슨 도움이 되겠습니까. 그러다 보니 작금의 나눔 현상은 급기야 하나의 산업으로 발전한 게 아닌가 도 생각됩니다.

나눔 산업에서는 나눔의 실제 목적보다 그 과정과 유통이 중요해집니다. 홍보해야 되고 캠페인을 해야 되고, 그러다보니 단순한 도움주기는 남의 주목을 못 받고 효과가 떨어지니까 갈수록 다양한 방법과 희한한 아이디어, 흥미로운 접근이 요구되는 겁니다. 나눔의 시장이 형성되는 것입니다. 나눔에도 경쟁이 붙는 것입니다. 그래서 나눔 산업이니 비즈니스니 하는 겁니다. 나눔 마케팅을 넘어 급기야 나눔도 수익성이 있어야 되는 지경에 이르렀다고 말할 수 있습니다. 너무 심한 편견이고 폄훼입니까. 이렇게 부정적인 시각을 갖게 된 것은 우리 사회가 나눔의 아름다움만을 강조했지, 나눔의 구조적 측면이나 무엇이 진정한 나눔인가 하는 물음에서는 이중적이고 때로는 위선적인 입장을 드러내는 경우가 많기 때문입니다. 나눔의 선의나 정신을 무작정 부정적이고 악의적으로 보는 게 결코 아니라는 겁니다. 따라서 언론의 깊은 성찰이 요구됩니다. 이제는 단순히 나눔을 중계하고 연결하는 데 몰두하기보다는 소득 재분배의 관점에서 과세문제로 접근하는 자세를 보여줘야 합니다. 이건 너무나 당연한 논리의 문제이고 옳고 그름의 문제입니다. 결코 진보·보수와 같은 이념의 문제가 아니라 상식선에서 판단할 문제입니다.

현재의 자본주의 경제가 과연 지속 가능할지에 대해 회의적이다 보니 일종의 대안경제 같은 것을 많이 얘기합니다. 유교자본주의, 불교경제학, 자본주의 4.0, 따뜻한 자본주의 등등 갖가지 주장과 이론이 난무합니다. 이 모든 논의의 핵심은 결국 하나입니다. 같이 살자는 것입니다. 능력에 따라 차이는 있어야겠지만, 조금 모자란다고 해서 생존까지 위협받는 작금의 극단적 상황은 모두의 공멸을 의미하기 때문입니다. 이런 걸 자각하기에 나눔 문화가 확산되는 것이겠지만, 계속 이런 식이라면 결국 전략적인 나눔으로 좀더 큰 계급적 이해를 지키자는 것에 불과한 게 되어버립니다.

차제에 내가, 내 회사가 하는 나눔이 어려운 이웃을 더 피폐하게 하지는 않는지 자문해볼 필요가 있습니다. 우리가 계속해서 분배 차원의 접근이 아니라 개인 차원의 나눔으로만 미봉하는 것은 결국 자유 시장경제 체제를 흔드는 어리석은 처사일 수도 있음을 자각해야 합니다. 따라서 갈수록 빈곤해지는 성장, 성장할수록 살기 어려워지는 이 역설을 완화하기 위해서는 무엇보다 분배의 정의가 중요해집니다. 혹시라도 나눔이 오히려 분배의 정의를 저해하거나 양극화의 확대에 기여한다면 즉각 바로잡아야 합니다. 지금의 나눔은 극소수의 예외적인 경우를 제외하고는 사회병리 치료의 기능은커녕 최소한의 진통제 역할도 할 수 없기 때문입니다. 나눔의 사회적·인간적 미덕을 강조하면 할수록 문제는 꼬이고 현실은 왜곡됩니다. 요즘의 나눔 현상이 마냥 긍정적으로 보일 수 없는 이유입니다. 지금부터는 나눔이 아니라 분배입니다. 나눔을 하지 말자는 것이 아니라 분배로 서의 나눔이어야 한다는 겁니다.

파생상품 파행상품

출구전략 얘기가 이따금 지상에 오르내리는 걸 보니 리먼 브라더스 사태 이후 전세계를 덮쳤던 경제위기도 한숨 돌리는 것 같습니다. 서민들이나 중소기업의 경우 미처 회복 분위기를 느끼기도 전에 자산시장의 거품을 우려하고 있어 작금의 국면이 과연 회복 국면이냐, 아니면 여전히 위태위태한 상황이냐 하는 진단의 차이는 있겠지만 최악의 사태는 일단 벗어난 것으로 보입니다. 그러나 IMF 외환위기 때와 마찬가지로 지난번 금융위기를 겪으면서 우리는 다시금 계층간 불균형 문제를 확인할 수 있었습니다. 이른바 양극화의 심화가 보다 구조적으로 광범위하게 이루어진 것입니다. 위기가 취약계층을 더욱 몰락시키고, 버틸 능력이 있던 상위계층에는 좀더 몸집을 불릴 기회를 제공했다는 것입니다. 부동산과 금융, 실물경제 등에서 전방위적으로 그럴 뿐 아니라 정치사회적으로도 그 심각성을 더해

가고 있어, 최근 20년 사이의 경제위기는 과거의 고전적인 경기변동과는 양상이 아주 다르다는 생각이 듭니다.

과거에는 경기변동으로 부의 이동과 계층간 격차의 감소가 이루어졌지만 지금은 그 반대 현상이 나타나고 있다는 것이 이런저런 관련 책들을 보면서 드는 생각입니다. 학자들 간에도 논란이 분분한 것 같습니다. 지금까지 경제학의 논의를 주도해온 전통적 시장론자들과 케인스주의자들, 그리고 행동경제학을 하는 사람들 간에 논란이 치열한 것 같습니다. 그러나 인간이 반드시 합리적이지만은 않다고 보는 행동경제학자들과 처음부터 정부의 개입과 규제를 주장하는 케인스주의자들은 물론이고 자유시장을 주장하는 사람들까지도 이제까지와 같은 방임은 더이상 안 된다는 것이 대세를 이루고 있는 듯합니다. 현행 금융시스템에 대한 적정한 개입과 규제가 불가피하다는 것이지요. 하지만 각국의 정부와 학계 차원에서 이루어지는 이런 논의에도 불구하고 월스트리트에서는 여전히 아무런 반성이나 성찰 없이 머니게임에 열중하고 있다고 합니다.

알다시피 인간의 온갖 탐욕을 별다른 제어 없이 상품화한 것이 주식시장에서의 파생상품입니다. 우리는 상식적으로 돈(M)은 생산과정을 거쳐 새로운 가치를 창출함으로써 증식(M′)이 이루어지는 것으로 알고 있습니다. 그러나 파생상품은 그런 생산과정을 거치지 않거나 거의 관계하지 않고 돈 자체로 자기증식을 한다는 데 문제가 있습니다. 게다가 금융의 영역을 넘어 생각할 수 있는 모든 대상을 투기상품으로 만들 수 있습니다. 다시 말해 실물경제와 완전히 유리된 돈들 간의 잔치라고 할 수 있습니다. 어떻게 보면 지극히 교묘하게 합법화하고 제도화한 사기행위라고 볼 수도 있지요. 이런 걸 우리는 거품이라고도 하고 폭탄이라고도 합니다. 돈 놓고 돈 먹기인 것이지요. 그 과정에 비양심과 부조리가 끼어드는 건 너무나 당연한 것입니다. 극소수의 사람들은 천문학적인 돈을 벌고, 어느 시점에 뼁 터지고 나면 수많은 사람들의 안온했던 삶은 송두리째 사라지는 것이지요. 양극화라고 했지만, 자산을 더 불리게 된 대부분의 사람들도 이런 구조 속에서 어쩌다 운이 좋아 그런 대열에 들었기 때문이지 이들이 스스로 주도해서 그런 건 아니라고 할 수 있습니다. 한마디로 우연찮게 강남에 발을 들여놓은 것이 저절로 그렇게 굴러가게 된 이유라고 말할 수 있는 것이지요. 노후도, 자식들 교육도, 장래도 모든 게 다 그렇게 풀려가는 것입니다. 이런 현상에는 반드시 상대적 박탈감과 위화감이 따르게 됩니다. 그 박탈감은 정상적인 경제행위 이상의 무리한 금융거래를 초래하고, 그것이 우리 사회의 고질적인 투기와 지역 차별의 원인이 되고 있다고 보는 겁니다.

이런 분석과 관점이 전적으로 옳다고는 할 수 없더라도 현실 체험적으로 현상의 어느 한 부분은 충분히 설명할 수 있다고 봅니다. 이렇게 얘기하다보니 양극화의 위로 올라가는 계층과 추락하는 계층이 다분히 운 때문인 것처럼 비치게 되었습니다. 철저한 계산과 의지에 의해 그렇게 된 사람들도 당연히 있을 텐데 말입니다. 하지만 운이라는 말이 나온 김에 이 경제적 운과 관련해서 자기의지를 넘어서는 부분에 대한 인간의 한계를 살펴보는 것도 의미가 있지 않을까요. 경제 관련 의사결정을 하는 데 있어 인간은 반드시 합리적이지 않고 어쩌면 모든 면에서 비논리적이고 비이성적인 경우가 더 많다고 한다면, 이 운이라는 것도 한번쯤 경제현상의 틀 안에 넣고 생각해볼 필요가 있지 않나 싶기 때문입니다. 모든 걸 파생상품화하는데, 돈에 대한 인간의 나약함을 보완할 수 있는 시스템의 구축과 좀 더 영적인 분야도 증권화하는 방법은 없는지 얘기해보는 것도 재미있을 겁니다. 아침에는 출구전략을 검토할 만큼 경제가 나아졌다고 하면서도 대학 졸업생의 절반 가까이가 비정규직 취업을 하고 있다는 우울한 뉴스도 같이 나왔습니다. 우리 젊은이들은, 또 그들에게 아무것도 해줄 게 없는 부모들은 얼마나 운이 없으면 이런 세상에서 살게 되었을까요. 그러니 갑갑한 세상, 풀리지 않는 세상에서 점이라도 한번 쳐보는 것도 필요하지 않겠습니까. 내 운이 얼마나 되는지 말이지요. 하지만 점도 명백히 시장을 형성하고 있고, 미래를 다루는 업종이라는 점에서 비용의 효율화와 결과의 최적화를 고려해야 되겠지요.

수년 전 어느 무속인이 부동산 투기 혐의로 국세청 세무조사를 받고 검찰에 고발된 적이 있지요. 아파트 수십 채를 보유하고 샀다 팔았다 하면서 세금을 포탈한 혐의였습니다. 무속의 신통력을 빌려서인지는 몰라도 투기도 이쯤 되면 거의 입신의 경지라고 할 수 있습니다. 다만 안타까운 것은 무속은 무속끼리의 경쟁력으로 승부해야 하는데 운 없고 힘없는 사람들의 가슴에 못 박는 일로 일탈했다는 것입니다. 인간을 편안하게 하고 삶을 풍요롭게 하는 것이 무속의 기본적 기능일 텐데 말입니다. 우리가 흔히 점占이라고 하는 것에는 상相과 명命과 점占이 있다고 합니다. 상은 수상, 관상 등을 통해 앞으로 닥칠 자신의 운명을 점쳐보는 것으로, 풍수학이 그중 으뜸입니다. 명은 사주팔자를 따져 이미 정해진 미래를 미리 알려고 하는 것으로, 명리학을 제일로 칩니다. 반면에 점은 판단과 선택에 관한 것입니다. 손바닥에 침을 뱉어놓고 튀겨서 이리 갈까 저리 갈까 정하는 의사결정 방식은 점에 해당하는 것으로 이해하면 됩니다. 점 중에서 최상은 주역입니다. 상이든 명이든 점이든, 이런 유사 학문은 통계에 근거한 의사과학이라고는 하지만 방법론에 차이가 있을 뿐 무속과 추구하는 바는 그리 다르지 않다고 봅니다. 한마디로 판단하기 어렵고 결정하기가 쉽지 않을 때 찾는 것이 무속이요 점이라고 할 수 있을 겁니다.

사람의 지혜를 다하고도 불안할 때 마지막으로 한번 더 물어보는 대상이 무엇이든 그것은 인간의 약점을 보완하자는 취지이기에 크게 나무랄 일도 아니고 금기시할 일도 아닙니다. 이런 경우는 서양 사회도 우리와 크게 다르지 않은 것 같습니다. 듣자 하니 세계 금융의 메카인 월스트리트에서도 천하 각국에서 몰려든 도사들이 성업 중이라고 합니다. 이집트, 인도, 중국, 일본 등의 내로라하는 고수들이 세계 최고를 겨냥하고 각축하고 있습니다. 당연히 이들의 세계에서는 종교든 무속이든 도사든 법사든 술사든, 서로 구별할 이유도 실익도 없습니다. 자본주의의 다른 분야가 다 그렇듯이 오직 경쟁력만 요구될 뿐입니다. 단번에 수천 수억 달러를 베팅하는 외환딜러나 펀드매니저들이 컴퓨터를 이용한 이런저런 온갖 예측 모델과 분석틀을 구축해놓고도 역술가들에게 마지막 의견을 구한다고 합니다. 본인의 운을 묻는 것입니다. 때에 따라서는 복채가 백만 달러를 호가하는 수도 있다고 하니 상상을 초월하지 않습니까. 그러고 보면 옛날 중국의 천자가 스스로 판단하고도 확신이 서지 않으면 신하에게 묻고, 그래도 미진하면 백성에게 묻고, 그리고 또 불안하면 마지막으로 하늘에 묻는 점을 쳤다고 하는 것과 마찬가지입니다. 이 모든 의견이 같은 경우를 우리가 지금 대동제니 대동굿이니 하는 대동大同이라고 했다지요. 지금도 세계 금융의 심장부에서는 시공을 초월한 서양판 대동이 벌어지고 있는 것이라고 할 수 있습니다. 국내에서 선거철이 되면 용하다는 데를 찾아가는 것 역시 불확실성을 회피하기 위한 나름의 대동이 아니겠습니까. 그래서 저는 우리 무속인도 내공이 얼마나 되는지는 모르지만 그 능력을 투기에 쏟지 말고 국제경쟁력을 키워 해외진출을 하는 데 기울였으면 좋겠다는 생각을 하게 됩니다. 모르긴 몰라도 이 분야의 우리나라 경쟁력은 결코 간단치 않을 것입니다.

경영학을 하는 사람들 얘기로 우리나라는 컨설팅업이 잘 안 된다고 합니다. 기업 오너들이 경영 진단이나 투자 의사결정을 위해 유수의 컨설팅 회사에 적게는 수억에서 많게는 수십 억 이상을 들여 의뢰하는 것보다는 아예 적은 비용으로 단칼에 해답을 주는 도사들한테 물어보는 것이 훨씬 낫다고 생각하기 때문이랍니다. 진짜 그런지는 저도 잘 모릅니다만……. 그만큼 이 방면에 탁월한 경쟁력을 지닌 사주명리학자나 점술사들이 많다는 얘기가 되겠습니다. 사실 해외의 저명한 석학이나 미래학자들의 엄청난 초청 비용 역시 점술사들의 복채와 본질적으로 다를 게 없습니다. 우리의 무속인을 포함한 다양한 미래산업 종사자들이 글로벌화하면 지금의 영상 콘텐츠를 기본으로 하는 제1차 한류 다음에 미래학을 바탕으로 하는 제2

의 한류를 기대할 수 있을지도 모릅니다. 인종, 종교, 문화를 불문하고 미래는 영원히 상품성이 있으므로 얼마든지 가능할 것입니다. 따라서 이 무속인들이 본연의 업무영역에서 벗어나 엉뚱한 경쟁력을 발휘하는 건 대단히 아쉽다고 하겠습니다.

이러한 역술에 대해서도 부채담보부 증권과 같이 상품화할 수는 없을까 생각해봅니다. 어느 도사의 예측을 증권화하여 제삼자에게 팔아넘기는 겁니다. 예측이 과연 맞을지 틀릴지에 대한 부담을 피하기 위해서지요. 또 도사는 자기가 받을 복채(성공 보수)를 증권화하여 점에 대한 결과가 나오기 전에 미리 팔아버립니다. 어째 말이 되는 것 같습니까. 더 기술적이고 전문적인 것까지는 모르겠지만 이렇게 만든 증권은 시장에서 돌고 돌 겁니다. 그 와중에 돈 버는 사람도 있고 망하는 사람도 나올 것입니다. 우리나라는 또 이런 파생상품을 만들고 취급하는 허브가 되는 것이지요. 이왕 시작한 김에 계속해봅시다. 이혼, 취업, 개업…… 나아가 질병과 죽고 사는 것까지 굵직굵직한 인간사 전반으로 확대하는 겁니다. 인간의 이성이나 의지로 할 수 없는 것, 초월적인 영역과 영적 체험까지도 상품화가 가능해집니다. 이게 상상력의 오버입니까. 신도들에게 한 해 동안 할 종교 헌금에 대한 약속을 받고, 그 약정서를 담보로 은행에서 대출을 받는다는 얘기를 들은 적이 있습니다. 일종의 어음 할인입니다. 은행에서는 이 약정서를 근거로 신도들을 찾아다니며 별도의 융자계약을 함으로써 종교단체는 채권채무관계에서 법적인 책임을 지지 않습니다. 어차피 낼 헌금인데 이자야 내는 김에 조금 더 부담하는 것이지요. 그만 다닐 게 아닌 한 찝찝해도 거부하기 어려울 겁니다. 게

다가 이렇게 받은 약정서를 좀더 나아가 파생상품화하는 방법도 찾아보면 있을 겁니다. 그러니 마냥 상상력의 과잉이라고만 할 수도 없다고 생각합니다. 우리의 뛰어난 전문가들은 얼마든지 금융 마술을 행할 능력이 있기 때문입니다. 역술가나 무속인에 비해 그 내공이 결코 뒤지지 않습니다. 점을 쳐서 맞으면 행한 사람이 용한 것이고 안 맞으면 당사자의 불운이듯이, 이들도 고객이 돈을 따면 자기 능력 덕분이고 잃으면 시장 탓입니다. 적어도 역술학에서는 그것이 직관이든 이론이든 아니면 수많은 경험의 결과든 점괘를 조작하는 경우가 없음에도 금융시장에서는 그것까지 가능하다고 합니다. 그러니 한 사람의 미래를 두고 예컨대 '팔자담보부 증권'을 만들어 점괘에 따라 등급을 매기고 가격이나 이자를 달리한다면 참으로 재미있지 않겠습니까. 경제적 파생과 삶의 파행은 어차피 구분되지 않는 것인지도 모르겠습니다. 참으로 황당한 얘기를 무척이나 씁쓸하게 했습니다.

농담의 정치경제학

언제나와 마찬가지로 술자리에는 시대상을 반영하는 농담이 많이 등장합니다. 근래 유행하는 농담은 대개, 우리 세대가 나이 든 세대여서 그런지는 몰라도, 재산 문제나 부모 자식 간의 얘기들이 주종을 이룹니다. 내용의 신랄함으로 볼 때 농담이라기보다는 세상의 구조적인 문제점이나 삶의 신산함을 드러내는 씁쓸한 자조라는 것이 옳을지도 모릅니다.

지난주에는 모처럼 전에 모시던 선배 한 분을 몇몇 동료들과 함께 만났습니다. 사는 얘기들을 나누다보면 여지없이 그런 얘기들입니다. 자식에게 재산을 물려주지 못하면 들들 볶여서 죽고, 물려주면 굶어죽고, 반만 물려주면 맞아죽는다는 얘기가 나왔습니다. 갈수록 자극적입니다. 나 말고는 다들 물려줄 것이 많은 사람들이지만, 박장대소하는 웃음 속에 어딘가 비애가 묻어나기는 마찬가지입니다. 그렇지만 과연 웃어야 되는 것인지, 웃음이 나오는 것인지, 도무지 이해할 수가 없습니다. 웃지 않으면 어떻게 하겠느냐 하는 체념이 들어 있지 않나 생각되기도 합니다. 비슷한 얘기들이 많이 있습니다. 퇴직금은 목돈으로 받지 말고 반드시 연금 형식으로 받으라거나, 또 집은 반드시 부부 공동 명의로 해두라거나, 혹은 초등학생들이 지하철에서 아파트는 형 거고 상가는 내 거고 하는 식으로 재산 분배를 논하고 있다거나, 우리 세대가 부모를 모시는 마지막 세대이면서 자식에게 버림받는 첫 세대라는 등 온통 물신이 극에 달한 얘기들입니다.

여기서 부부 공동 명의는 절세를 위한 것이 아니라 재산을 처분하려는 자식의 책동(?)에 넘어가지 않기 위해 안전장치를 하나 더 마련해둔다는 의미라고 합니다. 또 있습니다. 부모가 여행을 가거나 골프를 치면 자식들이 싫어한다는 겁니다. 남겨줄 게 줄어든다고 말입니다. 그 외에도 자식들의 효도를 계속 유도하기 위해서는 죽을 때까지 재산을 조금씩 나눠줘야 한다는 노후 인생 전략이 있고, 손자 키워주다보면 내 인생이 없을 것이기에 시부모가 유아 조기 영어 교육 세태를 이용해 잔머리 굴리는 얘기도 있습니다. 영어 가르친다고 구닥다리 발음으로 몇 마디 늘어놓고 있으면 며느리가 다시는 안 맡긴다는 겁니다. 그런데 이런 얘기들을 듣고 그나마 썩은 웃음이라도 웃을 수 있다면 그 사람은 적어도 중산층 이상은 되는 겁니다. 모르긴 몰라도 우리 사회의 상당수는 이런 얘기를 농담이 아니라 배부른 흰소리 정도로 치부할 것이며, 상대적 박탈감을 느낄 수밖에 없는, 소위 위화감을 조성하는 농담이라고 할 것입니다. 당장 나 살기도 벅찬데다가 도무지 뭐든 있어야지 자식과 이런저런 실랑이라도 하고, 부모에게 기댈 무슨 건더기라도 있어야지 재산을 탐내든가 말든가 할 게 아니겠습니까. 그렇지만 재산이 있고 없고를 떠나 이러한 사회현상이 정상은 아니라는 것은 누구나 알고 있습니다. 갈수록 양극화되어가는 자본주의 경제의 구조적인 문제점과 더불어 사회적 인간관계는 물론 부모 자식 관계까지 돈이 결정하고 돈에 지배되는 현상이 심화되는 것에 대해 정상적인 사람이라면 구체적으로는 아닐지라도 일말의 문제의식을 갖지 않을 수 없을 것입니다. 그러나 지금 우리는 모두가 문제라고 생각하면서도 그쪽으로 대책 없이 달려가고 있습니다. 이런 현상으로 덕을 보는 계층이 있을지는 모르지만 그들 역시 대놓고 이를 바라지는 않을 거라고 믿습니다. 설령 남의 일로 치지도외하더라도 말입니다. 그러니 우리가 씁쓸해하는 농담 아닌 농담은 결국 우리가 만든 것입니다. 정상이 아니라고 하면서도 정상이 아니게 살고 있기 때문에 생긴 겁니다.

언제부턴가 우리집에는 손님이 오지 않습니다. 친인척도 친구도 회사 동료도 찾아오는 법이 거의 없습니다. 동네 사람은 물론입니다. 나 또한 남의 집을 방문한 기억이 가물가물합니다. 제삿날 형님집에 가는 일을 빼놓고는 말입니다. 그러다보니 찾아오고 찾아가는 그런 일 자체가 귀찮아졌습니다. 그런데 이런 현상이 나에게만 있는 것이 아니고 사회 전체적으로 벌어지고 있습니다. 요즘은 집들이 문화도 사라졌습니다. 새로 이사를 간 경우도, 신혼집들이나 돌잔치도 밖에서 외식으로 때웁니다. 전에는 회사 상사가 정초 때면 직원들을 초대하는 문화도 있었는데 슬그머니 없어졌습니다. 서로가 부담스러운 것이지요. 어쩌다가 친구나 동료 집 근방에 가게 되더라도 들어가자는 소리도 별로 없으며, 그러자고 해도 들르지 않고 그냥 내빼는 게 서로 편합니다. 가족 관계는 오직 처자밖에 없습니다. 형제도 남이 된 지 오래고, 사촌은 이제 얼굴도 잘 모릅니다. 그러면서 집은 점점 커지고 좋아집니다. 집은 가정이어야 하는데 오직 재산가치의 의미만 갖습니다. 그러니 이제 유일하게 남은 처자식조차 재산과 돈으로 환산되지 않을 수 없습니다.

요즘은 이혼하면 패가망신한다고 합니다. 그 이유는 사회적 흠결, 인생 실패, 자식 걱정 등 삶의 본질에 관한 것이 아니라 재산 분할에 따른 경제적인 문제에 있습니다. 일종의 법인 청산, 동업 해제, 이런 것입니다. 대학생처럼 보이는 젊은이가 지하철에서 보는 책이 '노후 대비 20대에도 이르지 않다'라고 해도 하등 이상할 것이 없습니다. 이제 인생을 시작하는 사람이 노후부터 챙기는, 참으로 조숙한 시대가 됐습니다. '부자되세요'가 자연스런 덕담과 인사말이 된 지도 오랩니다. 지식경제니 가치경영이니 해가며 지식도 돈이 되지 않으면 쳐다보지 않는 세상이 됐습니다. 우리 일상에서 돈으로부터 자유로운 영역은 거의 하나도 남지 않았다고 해도 과언이 아닙니다. 오늘날은 영웅이 없는 시대라고 하지만 새롭게 떠오른 영웅도 있습니다. 그건 CEO입니다. 대통령도 CEO 대통령을 표방하고 나서서 당선되었고, 대학총장도 경영 능력이 있는 CEO형 총장이 각광을 받는 시대가 되었습니다. 심지어 사찰의 주지나 교회 목사 같은 종교인도 젊은 CEO형을 선호하고 있습니다. 그렇지만 CEO 대통령은 말부터가 일종의 형용 모순입니다. 결합될 수 없는 말이라는 겁니다. 기업의 CEO가 견지해야 할 논리와 그 조직이 작동되는 논리는 대통령이나 종교집단이 추구해야 할 논리와는 사뭇 다르기 때문입니다. 효율, 생산성, 경쟁, 이윤이 절대가치가 되어야 하는 조직과 정의, 평등, 공정, 헌신, 사랑, 구원과 같이 인간의 삶을 구성하는 다른 수많은 가치가 더 중시되어야 하는 조직은 엄연히 구분되어야 합니다. 국민이 무능하다고 해서 퇴출시킬 수는 없는 것이고, 오히려 국가는 그와 반대여야 합니다. 무능하면 교회에 나가지 말아야 합니까. 국민은 고용의 대상이 아닙니다. 경쟁해서는 안 될 것과 이윤이 개입되어서는 안 될 곳이 있는 겁니다. 효율보다는 포용이, 성장보다는 환경이, 신속보다는 느림이 중요한 영역이 있습니다. 개체의 편의보다는 전체의 지속이 중요하고, 강자 독식이 아니라 약자에 대한 분배가 더 절실한 경우가 너무도 많이 있습니다. 하지만 사람들은 먹고사는 것 자체가 절박한 절대 빈곤의 시대가 아닌데도 돈으로 인한 퇴출과 탈락과 소외의 불안에 시달리고 있습니다. 깊어지는 상실감과 박탈감에 삶을 송두리째 위협받고 있는 사람들이 갈수록 늘어나고 있습니다.

일본 자본주의의 아버지라고 하는 시부사와 에이이치는 이利와 의義는 일치해야 한다고 했습니다. 논어의 '견리사의見利思義'가 바로 그것입니다. 이러니저러니 해도 그 정신이 오늘의 일본 경제를 버텨주고 있습니다. 일본 지도층의 '사회는 풍요롭게, 개인은 검소하게'라고 하는 국가 운영 철학이 시부사와 에이이치로부터 비롯된 것입니다. 의는 당연히 전체의 이익입니다. 오직 시장경제만 신봉한 듯한 애덤 스미스조차 개인의 이윤 동기는 시민의 진정한 이익과 일치해야 한다고 했습니다. 공적 이익에 반하는 사익은 진정한 이익이 아니라는 것입니다. 그런가 하면 어려서 1929년의 대공황을 겪은 극작가 아서 밀러는 나중에 그 대공황을 경제적 재앙이 아니라 미국 사회의 모순과 위선이 빚어낸 윤리적 재앙이라고 간파한 바 있습니다. 미국발 금융위기로 촉발된 전지구적 경제 고통, 월스트리트로 상징되는 금융자본주의의 무한 탐식과 구조적 비리, 전문경영인들의 양심 불량과 철학 부재가 문제시되고 있는 요즘 새삼 많은 생각을 하게 만드는 말입니다.

결국 인간이 아니겠습니까. 제도든 메커니즘이든 인간이 하기에 달려 있습니다. 따라서 개인은 어떻게 하든 보이지 않는 손이 다 알아서 해줄 거라는 기대는 작금에 표출되는 여러 부작용으로 볼 때 환상일 수도 있습니다. 시장이든 사람이든 정직하지 않은 곳에서 무엇을 기대하겠습니까. 그럼에도 시장논리는, 즉 돈의 논리는 우리 삶 곳곳에 빠짐없이 스며들어 있는 게 사실입니다. 우리는 지금 돈의 담론으로부터 결코 자유로울 수가 없습니다. 시장결정론, 시장환원주의, 시장전체주의, 시장만능론이 우리의 물적 · 정신적 세계를 지배하고 있습니다. 그러나 우리에게는 시장논리 외에도 지켜야 할 다양한 의무와 가치가 있습니다. 우선 국민의 도리가 있고, 비영리단체의 회원이라면 회원으로서의 도리가 있으며, 종교인이라면 신도로서의 도리가 있습니다. 민주사회의 일원으로서의 도리도 있고, 가족구성원으로서의 도리도 있고, 친구로서의 도리가 있음에도 이 모든 것이 시장 내 소비자로서의 기능에 가려 빛을 잃고 있습니다. 애국심도, 사랑도, 우정도, 의리도, 믿음도, 의무도, 심지어 영적 가치까지 전부 돈으로 사려고 하고 소비하려고 합니다.

사고파는 것과 주고받는 것은 다른 것입니다. 축적과 배분, 소비와 사용은 명백히 구별되어야 합니다. 시장은 무엇이든 사고파는 곳이며, 소비하는 곳이고, 축적하는 곳입니다. 그러나 우리 삶에는 시장에 내놓아야 할 것과 그러면 안 될 것이 있습니다. 존재하는 모든 것은 오직 시장에서 교환할 것을 강요받는 시대에 언제까지 우리가 보이지 않는 손에 의존해야 하는지 회의가 들 수밖에 없습니다. 이제는 보이지 않는 손보다는 보이는 손에 더 의존해야 하는 시대에 접어들고 있는지도 모릅니다. 그런 점에서 시장 메커니즘의 건강성과 정직성을 고민하지 않으면서 오직 시장논리만을 부르짖는 것이야말로 위험천만하기 짝이 없으며 자본주의의 진짜 적일 수도 있다는 생각이 듭니다. 진정한 시장주의자는 배금주의자나 물신주의자가 아닙니다. 공적 영역이 필요해지는 논거입니다. 세상의 소유에는 사적 소유와 공적 소유, 두 가지가 있습니다. 사적 소유는 배타적 권리로 사유재산이 그것입니다. 공적 소유는 배제되지 않을 권리입니다. 누구는 공원에 들어오고 누구는 안 된다고 할 수 없듯이, 누구도 배제되지 않을 권리가 공적 소유입니다. SOC 투자조차 민자 유치를 하고, 의료보험이나 교육, 전력 같은 분야까지 이윤의 동기를 들고 나와 민영화와 시장논리를 주장하는 것은 공적 소유를 사적 소유로 돌려놓는 것입니다. 모두가 공유해야 하는 재산을 일부 개인의 재산으로 만드는 것과 다름없습니다. 다소간의 비효율이 있어도 사회통합과 진정한 인간가치의 구현을 위해서는 그 비효율이 바로 최선의 효율임을 인정해야 합니다. 이런 부분이 무시될 경우 세상은 불안해지고 만성적인 위기에 시달릴 수밖에 없습니다. 근래 들어 지속 가능한 경영, 지속 가능한 경제, 나아가 지속 가능한 자본주의가 논해지는 것도 결국 이런 문제의식에서 출발하는 것입니다.

사람들이 술자리에서 부모 자식 간에 재산을 두고 벌이는 게임(?)에 대해 개탄성 농담을 하는 것도 근본적으로 이런 문제의식의 연장입니다. 이런 문제제기는 흔히 말하는 진보·보수 논쟁과는 전혀 다른 것입니다. 인간답게 살자는데 코드가 따로 있을 수 없지 않겠습니까. 사회적으로 실패한 사람, 낙오한 사람, 없는 사람들만의 고충일 뿐 나와는 상관없다는 사람들도 있겠지만, 우리 대다수가 인간적인 비애와 불안이 확대재생산되는 사회에 살고 있다는 것은 부인할 수 없는 사실입니다. 우리는 언제까지 농담이 결코 농담이 될 수 없는 이 불편한 진실을 외면하며 살아야 합니까.

황사 오던 날

그날은 황사가 손님처럼 왔습니다. 추위가 채 가시지도 않았는데, 더구나 눈까지 왔는데 이어서 황사가 오니 계절이 너무 서두르는 것 같았습니다. 하지만 넘겨진 달력은 틀림이 없었습니다. 마지막 추위가 남아 있어도 봄의 길목인 것만은 분명했습니다. 오거나 말거나 신경쓰지 않으면 그만인, 손님 같지 않은 손님이지만 하얀 눈 위에 깔리는 누런 황사가 어색한 날이었습니다.

그날이 바로 김수환 추기경의 발인일이었습니다. 여지없는 계절의 운행 속에 추모하는 사람들의 행렬이 이어졌습니다. 며칠간의 장례를 거치고 그날 그는 사랑했던 국민들과 이별했습니다. 국민들이라 함은 천주교 신자뿐 아니라 비신도, 이교도를 전부 포함해서 하는 말입니다. 한 사람의 종교지도자가 돌아간 것치고는 이례적인 문상 행렬이었고, 사실상 국장이 치러졌습니다. 그날 어느 방송 앵커는 '김수환 신드롬'이라는 말까지 했습니다. 당연히 존경할 만한 분이었지요. 마땅히 존경할 만한 어른이 없는 사회라 더 그랬는지 모르겠으나, 그 현상에는 분명 우리 사회의 깊은 아픔과 병리, 그리고 결핍이 숨겨져 있지 않았나 싶습니다.

예나 지금이나 대부분의 사람들은 불안하기만 합니다. 우선 어려운 서민경제가 원인이겠으나 그때는 수십 년 누적된 병폐가 한꺼번에 응결된 듯했습니다. 이 응결이 추기경의 선종에 투사된 것 같았습니다. 더욱이 그 직전의 세월은 기성의 모든 권위를 무너뜨린 기간이었습니다. 현실정치적으로는 잃어버린 10년이다 어떻다 하며 공방을 했지만, 객관적으로 봐도 그 세월은 이전에 쌓아왔던 권위와 상징, 그리고 상식을 무너뜨린 기간이었다고 할 수 있습니다. 그 과정에서 수많은 격하와 재평가, 폄훼, 폭로가 있었습니다. 지나온 우리 민족사와 국가사가 정상적이지 않았던 만큼, 그 사회를 물로 삼아 살아온 물고기들의 오염은 어쩌면 피할 수 없는 것이었지만, 그런 건 양해될 수 없었습니다. 이런 근본주의적 재단裁斷과 그에 따른 작용-반작용의 법칙에서 볼 때 그동안 이 사회에 온전한 어른이 남아 있기는 어려웠고, 특히 살아 있는 사람 중에는 더욱 그랬습니다. 그나마 남아 있던 분이 김추기경이었습니다. 일부에서는 그가 나중에 보수화되었다고 해서, 그리고 극단적인 행동에 비판적이었다고 해서 언론이 그의 선종을 너무 키우는 게 아니냐는 볼멘소리를 했지만 대다수 국민들은 그냥 혀를 차는 것으로 무시하고 말았습니다.

다행스럽게 생각되는 건 당시 사람들이 지극히 건강한 방식으로 현실의 고통을 매우 긍정적인 대상에 투사했다는 것입니다. 추기경의 죽음을 통해 스스로를 위로하고 관조하고 성찰함으로써 개별 삶의 고통이나 사회 전체의 상처와 분노가 상당 부분 완화됐을 것입니다. 우리 사회는 전부터 사회적 희생양 만들기에 익숙해 있습니다. 그 희생양으로 체제를 다져왔고 지도자들 역시 그런 방법을 즐겨 동원해왔다고 할 수 있습니다. 만약 그 투사를 사회적 불만이 있는 다른 어떤 영역이나 사람을 대상으로 했다면 엄청난 재앙이 아닐 수 없었을 것입니다. 그래서 끊임없이 흔들어야만 되는 것으로 아는 극소수의 사람들은 불만스러웠겠지만, 일생을 이 땅의 민주화와 복음화, 그리고 두려워 아무도 말 못하던 시절에 바른말로 희망을 주고 물꼬를 터준 김추기경은 마지막 돌아가면서까지 세상의 아픔과 비극을 완화시켰다고 할 수 있습니다. 마치 당신의 각막까지 이식시켜 주고 갔던 것처럼 말입니다. 존재하는 것 자체로 든든함이 되고 이름 그 자체로 안식이 되고 길이 되는 게 어른이요 스승인데, 거기에 더해 이 어른은 죽음까지도 치유를 주는 방편으로 삼았던 것입니다. 수십만의 사람이 몇 시간씩이나 아무 불평 없이 차분하게 줄을 서서 조문 순서를 기다린다는 건 쉽지도 않은 일이거니와 너무도 아름다운 일이었습니다. 그 기다림의 시간은 치유의 시간이었습니다. 돌아봄의 시간이었습니다. 그리고 어떻게 살 것인지에 대한 가르침의 시간이고 다짐의 시간이고 마침내 깨달음의 시간이었습니다. 이런 깨달음이 미디어를 통해 실시간 중계가 됐던 것입니다. 깨달음의 중계라! 정말 희유한 일이고 고마운 일이 아닐 수 없었습니다.

견딜 수 없는 건 절대적인 것보다 상대적인 것에서 많이 발생합니다. 배고픔도 모두가 다 배고프면 견딜 만하지만 남은 배부른데 나만 배고프면 견디기 어렵습니다. 이런 일은 인간의 본성이기 때문에 마냥 다스리라고만 할 수는 없을 것이고, 설령 그런 노력을 한다고 해도 일부 예외적인 사람을 빼고는 다스려지거나 완화되지 않습니다. 빈부의 문제는 언제나 어느 사회나 다 있는 문제입니다. 항상 있는 문제이면서도 부단히 완화시키려거나 없애려고 노력하는 게 또 이 문제입니다. 그러면서도 결코 없어지지 않는 게 이 문제입니다. 때로 격차가 조금 줄어들기는 해도 마찬가지입니다. 그래서 없애고 싶은 게 정말 맞느냐 할 정도로 진정성이 의심스러운 것도 이 문제입니다.

경제가 성장하면서 불평등 현상이 생기면 상대적인 박탈감이나 아픔이 있어도 살 만합니다. 나보다 잘사는 사람에 대한 시기심은 있어도 일단 먹고살 수는 있기에 나도 잘살겠다는, 혹은 자식대라도 잘살게 하겠다는 희망을 가지고 살아가게 됩니다. 그리고 모두가 어려워지는 공황이나 전쟁 직후처럼 절대적으로 못살게 돼 상대적인 격차가 줄어들고 비슷한 어려움을 겪게 되면 그 어려움 또한 견딜 만한 게 인간입니다. 오히려 이럴 때 더 인간적인 게 인간입니다. 그러나 절대적으로 어려워지면서 상대적으로도 어려워지면 그때는 정말 어려워집니다. 삶의 수준이 절대적으로 격하되면서 상대적으로 불평등이 심해지면 단순히 먹고사는 어려움에 참을 수 없는 분노와 원망이 겹치게 됩니다. 동서양을 막론하고 역사적으로 그런 시대에는 사회변혁이 일어납니다. 구조적인 모순이 극대화되는 가운데 생산력이 떨어지면 급격한 양극화 현상이 일어나고, 이 현상은 구성원들에게 더욱 심각하고 뼈저린 아픔으로 느껴지기 마련입니다. 당시 우리 사회가 바로 그런 상황이었다고 할 수 있습니다.

그 시절 한남동의 한 대학부지에 고급 아파트를 지었는데, 분양대금도 아닌 임대보증금이 제일 작은 평수가 14억이고 큰 건 25억이라고 했습니다. 여기에다 다달이 월세도 2백만 원에서 5백만 원에 달하고, 월 관리비 또한 수백만 원씩 한다고 했습니다. 대부분의 아파트가 미분양으로 신음하고, 건설회사 구조조정으로 그나마 일용직들도 일을 구하지 못하는 상황에서 벌어진 일입니다. 물론 구름 위의 계층이 있다는 것이 잘못됐다는 건 아닙니다. 다만 실업, 폭락 등 사상최대가 하도 많아 실감도 잘 나지 않을 정도인 극심한 불황 속에서도 사회 한쪽에서는 돈이 돈 같지 않은 일이 벌어졌기에 하는 말입니다. 빈부야 언제든 있는 현상이라고 하지만 절대적인 한계에 내몰리는 사람이 빠르게 늘어나는 상황에서, 그리고 언제 끝날지 모르는 불안과 두려움의 상황에서는 가진 것과 못 가진 것, 상위 계층과 하위 계층, 상실과 박탈 같은 상대적인 계급문제가 정치적으로 더욱 예민해질 수밖에 없습니다. 그런 식이라면 우리 사회라고 어떤 급변의 길목에 들어서지 않으리라는 보장이 없습니다. 그런 조짐은 일찍이 촛불시위에서도 보았지만 이미 곳곳에서 나타나고 있었습니다. 그러던 참에 김추기경의 선종에 상처입고 두렵고 힘들고 분노하는 사람들의 불온한 에너지가 투사됐던 것이지요. 시기가 무르익어가고 있다고 기대했던 사람들은 실망했을 것이고, 힘들어도 어떻게든 온건하게 살아보겠다는 사람들은 다시금 희망을 찾아 신발 끈을 맸을 것입니다. 그래서 김추기경에 대한 추모행렬을 두고 정치적 비판을 서슴지 않는 사람들도 나타났던 것입니다. 단순히 김추기경이 노년에 보수화되고 극단적인 행보에 비판적이었다고 그랬던 건 아닐 겁니다.

그러고 보면 사람의 입장과 관점 차이라는 게 참으로 놀랍습니다. 이른바 코드지요. 코드는 혈액형과 같다나요? 코드에는 부모형제도 없고 선후배도 없다지요? 코드라는 게 결국 이념이고 진영이니 그럴 수밖에 없을 겁니다. 하지만 오늘의 대한민국이 있기까지 김추기경의 기여를 무시할 수는 없습니다. 지금은 누가 무슨 말을 하든 두렵지 않은 시절이 되었습니다. 마음껏 정부나 사회를 상대로 투쟁을 하고, 어떤 사회적 이슈들을 쟁점화하더라도, 더구나 남북문제 등에서 무슨 주장을 하든 신체적 위해를 당하는 경우는 없습니다. 그러나 추기경이 말을 해야 하는 그 엄혹한 시절에는 한마디 한마디가 목숨 걸고 한 것이었지요. 같은 말이라도 그때와 지금은 차원이 다른 겁니다. 그렇게 한 결과 오늘의 민주화가 있었던 것이고, 갈수록 심해지는 경제적 불합리 속에서도 쉽게 흔들리지 않는 성숙하고 다원화된 사회가 만들어질 수 있었던 것입니다.

김추기경의 묘비명으로는 이런 말이 새겨졌다고 합니다. "주님은 나의 목자, 나는 아무것도 아쉽지 않네." 시편에 나오는 문구랍니다. 그런데 아쉽지 않다는 게 무슨 의미이겠습니까? 아쉽지 않다는 것은 모든 것을 다 내놓고, 내려놓고, 비우고, 남아 있는 게 하나도 없을 때 생기는 마음 아니겠습니까. 가진 것에 대해, 삶에 대해, 그 무엇에 대해서도 집착이 없을 때 아쉽지 않은 것이지요. 그것이 절대자에 대한 의존이든, 진리에 대한 승복이든, 다른 어떤 체험과 궁극의 경지에 도달해서든 텅 비어서 오는 충만이 없으면 아쉬움은 남을 수밖에 없을 겁니다. 화엄의 '무애자재無碍自在', 장자의 '승물유심乘物遊心', 논어의 '종심소욕불유구從心所欲不踰矩'가 다 같은 것입니다. 깨달음의 경지는 종교를 뛰어넘어 모든 걸 포괄합니다. 이런 걸 두고 원융圓融한다고나 할까요? '선생복종善生福終, 여래선서如來善逝.' 착하게 살다가 복되게 가는 게 하느님이며, 이렇게 왔다가 그렇게 가는 게 부처님인 겁니다. 조르바로 유명한 니코스 카잔차키스의 무덤 묘비명에는 이렇게 쓰여 있답니다. "나는 아무것도 바라지 않는다. 나는 아무것도 두렵지 않다. 나는 자유다."(I hope for nothing. I fear nothing. I am free.) 다 같은 얘기입니다. 희랍인 조르바의 댄스는 원효가 추었다는 무애춤(無碍舞)인 겁니다. 진리는 시공을 초월해 이렇게 손을 잡습니다. 추기경의 아쉽지 않다는 것이나 카잔차키스의 바라지 않고, 두렵지 않고, 그래서 자유롭다는 것 역시 똑같은 겁니다. 예수나 부처나 노장이나 공자나 다 똑같은 겁니다. 그러고 보면 무엇이나 합치는 건 성인의 몫이고 나누는 건 인간의 몫인 것 같습니다. 빈부, 이념, 심지어 진리까지도 말입니다.

그때나 지금이나 결핍의 시대입니다. 갈수록 생활의 결핍과 사랑의 결핍, 관심의 결핍이 만연하고, 사람들은 피할 그늘도 없이 황망하게 살아가고 있습니다. 아무리 몸부림쳐도 세상은 그렇게 프로그래밍되어 있습니다. 어렵던 시절, 기댈 곳 없던 사람들의 횡한 가슴을 지켜주는 역할을 김수환 추기경이 했는데 이제는 그마저 돌아간 지 오래됐습니다. 그래서 더 추기경이 생각나는지도 모릅니다. 그래도 얼마나 고맙습니까. 당시 김추기경에 대한 절절한 추모가 그 자체로 사회적 치유와 국민적 안식이 되었으니 말입니다. 세상을 변혁으로 내몰지 않고 어떻게든 참고 이겨내라는 집단 가르침을 추기경의 선종이 마지막으로 주었던 것입니다. 저는 세상을 꼭 구조적으로만 볼 필요는 없다고 봅니다. 분노나 상처의 치유가 꼭 수술을 통해야만 되는 것은 아니기 때문입니다. 근본주의적 시각은 결국 또다른 근본주의를 부르게 되어 있습니다. 그때 그날 김추기경이 가르쳐준게 그것입니다.

김추기경이 생전에 한 농담입니다. 어떤 이가 일상에 치여 살다가 문득 삶이 무엇인지 심각한 고민을 하게 됐습니다. 도대체 삶이 무엇인지, 왜 이렇게 힘든 것인지 하고 말입니다. 그러다가 정처 없이 기차를 타게 됐고 기차 안에서도 계속해서 삶이 무엇인지 치열한 고민을 하고 있는데 옆으로 누군가 '삶은 계란, 삶은 계란' 하고 지나가더랍니다. 조크로만 듣기에는 사뭇 선기禪機가 느껴지는 깨달음입니다. 갈수록 힘들다고는 하지만 삶은 별 게 아닙니다. 세월이 지나 올봄에도 그날처럼 황사가 왔습니다. 그때는 없던 미세먼지까지 동반하고 왔습니다.

아바타 이야기

　제임스 카메론 감독의 영화 〈아바타〉를 기억하실 겁니다. 실제와 컴퓨터 그래픽이 구별되지 않을 만큼 영화제작 기술이 절정에 달한 작품이었습니다. 영화에 과학과 예술의 두 측면이 있다고 할 때, 현대 과학문명의 위력을 영화적으로 과시한 결정판이 바로 이 영화였다고 해도 무방할 듯싶습니다. 이런 압도적인 제작기술 수준과 스케일을 지닌 영화답게 사람들이 구름같이 몰려들어 이 감독의 기존 국내 흥행기록도 갈아치운 것으로 알고 있습니다. 지난 얘기이지만 나는 당시 이 영화를 보면서 영화의 기술적 측면보다는 이야기를 만드는 감독의 능력이 정말 대단하다는 생각을 했습니다. 영화적 착상과 서사구조가 그 영화의 제작기술보다 훨씬 뛰어나다는 점에 감탄을 금할 수 없었던 것이지요.

　기술이야 발전하는 대로 따라가면 됩니다. 이 영화뿐 아니라 모든 영상예술이 다 그렇습니다. 그 기술이 어디서 연유했든 필요에 따라 차용하고 적용하면 그만인 겁니다. 그러나 이야기는 그렇지 않습니다. 이야기는 과학이나 기술이 만들어주지 못합니다. 오직 인간만이 해야 합니다. 컴퓨터로 다양한 이야기 사례를 모으고 경우의 수를 조합해 새로운 이야기를 만드는 방법도 없지 않겠지만, 그 창의성에는 한계가 있을 수밖에 없습니다. 그렇게 만든 기계적 조합의 이야기라고 하더라도 흥행, 계도, 선전 등에 대한 합목적성이나 재미의 정도는 결국 인간이 판단할 수밖에 없기 때문이지요.

영화 〈아바타〉는 〈터미네이터〉나 〈타이타닉〉 같은 이전 성공작들 못지않은 기발한 이야기 구조를 지니고 있습니다. 〈터미네이터〉는 미래를 현재로 끌어들입니다. 현재는 미래의 과거입니다. 공상과학 영화는 통상 현재에서 미래로 가지만 〈터미네이터〉는 미래가 현재로 와서 벌어지는 얘기입니다. 〈타이타닉〉은 현재에서 과거로 돌아갑니다. 생존한 것으로 설정된 여자 주인공의 회상을 통해 타이타닉호의 침몰과 인간 군상의 다양한 인연이 재현됩니다. 아바타는 인간의 탐욕으로 빚어지는 무분별한 개발과 환경파괴를 우주 가상 행성의 자원 채취를 빗대어 경고하고 있습니다. 거기에 아바타라는 첨단 과학의 매개물을 등장시키고 있는데, 이야기 구조는 동양적 사유를 바탕에 깔고 있습니다. 분신인 아바타와 주인공은 마치 장자의 호접몽을 연상시키는 듯합니다. 기계적 장치를 통해 아바타와 나를 오가는 주인공은 급기야 꿈이 현실인지 현실이 꿈인지 헷갈려 괴로워합니다. 호접몽은 내가 나비가 되는 꿈이면서 나비가 내가 되는 꿈의 이중적 이야기 구조를 지니고 있습니다. 누가 알겠습니까. 내가 아바타인지 아바타가 나인지 말입니다.

'아바타'라는 말 자체가 범어로 분신을 의미합니다. 사이버 공간에서 나를 대신한 가상인간을 그래서 아바타로 부른다고 합니다. 영화에서는 이 아바타에 본체인 인간의 기억과 감정, 지적 능력이 그대로 옮겨지고 아바타의 행동은 전부 모니터링이 됩니다. 본체가 깨어나면 아바타는 죽습니다. 아바타가 살아 있으면 본체는 잠들어 꿈을 꾸고 있다는 점에서 죽은 것이나 다름없습니다. 불교에도 이와 비슷한 개념이 있습니다. 법신法身, 보신報身, 화신化身 혹은 응신應身이 그것입니다. 법신은 진리 본체이고 그것이 하나의 방편으로 다른 여러 형태를 띠고 나타나는 것이 화신입니다. 석가모니 부처님이 아마 화신일 것입니다. 진리의 분신, 즉 법의 아바타인 것이지요. 그래서 영화 〈아바타〉는 첨단과학에 신화적 모티프와 동양의 서사구조를 접목시킨 것입니다. 모든 대상과 교감할 수 있다는 것, 생태계 내의 모든 에너지가 연결되어 있다는 것, 사물이 고립된 존재가 아니라 하나이면서 전체라는 것 등은 우주 법계의 일체성과 일즉다一即多 다즉일多即一의 힌두와 불교적 사유를 반영한 것입니다. 게다가 이 영화에는 무협극이나 서부영화 같은 액션 활극의 고전적인 주제가 섞여 있습니다. 주인공이 악당을 물리치는 권선징악입니다. 주인공이 본래의 미션을 망각하고 상대편으로 돌아서는 것도 흔히 볼 수 있는 구성입니다. 이렇듯 영화기술의 첨단성과 달리 〈아바타〉의 주제는 단순하고 전통적입니다. 그래서 이런 단순한 주제를 가지고 이야기를 만드는 감독의 능력이 더욱 부럽습니다. 남과 차별되는 이야기를 만들 수만 있으면 기술은 더이상 문제가 되지 않습니다. 세상이 온통 경쟁력, 경쟁력 하는데 정작 경쟁력의 핵심은 비용이나 외형과 같이 측정할 수 있는 데 있는 것이 아니라 이렇게 재미있고 감동스러운 이야기를 만들 수 있는 데 있지 않나 생각됩니다. 따라서 영화 〈아바타〉를 통해 현대 조직경영에서 차지하는 이야기의 경쟁력에 다시금 관심을 갖게 됩니다.

삶은 이야기입니다. 아니, 이야기가 삶이라고 할 수도 있습니다. 역사도 이야기이고, 철학도 이야기이며, 과학도 이야기이고, 문학은 말할 것도 없습니다. 경영도 정치도 종교도 전부 이야기입니다. 조직의 흥망성쇠도 이야기를 만들고 이야기가 소멸해가는 과정입니다. 만들어진 이야기를 다루고 그러면서 또 새로운 이야기를 만들어가는 것이 인간의 생명활동입니다. 개인사, 가족사, 남녀상열지사, 일상의 소소한 것들……. 이 모든 것이 다 이야기입니다. 삶이 꼬이는 건 이야기가 꼬이는 것입니다. 삶이 순조로울 땐 이야기가 잘 풀리는 겁니다. 운명의 장난도 이야기가 얄궂은 것입니다. 세상의 모든 진실은 이야기로 구성됩니다. 진실은 이야기될 때만 진실입니다. 언어로 표현되든 안 되든 이야기는 항상 있습니다. 이야기가 없으면 그 이야기가 비롯된 실체도 없습니다. 실체가 있어 이야기가 있는 것이 아니라 이야기가 있어 실체가 있습니다. 호랑이는 죽어서 가죽을 남기고 사람은 죽어서 이야기를 남깁니다. 개인이 자기 이야기를 만들어가듯이 조직도 이야기를 만들고 기업도 만듭니다. 삶의 보람과 의미, 개별 기업의 성공과 실패가 다 이야기가 됩니다. 먹고살 만해지니까 일부 계층에서는 자서전 쓰는 것이 유행한다고 합니다. 다 이야기를 만드는 일이며, 죽어서도 인간이 이야기에서 벗어나지 못하는 '이야기적 존재'임을 말해주는 현상입니다. 이야기가 되지 못하면 삶이 아닌 것입니다. 실제 그의 삶이 얼마나 훌륭하고 극적인지는 관계가 없습니다. 이야기가 훌륭하면 삶도 훌륭한 것이고 그렇지 못하면 그렇지 않은 겁니다. 그러고 보면 이야기를 만들 수 있는 자가 성공한 삶을 산 것이 됩니다. 모든 삶이 이야기이지만 아무나 이야기를 만드는 것도 아님을 알 수 있습니다. 훌륭한 삶은 훌륭한 이야기이며, 성공한 삶은 성공한 이야기입니다. 그 반대도 마찬가지입니다.

이야기는 이렇듯 일상을 훌쩍 뛰어넘어 우리 삶의 본질을 구속합니다. 그리고 개인과 마찬가지로 회사나 조직도 창사 10년사, 20년사와 같이 세월의 마디마다 역사를 정리합니다. 그것이 바로 기업이 살아온 이야기입니다. 세세연년 만들어지는 결산서는 기업의 이야기가 요약된 것이라는 점에서 이야기가 잘못되면 큰일 나는 이유를 알 수가 있습니다. 그래서 이야기는 훌륭해야 하고 경쟁력이 있어야 합니다. 기업의 이야기에는 모든 기업적 성취의 결과가 들어 있기 때문입니다. 개인의 이야기에도 살아온 모든 역정이 들어 있기는 마찬가지입니다. 임의로 할 수 없는 그 무엇이 들어 있기는 하지만 말입니다. 그러나 이야기가 경쟁력 차원으로 들어가면 주어지는 이야기가 아니라 만들어지는 이야기가 관건이 됩니다. 경쟁력이라고 하면 개인보다는 아무래도 조직이나 기업이 문제가 됩니다. 기업의 이야기가 경쟁력을 갖기 위해서는 구성원이 이야기하는 것을 방해하거나 그 환경을 저해하면 안 됩니다. 성공한 이야기의 요체는 무엇보다 구성원의 상상력에 있습니다. 상상력을 마음껏 발현시키는 일이 이야기 경쟁력의 핵심이 됩니다.

종래에는 이익과 비용의 관점에서 경영의 성공 여부를 판단했습니다. 이익을 많이 내기 위해서는 매출과 비용의 격차가 최대한 벌어져야 합니다. 이를 위해 기업은 많은 것을 합니다. 때로는 비용절감을 위해 구성원의 노동력을 제대로 평가하지 않을 때도 있습니다. 매출확대를 위해 구성원의 사기나 조직 분위기와 같은 경영 요소들이 한가한 일로 치부되기도 합니다. 종업원 구조조정이 경영자의 자랑스러운 성과가 됩니다. 이야기를 만들어내는 창의적인 분위기는 관리와 효율이라는 명제 아래 무시되기 일쑤입니다. 경영활동이 이야기 만드는 과정과 다름없음을 인식하지 못합니다. 조직의 이야기는 단순한 이야기가 아닙니다. 구성원이 나누는 이야기가 어떤 것이냐에 따라 기업이 만드는 이야기가 결정됩니다. 부정적이고 불만스럽고 불안한 이야기만 나눌 경우에는 기업도 그런 이야기가 만들어질 수밖에 없습니다. 지금 이 순간 구성원들이 점심 때, 퇴근 후 삼삼오오 모여앉아 나누는 이야기를 경영자는 자신의 아바타를 하나 만들어 들어볼 필요가 있습니다. 경영자의 아바타가 구성원들과 같이 어울리면서 이야기를 듣고 만들어가다보면 〈아바타〉의 주인공 같이 구성원들과 상황을 공유하고 개개의 삶에 공감하고 문제에 대한 인식차를 좁혀가게 됩니다. 그러다가 구성원의 이익기반을 잠식하는 통상의 경영자와는 다른 철학을 갖게 되고, 마침내 구성원들과 하나가 됩니다. 이를 통해 기업의 항구적이고 진정한 경쟁력이 어떤 것인가를 깨닫게 됩니다. 기업의 비전이나 전략이 따로 없다는 것이 몸 떨리는 각성으로 다가옵니다. 이 각성에 대한 실행은 구성원의 상상력을 북돋아주는 일입니다. 상상력은 경영학적 비용이나 이익 계산을 떠나 어느 정도 여유를 두는 데에서 나옵니다. 어쩌면 아예 잊을 때 이익의 극대화가 가능할 수도 있다는 역설에 신뢰를 가져야 합니다. 당연히 추가로 드는 비용은 소모적인 비용이 아니라 훌륭한 이야기를 만들 수 있는 투자가 됩니다. 구성원들의 개별 삶을 위협할 정도로 경쟁을 유도하는 게 일상 경영의 전부가 되면 기업은 목구멍이 포도청이라 죽지 못해 일하는 회사가 되고, 그런 조직에서 상상력은 애당초 사치일 수밖에 없으며, 제대로 된 이야기는 기대할 수 없습니다.

과학적 경영기법이 훌륭한 이야기를 만들어주지는 않습니다. 경쟁전략이 훌륭하다고 해서, 제공되는 비전이 그럴싸하다고 해서 감동적인 이야기, 구성원과 고객 모두에게 기억될 수 있는 이야기가 만들어지는 것은 아닙니다. 그런 것들은 한 가지 요인 이상이 되지 못합니다. 그런 점에서 과거 총무로에 진출한 대기업들이 총무로 사람들만의 이야기 만드는 체질에 적응하지 못하고 철수한 사례는 여러모로 시사하는 바가 많습니다. 한 번의 빛나는 상상력이 만 번의 느슨함을 단숨에 날려버리고, 한 명의 획기적인 이야기가 만 명이 불철주야하는 노력을 뛰어넘는다는 성찰이 없었고 기다릴 여유도 없었던 것입니다. 그래서 영화 〈아바타〉를 성공으로 이끈 상상력의 원천은 일반 경영에서 죄악시되고 있는 방만일지도 모릅니다. 이야기는 노동이나 관리에서가 아니라 유희와 방임에서 나올 수도 있습니다. 이야기를 만드는 주체는 어디까지나 사람입니다. 사람을 조직의 노예로 만들어서는 위대한 이야기가 나올 수 없습니다. 〈아바타〉

의 성공요인은 3D나 그래픽에 있는 것이 아니라 어쩌면 하나도 새로울 것 없는 이 이야기에 있는지도 모릅니다. 사람은 이야기 속에 살고 이야기 속에 죽습니다. 사람들이 공감하고 빠져들 수밖에 없는 이야기를 만드는 데 〈아바타〉는 성공한 것입니다. 그래서 지금부터는 모든 조직경영에서 이야기의 힘을 믿어야 합니다. 첨단 디지털 시대에도 변치 않는 이야기의 위력, 이야기 경쟁력에 귀 기울여야 합니다. 이야기는 결코 막연하고 구태의연하고 있어도 그만 없어도 그만이 아닙니다.

이야기를 망치는 경영이 갈수록 성행하고 있습니다. 이야기를 모르는 정치와 경제가 범람하고 있습니다. 이야기를 외면하는 관리를 뛰어나다고 합니다. 거듭 얘기하지만 이야기는 기술이나 기법이나 장치가 만들지 못합니다. 오직 인간 중심의 조직환경과 경영철학만이 가능케 합니다. 그래서 우리는 〈아바타〉의 기술적 위력에 두려움을 갖기보다는 이야기 만드는 능력을 부러워하고 키워가야 합니다. 경영만이 아니라 세상 모든 분야가 다 그렇습니다.

내 양심 누가 지키랴

양심이라는 말이 생각납니다. 우리가 흔히 말하는 양심이란 도 대체 무얼까요. 또 양심의 자유란 어떤 자유일까요. 양심은 말 그대 로 착한 마음, 선한 마음이지요. 그래서 누구나 양심은 지키고 지녀 야 할 좋은 마음입니다. 종교적으로도 윤리적으로도 당연히 그렇습 니다. 사전적으로는 이렇게 설명하고 있습니다. '사물의 가치를 변 별하고 자기의 행위에 대하여 옳고 그름과 선과 악의 판단을 내리는 도덕적 의식'이라고 말입니다. 한마디로 시비와 선악에 대한 분별심 입니다. 하지만 선악이니 시비니 하는 것이 상대적이라는 점을 감안 하면 양심에 반드시 '좋을 양良' 자를 써야 될 이유는 없습니다. '양 良' 자는 어질고 착하고 좋고 아름답고 진실하고 순수하다는 의미를 지니고 있기 때문입니다.

이런 차원에서 헌법상의 권리인 양심의 자유를 들여다보고 싶습니다. 나는 법리적으로, 혹은 헌법정신에 비추어 양심의 자유를 논할 입장도 아니며 깊이 있게 아는 것도 없습니다. 그럼에도 오늘은 양심의 자유가 진짜 양심에 관한 것인지 한번 생각해보고 싶습니다. 내가 느끼기에 헌법상 권리로서의 양심은 앞에서 살펴본 원래 말뜻 그대로의 양심과 달리 그냥 속마음을 말하는 것 같습니다. 그래서 양심이라기보다는 생각의 자유, 즉 사상의 자유가 더 가깝지 않을까 생각됩니다. 이렇게 볼 때 어떤 마음이든, 그것이 좋은 마음이든 나쁜 마음이든 자유로이 가질 수 있는 것이 이른바 양심의 자유가 됩니다. 그러니까 양심의 자유는 말과 달리 결코 좋은 생각에만 한정해서 쓸 수 있는 자유는 아닌 겁니다. 즉, 누구를 해치고 싶은 생각이나, 사회를 나쁘게 할 생각, 혹은 엄청난 갈등을 불러일으킬 수 있는 생각이라도 마음대로 가질 수 있다는 것입니다. 양심의 자유는 생각의 자유이기 때문에 통제를 받을 이유도 없고 또 그럴 수도 없습니다. 이와 관련해 볼테르는 이런 말을 했다지요. '당신의 생각에는 동의하지 못해도 당신이 그렇게 생각할 자유만큼은 목숨 걸고 지키겠다'고 말입니다. 인류 역사에서 양심의 자유, 사상의 자유를 기본권으로 확립해낸 상징적인 얘기입니다.

그나저나 사람 마음속을 누가 알겠습니까. '열 길 물속은 알아도 한 길 사람 속은 모른다'는 속담은 그래서 내면의 은밀성을 얘기하는 것이고, 이 은밀성이 곧 자유가 되는 것입니다. 남들이 알 수 없는 마음, 그래서 마음대로 할 수 있는 마음, 남들에게 들키지 않고 파악되지 않는 마음이기에 자유가 성립되는 것입니다. 설령 양심이 아니라 악심이라도 상관이 없습니다. 그러니 구태여 자유라는 말조차 쓸 필요가 없을지도 모릅니다. 무슨 생각을 하는지, 어떤 마음을 가지고 있는지 남들은 도무지 알 수 없는데 자유 운운하는 것 자체가 우스꽝스럽기에 그렇습니다. 이런 점에서 기본권으로서 양심의 자유가 성문법으로 명시된 것 자체가 이해가 되지 않습니다. 대신 양심의 자유를 들키지 않을 권리라고 하고 싶습니다. 들키지 않을 권리. 사람이 무슨 생각을 하는지 함부로 드러나서야 되겠습니까. 따라서 양심의 자유는 자유라기보다 자기방어를 위한 의무에 더 가깝다고 할 수 있겠습니다.

현실적으로 사람의 마음이나 생각은 여러 형태로 나타납니다. 통상 속내를 드러낸다고 하지 않습니까. 그 속내는 우선 말로, 표정으로, 분위기로 드러납니다. 말은 분명한 거니까 그것이 실수가 되었든 아니든 자기의지에 의한 것이므로 그로 인해 발생하는 모든 결과는 말한 사람에게 귀속되는 게 당연합니다. 표정이나 분위기 같은 것은 짐작은 될 뿐 단정할 수 없으므로 그것만으로 책임질 일은 없습니다. 단지 의심과 그에 따른 소외가 있을 수 있고, 반대로 은근한 동류의식을 가질 수 있을 뿐입니다. 하지만 마음을 드러내는 이차적인 것들에는 지극히 개인적인 일기나 편지, 또는 이메일과 전화 통화 내용, 그리고 문자 소통이나 아주 내밀한 대화 등등 여러 가지가 있을 수 있습니다. 이 모든 건 양심의 자유, 곧 들키지 않을 권리 차원에서 제삼자가 임의로 알면 안 되는 것들입니다. 헌법상 결코 들여다볼 수 없는 양심의 영역입니다. 그래서 통신비밀보호법이 있는 것이고, 도청이나 도촬이 범죄행위가 된다고 하는 것입니다.

그럼에도 사람들은 본능적으로 남의 마음을 알고 싶어합니다. 옛날부터 독심술이라는 게 있었던 것도 따지고 보면 이런 본능에 의한 것이라고 할 수 있습니다. 고도로 문명화되고 민주화된 작금에 이르러서도 끊임없이 도청이나 남의 생각을 엿보려는 시도가 사회문제로 부각되는 것도 이러한 본능 때문임을 알 수 있습니다. 범죄인 줄 알면서도 호기심은 어쩔 수 없는 것이지요. 상대의 생각을 알고 있으면 치열한 경쟁사회에서 절대적 우위에 설 수 있는 것은 자명합니다. 어디 경쟁뿐입니까. 남녀관계를 포함해서 모든 인간관계가 다 그럴 것입니다. 그래서 사람들은 자기 마음은 감추고 남의 마음은 가급적 알고 싶어하는 것입니다.

그런데 말입니다. 좋든 싫든, 자의든 타의든 내 마음이 노출되었을 때를 한번 상정해봅시다. 드러나지 않았을 때는 무슨 생각을 하든 양심의 자유가 보장되는 것이겠지만, 일단 남에게 내 생각이 발각될 경우는 과연 자유라는 것이 현실적인 의미를 갖게 될까요? 남이 내밀한 내 대화를 엿들었다거나, 일기나 편지를 훔쳐보았다거나, 아니면 도청 등을 통해 몰래 녹음을 하는 등의 방법으로 내 양심이 노출되었을 때는 두 가지 측면에서 문제가 됩니다. 양심의 자유를 침해하는 불법의 문제와 함께 그 양심의 내용이 적절한가의 문제가 제기될 것입니다. 이를테면 누구를 죽이고 싶다는 생각을 했다고 칩시다. 드러나지만 않으면 무슨 생각을 하든 관계가 없겠지만, 일단 불법이든 아니든 노출된 이상 양심이든 마음이든 생각이든 그 내용에 시비가 붙게 됩니다. 죽이겠다는 대상이 된 사람이 가만히 있겠습니까? 어디까지나 생각에 불과해 범죄가 성립되는 건 아니지만, 대상이 된 사람은 경계하고 적개심을 갖게 될 겁니다. 혹시나 염려

하던 것이 사실로 확인된 셈이니까요. 이처럼 외부로 드러난 수많은 양심들이 만약 반사회적이거나 비윤리적이라면 그 드러낸 방법의 적법성과는 별도로 양심의 내용 자체가 도마 위에 오르는 건 지극히 자연스러울 겁니다.

형사소송법에 독수독과毒樹毒果의 원칙이라는 게 있다고 합니다. 위법하게 수집된 증거는 증거 능력이 없다는 것입니다. 과거 삼성 X파일 사건이 이 문제로 시끄러웠지요. 자기 생각이 드러난 사람은 양심의 자유나 사생활 침해 주장을 하는 반면, 그와 정치적 이해를 달리하는 사람들은 그 양심의 내용을 문제삼았습니다. 실정법상으로, 나아가 철학적으로 참으로 어려운 얘기입니다. 하지만 옳고 그름을 떠나, 그리고 옳고 그름이라는 것도 이해와 관점에 따라 매우 상대적이라는 점에서 세상은 아무래도 남의 양심을 드러낸 방법의 위법성 여부보다는 그 양심의 내용에 더 큰 호기심을 갖기 마련입니다. 남의 마음속과 머릿속을 들여다본다는 것, 더욱이 그것이 센세이션을 불러일으킬 경우에는 도청이든 도촬이든 그런 건 저 멀리 뒷전의 문제가 돼버립니다. 일종의 사회적 관음증이 작용하는 것이지요. 아, 저 사람들이 저런 생각을 하고 있었구나, 저런 일을 획책했구나, 떠돌던 소문이 결국 사실이었구만……. 그래서 무슨 일이 있어도 자기 양심은 지켜야 하는 겁니다. 드러난 다음에 독수독과를 주장하고 무슨 법적 권리를 주장해봐야 실정법상 무사히 넘어갈지는 몰라도 도덕적 평가나 정치적 판단에서는 자유로울 수가 없습니다. 그게 설령 사람 사는 사회의 불합리와 부조리라고 하더라도 어쩔 수가 없는 것입니다.

그래서 양심의 자유는 말마따나 양심, 즉 선하고 도덕적으로 옳은 마음의 자유라는 생각이 듭니다. 옳지 않은 마음과 사회적으로 커다란 시비를 불러일으킬 생각의 자유는 들키지 않았을 때만 자유이지, 어떤 형태로든 드러날 경우에는 자유가 아니라 엄청난 족쇄가 될 수밖에 없기 때문입니다. 여기서 우리는 내 마음이라고, 내 생각이라고 결코 함부로 해서는 안 된다는 걸 알 수 있습니다. 막상 공개된 다음에는 양심의 자유나 사생활 침해 주장만 가지고는 입장이 아주 궁색해질 수밖에 없을 테니까요. 이쯤 되면 양심의 자유나 사상의 자유는 더이상 설 땅이 없는 구차스러운 얘기가 돼버립니다. 어쨌거나 남의 생각을 들여다본다는 것은 흥미로운 일이며 충분히 즐길 만하기 때문입니다. 일단 드러난 이상 '그럼 그렇지'가 자연스럽게 따라붙는 것이며, 그 사람은 사회적으로 알몸이 되는 것입니다. 더욱이 정치적으로 첨예하게 대치하는 상황에서 적의敵意의 대상이 된 세력이나 개인은 심각하게 문제를 제기하지 않을 수 없습니다. 그래서 과거에는 남의 생각, 즉 양심을 알아내기 위해 고문까지 자행했습니다. 남의 양심을 알고 싶은 본능과 지키려는 저항의 역사가 면면히 이어져 왔던 것이지요. 상대가 무슨 생각을 하고 있는지 확인을 하게 되면 세력과 세력, 개인과 개인의 증오와 갈등은 심각하게 증폭됩니다. 막연했던 것들이 분명해지며, 앞으로 취해야 할 행동들은 구체성을 갖게 됩니다.

이제 세상은 갈수록 양심의 자유가 지켜질 가능성이 줄어들고 있습니다. 기술의 발달로 누군가가 나의 생각이나 마음을 훔칠 소지는 마냥 늘어나고 있습니다. 말조심뿐만 아니라 양심 조심, 생각 조심을 해야 하는 세상이 되었습니다. 혼자만의 비망록이나 일기, 메모는 솔직해야 됨에도 만에 하나 공개됐을 경우를 염두에 두어야 합니다. 이제 양심은 감춰지지 않으면 보호받지 못하는 세상이 됐습니다. '내 양심 내가 지키지 않으면 누가 지키랴'가 일상의 수칙이 된 것입니다. 양심이 지켜지지 못한 부담은 결국 스스로가 질 수밖에 없습니다. 인간의 본성이 폭로한 자의 위법성보다는 폭로된 내용의 적절성에 더 관심을 갖는 한, 그럴 수밖에 없습니다. 그래서 결국 양심의 자유는 말 그대로 순수하고 선한 마음의 자유여야 하는 것입니다. 살면서 흔히 떳떳하다는 것, 어느 모로 보나 거리낌 없고 당당하다는 것이 그것일 겁니다. 참 쉽지 않은 세상입니다.

DJ와 마하티르

비정규직 문제가 갈수록 커다란 사회문제가 되고 있습니다. 월급쟁이를 하다보면 직간접적으로 이 문제에서 자유로운 사람은 별로 없습니다. 바로 당사자나 내 자식 내 식구의 일이 아니더라도 직장 내에서 그들이 겪는 비애를 절감하게 되기 때문입니다. 개별 기업의 사정이나 개인적인 이해를 떠나 어떤 식으로든 조기에 해결되어야 한다는 생각이 들어 그 문제를 한번 얘기해보고 싶습니다.

김대중 전 대통령이 돌아갔을 때 방송이나 신문에서 고인의 업적을 기리면서 빠트리지 않고 다룬 것이 외환위기의 극복이었습니다. 그러나 IMF 사태를 1년여 만에 졸업한 것에 대한 평가와는 별도로 그 방법론에 대해 논란이 일고 있는 것도 부인할 수 없는 사실입니다. 나 또한 아쉬운 대목이 있다고 생각하는 것은, 절박했던 당시를 떠나 지금의 잣대를 들이대는 것이 과연 온당한가 하는 반론이 있을 수 있음에도 그 부정적인 영향은 오늘까지 계속되고 있다고 판단하기 때문입니다.

꽤 오래전에 서울대 경영대학원에 위탁 연수를 간 적이 있습니다. MBA 과정을 축약해 가르치는 교육으로, 첨단 경영 기법에 대한 적지 않은 개안이 있었습니다. 모 교수와 점심을 같이하는 자리에서 내내 궁금했던 것 하나를 질문했지요. 외환위기 당시 각국이 대처했던 방식상의 차이에 대해서였습니다. 알다시피 당시 외환위기는 한국만이 아니라 동남아 국가 대부분을 휩쓸던 현상이었습니다. 기억할지 모르지만 나는 말레이시아의 마하티르 총리가 우리의 김대중 대통령과는 전혀 다른 방식으로 자국 위기에 대처한 것으로 알고 있습니다. 마하티르는 당시 국제사회에서 이단아 취급을 받을 정도로 화제의 인물이었습니다. 그는 IMF가 권고하는 처방에 정면으로 대들며 자기만의 방법을 동원했습니다. 반反서방, 반反세계화 기치를 내걸고 해외자본의 이동을 전격 통제했던 마하티르는 한국이 IMF 구제금융에 의지해 위기에서 벗어난 것과는 전혀 다른 경제회복 모델을 채택했던 것입니다.

IMF는 모든 것을 시장에 맡기고 해당 정부 역시 뒷짐을 지고 있어야 한다고 했지만 그는 거기에 반발했으며, 그런 처방에 충실하게 따르던 우리와는 전혀 다른 길을 갔습니다. IMF에 의존하려면 그들의 처방에 따를 수밖에 없습니다. 당시 IMF가 돈을 빌려주면서 내건 조건은 대체로 이런 거였습니다. 자본시장의 개방과 각종 정부규제의 철폐, 그리고 혹독한 구조조정이었습니다. 이에 따라 공기업 매각이 이루어지고 주식시장에는 외국자본이 대거 유입됐습니다.

기업이 숱하게 무너지는 상황에서 이른바 고용의 유연성은 제고될 수밖에 없었고, 그에 따라 위기적 상황이 아니면 쉽게 도입되기 어려운 고용 방식이 등장했습니다. 실업자가 양산되는 가운데 전에 없던 새로운 인사 노무 이론과 관리 기법이 각 기업에 경쟁적으로 도입되어 지금에 이르고 있습니다. 명예퇴직, 아웃소싱, 분사, 인력파견, 도급, 성과급, 연봉제 등이 그때 일반화됐습니다.

사실 IMF는 미국과 영국 등 서방자본의 대리인이나 다름없습니다. 다른 국제기구와 달리 IMF는 1국 1표가 아니라 1불 1표의 주식회사와 같은 의사결정 구조이며, 미국은 당연히 초기 출연이 많았던 관계로 지배적 지위에 있을 수밖에 없습니다. 그들이 돈을 빌려주며 요구한 조건은 결국 우리 경제에 빛과 그림자를 함께 드리웠습니다. 그러는 동안 IMF에 반발했던 마하티르는 그후 어떻게 됐는지 우리의 관심에서 사라져갔습니다. 그러나 독자적으로 대처했던 말레이시아가 엄청난 고통을 겪었다거나 끝내 외환위기를 수습하지 못해 아직도 참담한 상황에 놓여 있다는 말은 들은 바가 없습니다. 말레이시아에 대한 별다른 얘기가 없는 걸 보면 마하티르의 고집과 방법이 잘못되지는 않았다는 걸 미루어 짐작할 수 있지만, 구체적인 추적이 없어 정확한 사정은 모르고 있습니다. 물론 말레이시아가 별일 없었다고 해서 우리의 선택이 반드시 잘못된 것으로 귀결되는 건 아닙니다. 각 경제단위마다 내부적·상황적 조건과 맥락이 다르기 때문입니다. 다만 별도의 방법은 없었는가 하는 아쉬움은 사후에라도 한번 짚고 넘어가야 다시 비슷한 일이 벌어질 때 후유증을 최소화하는 대응이 가능하리라는 것입니다.

이런 얘기를 나는 교수한테 했고, 혹시 그후의 마하티르와 말레이시아 경제에 대해 알고 있느냐는 질문을 했습니다. 얘기를 흥미롭게 들은 교수는 막상 듣고보니 관심이 간다면서 한번 알아봐야겠다고 했고, 학술적으로도 의미가 있겠다는 얘기도 했던 것으로 기억하고 있습니다. 그러나 그후 확인해보지를 않아 흐지부지되고 말았습니다. 이런 질문을 하던 그때는 리먼 브라더스 사태가 터지기 한 달쯤 전입니다. 그리고 몇 년 지나 세계적으로 월스트리트 금융시스템과 미국식의 자본주의 운용에 회의가 일면서 갖가지 대안과 보완책이 모색되는 가운데 마하티르가 다시 생각난 겁니다.

누구는 이렇게 얘기하기도 합니다. 외환위기는 굳이 김대중 대통령이 아니었더라도 위기의 본질적 성격상 그 정도의 시간이면 저절로 풀릴 문제였다고 말입니다. 지나치게 단순화하고 폄하하는 감은 있으나, 외환위기의 극복과정에서 정부가 잘못 판단해서 빚어진 부작용이 지금까지도 적지 않게 지속되고 있는 점에서 일리가 있다고 하지 않을 수 없습니다. 당시 IMF가 강요했던 조건들은 지금 돌이켜 생각해보면 그대로 신자유주의를 우리 경제에 적용하기 위한 기초 작업이었고, 우리 시장을 여는 이른바 세계화의 선행 조치들이었습니다. 일각에서는 미국을 비롯한 서방 금융자본의 움직임과 관련한 음모론까지 제기할 정도였으니까요. 공기업의 매각과 외국자본의 자본시장 유입이 본격화되면서 달러의 유동성 악화는 즉각 호전되었고 실물시장도 정상화됐지만, 그 출혈은 구조적이고 장기적으로 우리의 일상을 위협해왔습니다. 물론 IMF의 요구를 충실히 이행함으로써 현재의 경제규모와 국제경쟁력을 유지할 수 있었다는 반론도 가능하겠으나, 무슨 일이든 양면이 있다는 점에서 그 그늘을 외면하기는 어렵지 않나 싶습니다.

그중 대표적인 것이 바로 자본시장에서의 해외 의존성 심화와 국내 고용구조의 문제입니다. 외환위기를 기점으로 하여 우리 경제에 이른바 고용 없는 성장이 하나의 고질적 현상으로 자리잡게 되었음은 주지의 사실입니다. 기업이 성장을 해도 고용이 뒤따르지 않는 것이 경제 발전 단계에서 오는 불가피한 현상이냐, 아니면 자본의 변질에 따른 기업 존재 이유의 실종이냐 하는 점에 대해서는 논란이 있을 수 있으나, 언제부턴가 기업의 사원채용 계획이 마치 사회적 시혜처럼 보도되고 있는 건 분명합니다. 사용자 입장에서 보면 고용은 단지 비용에 불과하고 그 비용을 줄이는 것이 이익의 확대에 도움이 된다고 하겠으나, 고용이 단지 비용만은 아니라는 겁니다. 당연한 얘기이지만 비용이면서 동시에 소비라는 것입니다. 고용을 통한 소비확대가 없으면 지표상 성장이 이루어져도 국민의 실생활은 고통을 받을 수밖에 없습니다. 개별 기업은 단기적으로 비용 절감과 이익 극대화를 추구하지만, 고용을 통한 시장의 확대와 조화를 이루어야 지속적 성장이 가능한 경제구조를 갖게 됩니다. 이에 실패하면 사회적으로 양극화가 심화되고, 그러면 정부 차원의 개입이 다소간 불가피해지게 됩니다.

그동안 정부가 바뀔 때마다 경제 운용 기조가 바뀌었지만 그래도 규제 축소 정책의 큰 틀은 유지되어왔고, 시장에서는 고용 비용을 최소화하기 위한 다양한 장치가 마련되었습니다. 대표적인 것이 바로 비정규직의 도입입니다. 고용의 유연성 확보를 정규직이 아닌 비정규직에서 찾았던 것이지요. 고용이 필요해도 임시직·계약직 형태를 취함으로써 같은 노동력이라도 지불 비용을 극도로 억제했습니다. 가급적 인건비를 줄이는 방법으로 정규직보다는 비정규직 형태의 고용을 선호하게 되었고, 아웃소싱과 분사 등 온갖 인력관리 기법이 등장했습니다. 이렇게 약화된 노동의 조건은 개별 기업의 경영문제에서 사회문제로 전환됐습니다. 어디까지나 주주 중시 경영에 부응한 경영자는 스톡옵션이다 성과급이다 해서 엄청난 보상을 받는 대신 단기성과에 집착하다보니 기업 내 축적을 통한 투자나 종업원의 몫은 상대적으로 축소될 수밖에 없었습니다. 미국 최고경영자들의 천문학적 연봉 순위가 심심찮게 보도되는 가운데, 언제부턴가 우리 역시 이러한 추세를 따라가지 않으면 국제적인 지진아로 전락하기라도 하는 양 여기게 되었습니다. 이제 이러한 경영방식과 고용문제는 어떤 식으로든 방향 수정이 불가피한 지경에 와 있으며, 국가적으로도 문제의 심각성을 인식해 개선을 시도하고는 있지만 아직은 막막한 상황이라고 할 수 있습니다.

요즘 젊은이들은 대학을 졸업해도 일자리가 없고, 그나마 있어도 불안하기 짝이 없는 비정규직이 다수입니다. 보수 또한 스스로를 '88만원 세대'라고 자조적으로 부를 만큼 미래를 꿈꾸기에는 턱도 없이 부족한 절망적인 상황입니다. 이들의 문제는 부모세대의 문제이기도 합니다. 취직도 못하고 결혼도 못하고 나이 마흔이 다 되도록 부모에게 의존해야 하는 처지를 두고 단순히 8:2의 법칙이니 승자독식의 시대니 하며 성공한 일부에게만 헌사를 보내는 일이 과연 옳은가 하는 생각을 지울 수 없습니다. 그러다보니 교육은 물론 집

장만이나 결혼과 같은 인생의 출발선부터 부모의 성공이 곧 자식의 성공인 시대가 더욱 노골적으로 고착화되고 있습니다. 과거와 같은, 서민층 자식의 교육을 통한 신분상승은 꿈도 꿀 수 없는 시대가 되었습니다. '아들 졸업만 하면, 딸 취직만 하면 이 고생도 끝'이라고 하는, 우리 부모 세대의 한스럽지만 희망에 찼던 삶의 보람은 결국 흘러간 꿈이 되고 말았습니다. 입시제도는 물론이고 의사, 변호사 같은 전문직에 대한 문호를 입학사정관이니 로스쿨이니 의학전문대학원이니 해서 자꾸 복잡하고 돈이 많이 들게 할수록 사회적 양극화는 점점 더 구조화될 수밖에 없습니다. 필요 이상의 스펙을 강요하는 세상은 상위 계층으로의 진입을 교묘하게 차단하고 있습니다.

직업, 즉 노동은 존재의 수단이면서 이유입니다. 노동시장은 여타 재화와 달리 인간 존재를 구현하는 시장이라는 점에서 한낱 수급의 원리만으로는 설명할 수 없습니다. 따라서 해결 기미는커녕 갈수록 심각해지는 비정규직 문제는 경제·경영의 측면뿐 아니라 사회인문학적 측면도 같이 고려해야 하는 것입니다. 사실 IMF 사태 이전에는 파견용역이나 비정규직 문제는 거의 없었습니다. 취업이냐 아니냐, 좋은 직장이냐 아니냐의 구분만 있었지 지금처럼 취직을 해도 취직이 아닌 유동적이고 불안한 경우는 없었습니다. 디지털 시대, 고도 자본주의 시대에는 노동의 의미가 달라졌다고 하지만, 그건 무책임한 말입니다. 경제 총량으로 보면 완전한 노동 유연성과 완전한 고용은 비용이 동일한 것입니다. 과거처럼 특별한 경우가 아닌 한 정규직만 허용한다고 할 때 기업이 추가로 치르는 비용은 얼마이며, 그로 인해 경제성장에 미치는 영향은 장기적·단기적으로 어느 정도인지를 계량적으로 따져봐야 합니다. 모르긴 몰라도 별 차이가 없다고 봅니다. 어쩌면 우리는 더 손해나는 일을 하고 있는지도 모릅니다. 이렇게 볼 때 비정규직을 양산하는 지금의 고용구조는 경제효율 면에서 보더라도 결코 합리적이지 않다는 생각입니다. 따라서 개별 기업 차원의 고충이 있고 계층 간 이해가 엇갈리더라도 이제는 단순 비용 논리를 벗어나 정치사회적 접근을 할 필요가 있습니다. 문제의 본질이 '경제적 이익보다는 사회적 배제'일 수도 있기 때문입니다.

당시 마하티르가 말한 '아시아적 가치'에 눈길이 가는 것도 이러한 이유에서입니다. 우리 사회도 몇 년 전부터 자본주의의 폐단에 대한 대안으로 유교자본주의가 얘기되고 있습니다. 지속 가능한 성장을 위해서는 무차별적인 시장논리가 아니라 인간의 얼굴을 한 자본주의가 요구된다는 정치사회적 필요에 의한 담론입니다. 외환위기 대응에 관한 DJ의 공과는 쉽게 얘기하기 어렵지만, 분명한 것은 그 시기를 거치면서 사회적 양극화가 심화됐고 그 중심에는 고용문제가 있다는 것입니다. 경제가치의 순환 측면에서 보면 현재의 고용 양상은 오래가서는 안 될 모순입니다. 시장의 모순에 더해 양심의 모순, 윤리의 모순이기도 합니다. 언제 어떻게 될지 몰라 월 10만 원짜리 정기적금도 마음대로 들지 못하는 현실, 그게 누가 됐든 분명 눈물 나는 일 아닙니까.

섞이지 말아야 할 것

재미있는 책을 하나 봤습니다. 『상식 밖의 경제학』이라는 책인데, 흔히 돌아다니는 자기계발서나 콘텐츠가 부실한 책이 아니었습니다. 저자는 댄 애리얼리라는 미국의 소장 경제학자로 아주 섬세한 관찰과 통찰력이 돋보이는 사람이었습니다. 인상적인 대목 몇 가지를 소개하고 싶습니다. 결코 상식 밖이 아니라 동양적 인간관으로 보면 지극히 당연한 것이기도 하고 선禪 수행의 깨달음까지 엿볼 수 있는 경지에 가 있기 때문입니다.

저자는 고등학교 때인가 대학 때인가 부주의로 전신 화상을 입어 1년 남짓 학교도 못 다니고 입원해 있었습니다. 화상의 고통이 이만저만 아니어서, 매일 두 번씩 간호사들이 붕대를 갈아줄 때마다 붕대가 피부와 붙어 있어 기절할 정도로 통증이 심했답니다. 그러고는 전신을 소독약 속에 담그는데 그 고통은 말로 표현할 수 없을 정도였다고 합니다. 그 와중에도 관찰을 했더니, 간호사들은 붕대를 단숨에 재빨리 떼어내는 것과 천천히 조심스럽게 떼어내는 것 중에서 전자 쪽이 훨씬 고통이 적을 거라고 믿고 있었답니다. 하긴 우리도 파스를 확 떼곤 하지 않습니까. 그러나 간호사들은 고통을 직접 겪는 게 아닙니다. 일방적인 추론에 의한 것일 뿐입니다. 나중에 퇴원하면서 저자는 간호사들에게 그동안의 경험을 얘기해주었답니다. 여러분들은 환자를 위한다고 해서 단숨에 붕대를 제거했지만, 겪어보니 천천히 떼어내는 게 훨씬 고통을 줄여주는 것이었다고 말입니다. 간호사들은 수긍했답니다. 자기들이 너무 몰랐다면서요. 그런데 한 간호사가 자기들도 이해해주면 안 되겠느냐고 했답니다. 자기네는 환자들의 고통을 일상으로 지켜보며 사는데 환자들이 고통스러워하면 그걸 보는 자기들도 괴롭기는 마찬가지라고요. 그래서 천천히 떼면 그만큼 직업상의 괴로움이 늘어나지 않겠느냐고. 그러니 그런 고충도 좀 이해해줄 수 없겠느냐는 것이었지요. 인간이라는 게 어차피 자기중심적이라는 건 알고 있었지만, 저자의 그런 체험만큼 이색적이고 생생한 증언도 없을 것 같습니다.

사람이 참으로 불합리한 존재임에도 경제학은 이성과 합리를 전제로 모든 논리를 전개합니다. 나 역시 상식 수준의 경제학 공부를 한 바 있지만, 경제학은 지나친 단순화의 한계가 있는 게 사실입니다. 경제 주체들이 지닌 복잡다단한 측면을 간과하고 있다보니 현실과 동떨어지거나 예측이 터무니없어지는 경우가 잦은 것이지요. 백만 원을 투자하면 다섯 배를 준다고 해서 투자했는데 다섯 배는커녕 원금마저 떼였다고 칩시다. 그걸 본 옆 사람이 투자금의 10%만 자기에게 주면 그 돈을 돌려받아주겠다는 제안을 해올 경우, 어떻게 하겠습니까. 이래저래 돈은 돌아오지 않을 텐데 무엇 때문에 10만 원을 또 지출하겠느냐는 것이 경제학적 판단입니다. 그러나 사람은 지출을 한다는 것이지요. 복수심 때문에. 경제학은 경제 주체들의 이런 비합리적인 행동을 설명하지 못하는 겁니다.

서브프라임 모기지 사태로 촉발된 미국의 금융위기로 우리가 얼마나 많은 고통을 받았습니까. 미국의 금융자본주의는 분명 문제가 많습니다. 미국 정부는 은행과 기업을 살리기 위해 천문학적인 재정 지출을 단행했습니다. 많은 미국인들이 당시 금융위기로 집이 날아가고, 직업이 없어지고, 노후가 사라졌습니다. 월스트리트의 그 잘난 전문가들 때문에 말입니다. 그런데도 미국 정부는 이왕 손해난 김에 세금을 더 내 그들을 살리자고 했습니다. 그게 국민들에게도 이익이라고 말입니다. 그렇지만 문제의 핵심을 간과했었다는 게 저자의 지적입니다. 국민들은 설령 더 큰 손해가 오더라도 그들을 용서할 수 없었다는 것입니다. 그들의 비양심과 무책임을 응징하기 위해서 구제금융을 하지 말라는 것이었지요. 그래서 상처를 달래줄 보완정책이 필요했다는 것입니다. 이 또한 경제학적 진실이지요. 제가 아는 노장과 한비자와 유가의 스승들, 니체와 마르크스, 불가의 조사들과 카잔차키스……. 이들과 저자의 시각이 어쩌면 그렇게 상통하는지 신기하기 짝이 없습니다. 본성은 때로 불편하지만 진실을 담고 있습니다.

유아원에 아이들을 맡기고 늦게 찾으러 오는 부모들이 있습니다. 무척이나 미안해하면서 말입니다. 이들 때문에 제 시간에 퇴근하지 못하는 선생들은 짜증스럽습니다. 참다 참다 벌금제도를 도입했다고 합니다. 늦게 찾으러 오면 시간당 얼마, 이런 식이었겠지요. 그런데도 늦는 사람들이 줄기는커녕 오히려 늘어나더라는 겁니다. 이제는 대놓고 늦더라는 겁니다. 미안해할 것도 없이 벌금 내면 되니까 생긴 현상이지요. 그래서 벌금제도를 없앴다고 합니다. 어떻게 됐을 것 같습니까. 한번 늘어난 늦는 행위는 다시 줄어들지 않았습니다. 사람은 누구나 사회규범이 적용되는 세계와 시장원리가 적용되는 세계에 동시에 살고 있는 것입니다. 돈이 개입되는 세계로 한번 넘어가면 다시는 규범의 세계로 돌아오기 힘들다는 것입니다.

변호사들에게 물었습니다. 사회 취약계층에 대한 수임료를 낮출 용의가 없느냐고 말입니다. 그러겠노라는 변호사는 없었답니다. 하지만 무료봉사를 하자고 제안했더니 많은 변호사들이 나섰답니다. 시장의 원리로 돈을 개입시키면 그렇게 판단하는 것이고, 돈을 배제하면 인정이나 정의나 도덕률로 판단하게 되어 있는 것입니다. 병원 수입에서는 응급실 수입이 상당한 비중을 차지합니다. 응급실을 시장으로 치면 급한 환자는 소비자이고 거기 근무하는 의사는 공급자입니다. 공급자는 의학적 기준뿐만 아니라 병원의 영업방침에 따라 처치를 하고 처방을 하지만 생명이 경각에 달한 소비자는 공급 내용의 유불리를 따질 처지가 아닙니다. 이른바 '바기닝 파워'가 공평하지 않은 것이지요. 이럴 때 응급실이 과연 합리적인 시장인가 하는 근본적인 문제제기를 하게 됩니다. 당연히 이 대목에서 공공의 영역은 남겨두어야 한다는 걸 알 수 있습니다. 미우나 고우나 정부가 개입할 수밖에 없는 것입니다. 물론 정부 역시 합리적이어야 한다는 전제가 있어야 하지만 말입니다. 그래서 무턱대고 효율과 생산성만 따진다거나 아무리 무능한 시장이라도 최고로 유능한 정부보다 낫다는 식의 시장만능 도그마는 심각한 문제를 안고 있는 겁니다.

걸핏하면 시끄러운 방송법 논란도 이런 관점에서 바라보면 어떨지 모르겠습니다. 미디어 융합이니 뉴미디어의 고용창출이니 하지만, 시장이 전부는 아니라는 것입니다. 시장을 부인해서도 안 되지만 그것이 모든 것의 답인 양 하는 것도 큰 문제를 내포할 수 있기 때문입니다. 방송 역시 일단 규범과 당위의 세계에서 시장과 가격의 세계로 넘어가면 다시 돌아올 수 없지 않겠습니까. 그 두 세계는 서로 비가역적인 것입니다. 정치적으로 못마땅하다고 해서 해당 산업의 본질을 훼손할 수는 없는 일입니다. 지상파의 인위적인 약화가 무조건 선이 될 수는 없습니다. 공영방송이 지닌 규범의 영역을 무너뜨린다고 해서 국민의 총체적 후생이 증대할 거라는 보장을 과연 할 수 있겠습니까. 경쟁이 없거나 부족해서 오는 악과, 경쟁을 도입하거나 심화시켜서 오는 악도 정확히 비교해봐야 하지 않겠습니까.

우리는 소비자이기도 하지만 국민이기도 한 겁니다. 국민에게는 국산품 애용이 애국하는 일이지만, 소비자에게는 통용될 수 없는 강요입니다. 규범의 세계에 사는 국민은 손해를 무릅쓸 수 있지만, 시장의 소비자가 비싼 걸 일부러 사는 일은 있을 수 없습니다. 이런 이치를 외면하고 경쟁사업자들이 들입다 싸우기만 하면 되겠습니까. 피차 근거자료를 왜곡하고 법인격을 모독하는 일까지도 서슴지 않으면서 말입니다. 언제 어느때나 섞이지 말아야 할 것에 대한 슬기로움이 요구된다고 하겠습니다.

멘토와 스폰

베르나르 베르베르가 서울에 와서 한 인터뷰 내용 중 기억나는 대목이 하나 있습니다. 유능한 변호사는 '법'을 알고 그보다 더 유능한 변호사는 '판사'를 안다는 프랑스 속담이 그것입니다. 법을 전공했으면서도 문학을 하게 된 배경을 설명하는 가운데 나온 말입니다. 그러고보니 프랑스뿐 아니라 우리 주변에는 법보다 판사를 알아야 할 일이 너무 많은 것 같습니다. 법이 본질인데 정작 판사가 본질이 되는 경우가 많은 것이지요. 이런 현상에 대한 비판이나 불만이 있지만 판사로 재미를 보거나, 아니 판사를 몰라 실패의 쓴맛을 본 사람들까지도 그런 불만은 어디까지나 삶의 이치를 모르는 자들의 투정 정도로 치부하는 게 현실입니다. 생업에서의 유능과 무능, 성공과 좌절이 전부 법보다는 판사에 좌우되는 경우가 많기 때문입니다. 한마디로 법을 아는 것보다는 판사를 아는 것이 능력이 되는 겁니

304

다. 이런 걸 두고 어떤 이들은 삶의 부조리와 연결짓기도 하지만, 엄연한 현실인 건 어쩔 수 없습니다.

오디세우스가 트로이로 출정하면서 아들을 친구에게 부탁했는데 그 친구 이름이 멘토르였다고 합니다. 그런가 하면 어느 방송사 고발 프로그램은 검사들의 이른바 스폰서 관행을 다뤄 세간의 관심을 끌었습니다. 멘토는 후견인이면서 스승에 가깝고 스폰서는 광고주나 후원자인데 그냥 줄여 스폰이라고 하는 걸 보면 스폰이 멘토보다는 왠지 저급한 느낌이 듭니다. 멘토는 어딘가 고상하고 합법적일 뿐만 아니라 권장해야 할 것 같고, 반대로 스폰은 어쩐지 부적절하고 음습한 분위기를 풍깁니다. 그런데 멘토와 스폰에는 무슨 차이가 있을까요. 정신적 · 물질적으로 스폰을 하는 게 멘토가 아니던가요. 우리가 일상에서 물심양면으로 도와주시고 어쩌고 하는 것이 바로 멘토에 대한 감사의 표현 아닙니까.

하지만 대개 멘토는 법을 가르쳐주고 스폰은 판사를 가르쳐주는 것 같습니다. 멘토는 원칙과 실력을 가르쳐주고, 스폰은 편법과 반대급부를 제공합니다. 멘토는 인간 자체를, 스폰은 인간관계를 가르쳐줍니다. 따라서 법보다 판사가 유용할 때가 훨씬 많듯이 멘토보다는 스폰이 유용해지는 게 또 우리 삶의 일반적인 모습이기도 합니다. 멘토는 정신, 법, 진실, 도덕, 시비, 선악, 정의 같은 덕목들을 대변하는 반면, 스폰은 물질, 관계, 효용, 교환, 이해, 득실 같은 현실의 피할 수 없는 가치들을 반영합니다. 그러나 멘토와 스폰이 궁극적으로 구분이 되는 건 아닙니다. 법과 판사가 표리의 관계이듯이 멘토와 스폰의 관계도 그러하기 때문입니다.

누구나 살아가면서 멘토든 스폰이든 한 사람쯤 두고 있으면 좋을 것입니다. 삶을 지배할 만큼 강력하지 않아도 좋습니다. 정신적으로 기댈 언덕이 있다는 건 축복 아닙니까. 누구라도 자기편이 되어 살아가는 얘기를 들어주고 다독거려준다면 얼마나 좋은 일이겠습니까. 털어놓을 수 있다는 것, 그리고 털어놓을 사람이 있다는 것이 얼마나 소중한지 아십니까. 주변에는 말 못하고 사는 사람들이 많습니다. 수많은 말을 하고 살면서도 정작 말을 못해 갑갑함과 응어리를 안고 사는 사람들이 적지 않습니다. 말은 하면 할수록 외로워집니다. 그 허전함을 메워줄 무엇이 바로 얘기를 들어줄 사람입니다. 명창에도 귀명창이 있지 않습니까. 들어준다는 건 곧 가르침도 주는 걸 뜻합니다.

그게 멘토지요. 멘토가 반드시 자기보다 나이가 많고 배운 게 많고 경륜이 있어야 하는 건 아닙니다. 때로는 그 반대일 수도 있습니다. 그저 편안하면 됩니다. 다 듣고 그윽한 눈빛을 짓는 것만으로 치유가 되고 가르침이 되는 그런 사람이면 됩니다. 멘토가 훌륭한 지식이 있어야만 되는 건 아닙니다. 앎으로 하는 멘토도 있겠지만 정으로 하는 멘토도 있을 것이기에 그렇습니다. 지식이나 지성이 아니라 체험과 야성으로 하는 '희랍인 조르바'와 같은 멘토도 있기 때문입니다. 그런 면에서 보면 멘토는 친구나 가족, 선생, 동료, 애인, 선후배 등 그 어느 인간관계보다 자격 범위가 넓을 것 같습니다.

누구라도 멘토로 삼을 수 있고 누구라도 멘토가 될 수 있는 것입니다. '슬로 라이프'로 유명한 스지 신이치는 사람의 행복은 관계 속에 있다고 했습니다. 혼자서는 살 수 없다는 겁니다. 치이고 힘들어도 그 안에서 행복을 찾아야 하는 겁니다. 결국 혼자라는 인식과, 나는 결코 혼자가 아니라는 인식의 균형이 바로 행복이라는 겁니다. 그래서 그런지 가족과 친지와 동료, 그리고 생업상 맺는 수많은 관계에 놓여 있지만 혼자라고 느끼는 사람이 점점 많아지는 걸 볼 수 있습니다. 나 역시 때때로 그런 헛헛한 기분에 사로잡힐 때가 많습니다. 외견상으로나 객관적인 삶의 조건으로는 멀쩡해 보여도 그렇습니다. 그럴 때 우리는 진정한 관계를 찾게 됩니다. 존재론적으로는 결국 혼자일 수밖에 없지만 사회적 관계를 그리워합니다. 그런 관계가 아마도 멘토와 멘티가 될 성싶습니다.

그러나 요즘의 멘토는 자본주의의 옷을 입어 약간 변질되어 등장하고 있습니다. 멘토가 단지 직장이나 사회에서 서로의 발전과 조직의 향상을 위한 상하 짝짓기는 아니기 때문입니다. 그런 멘토도 현실적으로 필요하겠지만 너무 인위적이라서 조직이나 이해를 떠나면 그만 사라지기 십상입니다. 자기계발과 경영효율을 위해 자꾸 멘토를 권장하다보면 오디세우스 시절의 이해를 떠난 멘토의 건강한 정신은 퇴색될 수밖에 없는 겁니다. 이해의 산물은 이해라고 하는 조건에 변화가 생기면 그에 따라서 변하게 됩니다. 한번 맺은 인생의 멘토는 변하는 것이 아닙니다.

멘토가 이러면 스폰은 또 어떻습니까. 스폰, 정말 필요하지 않겠습니까. 물질적인 도움을 주는데 이 얼마나 고맙습니까. 말로만 위로하고 말로만 주옥같은 얘기를 해주는 것보다 실질적인 협찬이나 후원을 해주는 게 훨씬 더 고마울 겁니다. 살면서 누구나 한번쯤 꿈꿔봅니다. 어느 날 갑자기 재벌쯤 되는 친아버지가 나타난다거나,

어쩌다 길 잃어버린 할머니 한번 도와주었다가 그걸 인연으로 막대한 상속을 받는다거나, 이도저도 아니면 복권에 당첨되는 상상 등이 다 스폰을 기대하는 거 아니던가요. 사회적으로 영웅 대망이 있듯이 개인적으로는 스폰 대망이 있는 것입니다. 영웅이 그렇듯이 스폰에 대한 로망도 어쩔 수 없는 인간의 숨겨진 욕망입니다.

그러니 영웅과 스폰이 같은 반열에 있는 것이지요. 하긴 자본주의 사회에서 스폰이 영웅 아니겠습니까. 사실 스폰을 폄하거나 그렇게 부정적으로 볼 일은 딱히 없는 겁니다. 실제로는 스폰이 없는 걸 원망하고 아쉬워하면서, 그리고 스폰이 있는 사람을 부러워하면서 말입니다. 그러나 당당하게 스폰을 원하고, 또 능력만 있다면 기꺼이 스폰이 돼주는 게 사회의 건강함이나 심지어 소득의 재분배를 위해서도 바람직하겠지만, 눈앞의 현실은 그렇지 않은 경우가 많습니다. 연예인에 대한 스폰, 미성년자에 대한 스폰, 정치인이나 힘 있는 자에 대한 스폰, 조폭이 하는 미끼성 스폰 등등 온통 추문에 해당하는 일들을 뭉뚱그려 스폰이라 하고 질타합니다.

심지어 우리 사회의 스폰 문화를 개선하자는 말까지 나옵니다. 스폰에 무슨 문화가 붙습니까. 별별 문화가 다 있는 사회이긴 하지만, 스폰 문화라. 굳이 말을 만들자면 이런 건 '블랙 스폰'이라고 할 수 있습니다. 반면 스폰의 밝은 면과 반드시 필요한 면만 반영되는 '화이트 스폰'이 있을 수 있습니다. 이런 '화이트 스폰'이 우리의 삶을 윤택하게 하기를 기대하지만 스폰은 갈수록 음습한 곳으로 달려가고 눈살을 찌푸리게 합니다. 그렇지만 사람들은 블랙이든 화이트든 스폰을 원합니다. 스폰은 아무래도 물질과 관계되기 때문일 겁니다. 돈이 생긴다면 그 돈이 누구의 돈이든 주는 사람은 다 스폰이 되는 겁니다. 그러나 대가 없는 스폰이 어디 있겠습니까. 아무런 이유도 없이 그냥 돈을 주는 사람이 어디 있겠습니까. 흔히 대가성이 없다고 돈을 부당하게 받은 일을 합리화하지만 대가성 없는 스폰은 있을 수가 없습니다. 가장 대가성이 없다고 볼 수 있는 것이 스폰을 통한 투명한 거래입니다. 미디어와 광고주 관계 같은 급부와 반대급부의 등가관계입니다. 그러나 이건 대가성이 없는 게 아니지요. 대가를 공식화한 것이지요.

불가에는 무주상無住相 보시라는 것이 있습니다. 주었다는 의식, 받았다는 의식이 전혀 없는 보시를 말합니다. 오른손이 한 일을 왼손이 모르도록 하라는 것과 같은 맥락입니다. 그러나 그런 일은 스폰의 세계에서는 일어나지 않습니다. 스폰은 철저하게, 아니 생리상 대가를 전제로 이루어지는 것입니다. 당장이든 나중이든 대가가 없는데 스폰이 될 리 만무하지요. 그러니 현실적으로 스폰과 스폰을 받는 관계가 건강한 경우는 있을 수 없는 겁니다. 스폰 자체로는 선악이나 시비가 없는 것인데도 말입니다. 어쨌거나 우리 시대는 물심양면으로 도와주는 진정한 후견인으로서의 스폰이 사라진 시대입니다. 시장에서의 공식적이고 가치교환적인 스폰서십이 아니라 아저씨가 조카를, 스승이 제자를, 여유 있는 친구가 그보다 못한 친구를 돌보는 그런 인간적인 스폰 관계가 사라진 겁니다.

기부도 일종의 사회적 스폰이라고 볼 수 있습니다. 간혹 익명의 아름다운 기부 소식이 들리기도 하지만, 대부분의 기부 역시 주고받는 교환에서 자유로울 수가 없습니다. 세금 낼 때 하는 기부금 공제라는 것이 바로 그런 거 아닙니까. 개인에 대한 지정기부는 증여가 되기 때문에 큰 기부는 대개 불특정으로 이루어집니다. 그런 게 사회적 스폰입니다. 사회적 스폰이 성립된다면 사회적 멘토도 생각할 수 있습니다. 사회적 멘토? 무엇이 있습니까. 사회를 지탱해주는 정신적 스승입니다. 존경스런 종교인이나 높은 경륜을 지닌 사회원로들입니다. 이들이 하는 한마디 한마디가, 어쩌면 그 존재 자체가 작금의 일탈하는 사회에 대한 한결같은 멘토가 되는 거 아니겠습니까. 큰 부자들이 하는 스폰과 이 어르신들이 하는 멘토가 두 바퀴가 되어 세상은 그나마 굴러가는 겁니다.

그러나 스폰이 갈수록 인색해집니다. 재단을 만들어 출연하는 행위, 교육사업에 쾌척한다고 하는 일, 사회 구제 활동에 나선다고 하는 일들이 대개 절세의 방편이거나 상속의 편법이라면 어떻습니까. 그래도 없는 것보다는 낫다고 해야 되겠으니 속이 뻔히 보이기는 해도 고마워해야겠지요. 멘토도 이와 별반 다르지 않습니다. 멘토도 좌우로 나뉘고 코드가 갈라져 누구의 멘토는 나에게 멘토도 아닌 게 되고, 서로 적대감만 키워감으로써 사람들은 아예 멘토 없이 살아가는 형편입니다. 우리는 지금 진정한 스폰도 멘토도 없는 사회에서 살고 있습니다. 오직 '블랙 스폰'만 횡행하고 '화이트 스폰'은 종적을 찾을 수 없듯이, 누구도 범접할 수 없는 큰 스승은 없고 증오만 키우는 절반만의 멘토만 남았습니다.

그런가 하면 멘토까지도 장삿속에서 벗어날 수 없게 됐습니다. 멘토의 상업화·정치화는 우리 사회의 정신적 안전망을 걷어버리는 일이라고 하겠습니다. 멘토는 사회적 안전망 이상으로 무척 중요한 문화적 안전망이면서 계층 갈등의 완충 역할을 하기 때문입니다. 그리고 스폰이나 멘토가 꼭 힘 있는 사람만의 전유물이 되지 않기를 바랍니다. 오히려 상처 입은 사람, 소외된 사람, 별 볼일 없는 사람들에게 스폰과 멘토가 생겼으면 합니다. 그런 사회야말로 진정한 정의사회가 아닐까요. 시대의 화두가 되고 있는 상생이니 나눔이니 사회적 기업이니 하는 것들이 다 멘토와 스폰의 제자리 찾기 아니겠습니까. '혼자만 잘 살믄 무슨 재민겨'라는 푸념도 생각해보면 너도나도 자기보다 못한 사람들에게 멘토가 되어주고 스폰이 되라는 주문 아니겠습니까. 아무튼 올해에는 나도 부족하나마 누군가의 멘토와 스폰이 되어주고 싶습니다.

어느 늦은 오후의 성찰

ⓒ 정성채

초판 1쇄 인쇄 2014년 11월 10일
초판 1쇄 발행 2014년 11월 20일

지은이 정성채 | 펴낸이 강병선 | 편집인 신정민
편집 최연희 | 디자인 강혜림 | 저작권 한문숙 박혜연 김지영
마케팅 방미연 최향모 유재경 | 온라인 마케팅 김희숙 김상만 한수진 이천희
제작 강신은 김동욱 임현식 | 제작처 영신사

펴낸곳 (주)문학동네
출판등록 1993년 10월 22일 제406-2003-000045호
임프린트 싱긋

주소 413-120 경기도 파주시 회동길 210
전자우편 paper@munhak.com
문의전화 031) 955-8889(마케팅), 031) 955-2692(편집)
팩스 031) 955-8855

ISBN 978-89-546-2638-5 03810

www.munhak.com